解放的日子

Jie Fang
De
Ri Zi

苗长水 | 著

解放军文艺出版社

苗长水

1953年生于山东沂南。幼年在沂南家乡生活的时间比较多，对于祖母、曾祖母的疼爱，姑姑和幼时乡亲伙伴，往来于省城与沂蒙家乡的艰辛与亲切，记忆深刻。小学中学时代生活于省城济南。1970年入伍，当过炮手，炮班长，高炮营营部书记，济南军区《前卫报》文艺副刊编辑，军区创作室创作员。现为济南军区创作室主任，山东省作家协会副主席。1994年起享受国务院政府特殊津贴。1980年代中期起发表沂蒙山革命战争题材中篇小说《冬天与夏天的区别》、《染坊之子》、《犁越芳冢》等，被《小说选刊》、《新华文摘》、《文艺报》、《小说月报》等转载，并被译为英文、法文出版。作品曾获1987-1988年全国优秀中篇小说奖，1992年度中国作协“庄重文文学奖”，第三届“冯牧文学奖”，首届中国出版政府奖。

解放的日子

苗长水◎著

解放军文艺出版社

图书在版编目(CIP)数据

解放的日子：一个农民家庭的革命传奇/苗长水著.—北京：解放军文艺出版社，2009

ISBN 978-7-5033-2215-0

Ⅰ.解… Ⅱ.苗… Ⅲ.纪实文学—中国—当代 Ⅳ.I25

中国版本图书馆 CIP 数据核字(2009)第 113696 号

书　　名:解放的日子

作　　者:苗长水
责任编辑:张　鹰
封面设计:王华设计工作室
责任校对:刘晓京
出版发行:解放军文艺出版社
社　　址:北京地安门西大街 40 号　**邮编**:100035
电　　话:66531659
E-mail:jfjwycbs@public.bta.net.cn
经　　销:全国新华书店
印　　刷:北京瑞哲印刷厂
开　　本:787×1092 毫米　1/16
字　　数:212 千字
印　　张:14.75
版　　次:2009 年 9 月第 1 版
印　　次:2011年11月北京第7次印刷
ISBN 978-7-5033-2215-0
定　　价:25.00 元

目录

引　　子　1
第 一 章　孤独承受的奶奶　5
第 二 章　聪明过人的老奶奶　19
第 三 章　父亲的第一个春天里　29
第 四 章　父亲学习写作　41
第 五 章　牺牲者的故事　55
第 六 章　父亲的少年成名　63
第 七 章　父亲的爱情　69
第 八 章　通往故乡的路　83
第 九 章　我家那个年代的四个女人　99
第 十 章　我们的苗家庄　107
第十一章　爷爷第一次参军　155
第十二章　爷爷第二次参军　181
第十三章　我有一棵榆树　211
第十四章　爷爷回到沂河岸边　219

引　子

1949年，为解放战争做出决定性奉献也付出最沉重牺牲的沂蒙山根据地，是特别充满激情的一年。国民党军队已被打到长江以南，再也没有敌人或还乡团来侵扰我们的家乡。大批参了军的人都南下了，去夺取全国胜利。在地方工作的人也一批又一批北上南下，向北去即将成为我们省会的济南，去即将成为我们首都的北平，向南去那些刚刚解放的地方，南京、上海、浙江、福建、广东、海南岛、大西南，去担负各种职业或领导工作的干部。然而，对于那些要与亲人分别以及亲人已经为革命牺牲的千万个普通沂蒙家庭而言，他(她)们今后日子里所要承担的一切重负，以及面对个人和家庭命运转折所要进行的一切抉择，那却是一个极其复杂的时刻。

故乡大西汪通沂河处

我父亲苗得雨就是那一年离开家乡的。我爷爷则更早，抗日战争中的1939年，就离家参加抗日队伍走了。1949那一年，我父亲走了以

苗家庄的大碾、大屋、大园、大碌碡

后，家里就剩下四个女人：老奶奶、奶奶、两个比父亲年龄更小的姑姑。父亲离家后的一些情景，以及之后她们经受的种种生活辛酸和命运磨难，都是近些年从我二姑苗得荣退休后写的文章以及信件中看到的。

在我父亲调往报社走的那一天，二姑在文章里这样写：

我哥哥是1949年夏走的，记得走的那天，正是打高粱叶子的时候。全家人都哭成了泪人。奶奶就带着母亲、姐姐和我，祖孙三代四个女人去村西约五里的大桥一块高粱地里打秫秸叶①，晒干了好喂牛。地南端靠水，岸上有我家的两棵高大粗壮的柳树，枝叶茂盛。奶奶和母亲无心干活，干一阵，哭一阵，在地头上躺一阵，谁也不说话，谁也没有笑容，如同掉了心肝一般。看看天晌了，拖着疲惫的身子来家，谁也不吃不喝，一家四口一个劲哭，失魂落魄地多少日子也缓不过神来。那时候的人不像现在，庄户人盼的是有地、有牛，老婆孩子热炕头，对脱产外出不感兴趣，有的人当兵得动员，哪像现在争先恐后……

在二姑给父亲的一封信中，又是如此描述了那一年的情景：

哥哥你知道你走的那年，是春末夏初吧，可能你是17岁，出去开了一次什么会②，回来时从北岭那条路来的，我在那路边撸“家雀子头”，是一种草种子。从那以后庄里的干部非得动员你出去不可。奶奶经过多次动员以后，也是不情愿地让你走了，全家人都哭成了泪人，天天哭……思想上的压力，生活的艰难就不用说了。下雨了，刮风了，屋草刮了，地冲了，墙倒了，水直往屋里灌，我们就不住地往外舀。奶奶病重躺在床上，奶奶的父母去世，那是大年初一，天下着雪，母亲代奶奶去北官庄哭丧。那些庄稼活，虽说是由庄里代耕、种、收，可是落二撇三，还得管饭。母亲都是用煎饼筐子送饭，你想想什么时候就得起来推好(磨)，摊一大摞煎饼，送到地里，我和姐姐是监工，那有什么用，咱家一割麦子，拾麦穗的人全拥到咱地里，又不好意思说，可是人家好意思拾，当时纪律还好点，还没有抢的……

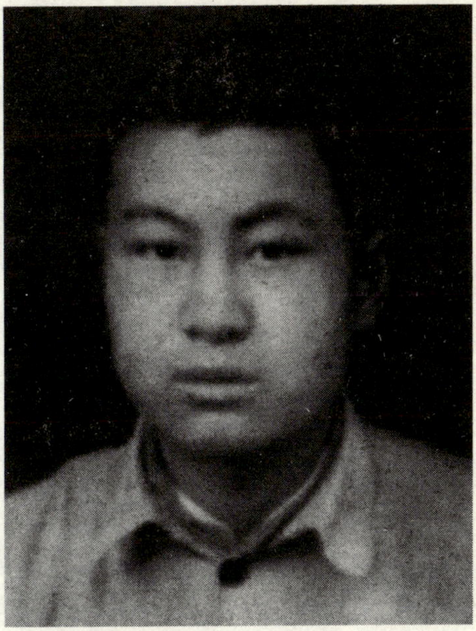

父亲 1949 年春全国第一次团代会归来(摄于济南)

注释:

① 即高粱叶。

② 我父亲苗得雨从1944年12岁开始在解放区的斗争中学习新闻写作和写诗，曾担任区通讯站副站长，1946年延安《解放日报》曾刊发电讯《十四的孩子诗人苗得雨》，1948年入党，1949年初作为鲁中南区模范代表去北平出席共青团第一次全国代表大会，第一次受到了毛泽东、朱德、周恩来等领导的接见。回来不久即调往鲁中南报社工作。之前已被调去过一次，被我老奶奶领回来。这时二姑11岁。

第一章
孤独承受的奶奶

二姑眼中的“奶奶”——

等来等去的母亲，终于等到的父亲却已转业留在哈尔滨市，又建立了一个新的家，她失去了平衡，母亲失去了精神支柱，她倒了，她那怀着思念的心死去了……母亲是父亲分别十年的结发妻，母亲是真正的军人妻，多么骄傲的称呼啊。

二姑的一首诗《妈妈》写道：

人人都说黄连苦，
妈妈比黄连苦十分。
父亲十七岁，
妈妈二十一，
他们结婚了。
妈妈二十九，
父亲就出走，
一去就是一辈子，
没回头。

妈妈拉扯我仨怎么过？
怎么过？也得过。
妈常说："宁要讨饭的妈，
"不要做官的爹。
"孩子爸出走，
"不能没有妈。
"儿女是娘身上的肉，
"怎说不疼煞，
"怎说撇了他。"
咬紧牙，苦干吧，
又当爸爸又当妈，
干完家里干地里，
场里也是她。

鸡不叫就起床，

淘粮食推磨忙，
一推就是一早晨，
脚尖儿疼得慌。

鏊子窝里一坐就是一半晌，
体难起，腰难直，
擦擦汗水去下地，
割庄稼，去锄地，
样样活儿为主力。

场里地里干不完，
家里针线柴油米，
哪样儿也得妈操持。

妈妈苦，妈妈盼，
盼望爸爸回家转，
盼望哥哥长大好种田。
盼望我和姐姐快长大，
盼望生活有好转。

盼父亲，眼望穿，
转业去哈市，
很少把妈看。
哥哥长大工作了，
也远离家园。
哥哥走的那天，
母亲没了魂，
一躺三天没吃饭。
不吃饭留不住孩儿男，
不吃饭盼不回丈夫在身边。

强打精神强起床，
这样的苦日子没有边……

我的奶奶和老奶奶都是小脚，旧时代中国妇女缠足。但她们都有过美丽的少女时光。二姑的《母亲》一文对我的奶奶这样描述——

母亲1910年出生（她生于1910年阴历六月初八，去世于1982年1月4日），是属狗的，注定她要守一辈子家，看一辈子门，上对老，下对小尽职尽责，把自己的一生奉献给了别人，母亲的功劳是不可磨灭的。

母亲21岁和我父亲结婚时，是父亲看上了母亲。母亲中等身材。听本姓姑姑说，母亲为闺女时长得白胖好看，乌黑的大辫子拖在背后，走

故乡老屋

二姑文章中“四个女人”摄于1956年8月

起路来扎着红头绳的辫梢左右摆动，美丽动人。父亲当时走三姑家，正好是母亲的四舅妈，有点亲戚瓜葛。母亲大父亲4岁，婚后8年间母亲接连生下我兄妹三人。父亲在我周岁多参加抗战打日本鬼子去了，一去就是十多年杳无音信。母亲拉扯着3个不懂事的孩子，又当爹又当娘，含辛茹苦，侍奉着婆婆，母亲虽不多言语，可心里明镜似的，孩子爹不在家，可不能让孩子没有妈。母亲常想：再苦再累也要撑下去。

母亲抱了一辈子磨棍，推了一辈子磨，石磨盘在母亲手里磨去了半层。父亲走后家里五口人，母亲差不多每三两天就得推一次磨，那时没有表，宁早勿晚，约莫着睡一觉就得起床淘粮食推磨，争取蒙蒙亮推完。那粗粮食䅟子非常难磨，粒小皮厚坚硬，推一次磨最快也得两小时，再一张一张烙(煎饼)起来,算来也得早8点钟了。母亲推磨是我和姐姐帮着,小时候帮不上忙时她就自己推,奶奶没病时也推过磨。小孩子爱困,有时抱着磨棍就睡着了,曾记得我在磨沟里晕倒过几次,眼前发黑,头脑什么也不知道了,就一下子跌倒在磨沟里,然后就冒一身冷汗。母亲从不打骂孩子,从不吩咐做什么,我们心疼母亲都是自觉主动干活。

坡里、场上,镰刀、锄头、扬场锨、杈、耙、扫帚没少拿,庄户人吃饭劳动也是应该的。可那年代动荡不安,日本鬼子铁蹄践踏中国。我还在襁褓中母亲就抱着东躲西藏,寒冬涉过刺骨的沂河水,我成了母亲的累赘,父亲看着受苦的妻子,心疼地说:“把她扔了吧,什么时候长大?”母亲却紧紧把我抱在怀里,母亲怎能只顾自己舍弃亲骨肉呢?人们过着颠沛流离的日子,母亲还是以坚强的毅力坚持下去。我二姥娘家的大舅就惨死在日本鬼子的屠刀下。撇下一儿一女,大妗子后来也改嫁了。父亲一怒之下扛起枪杆,一去就很少和母亲团聚过,29岁的母亲守着活寡天天熬,当时我哥哥只有7岁。

爷爷苗广顺 1951 年 7 月(摄于哈尔滨)

父亲欠母亲的,也欠奶奶的,也欠儿女的,可父亲没有分身术,人们受得那些苦应该算在小日本头上。

我哥哥十几岁就能帮母亲干活了:推车送粪,锄地割禾,打场扬谷……

二姑在给我父亲的信中生动地描述了他(她)们干活的情景:回忆起这些事来

觉得有些累，有一次你推着车子①，车子上装着一车庄稼，可能是麦子，我和姐姐拉着，我觉得很累。我总想，推车的可能轻快些，殊不知推车的更苦。你说："划地还，划地还。"划地当时我不知道，什么叫"划地还"？后来才知道车子装得低了，划着地有阻力。有一次你和我从布稻囤姨奶奶家抬了13升篼子地瓜，你在后我在前，一路上累得光抽鼻子……

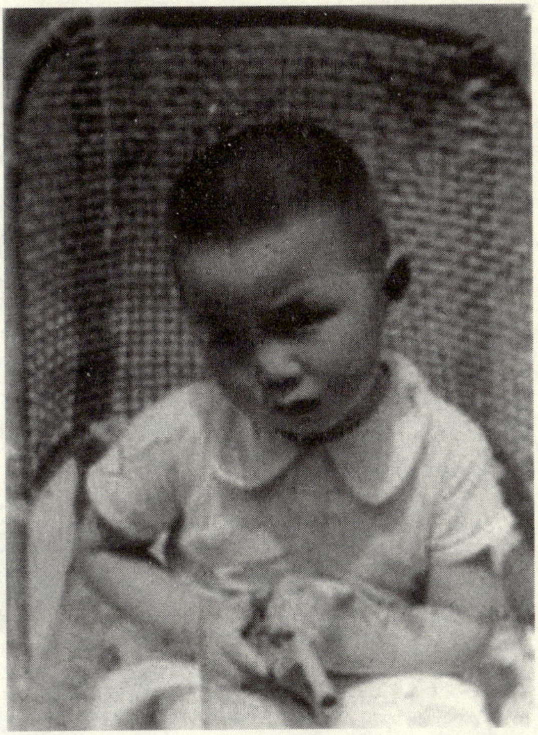

长水

我父亲那句"划地还，划地还"的大意是"车子划着地了嗨！划着地了嗨！"

二姑在散文中则这样写——

哥哥因体小力弱不负重，不会装那独轮车，麦秸总是划着地，哥哥用力推着，车前也看不清路，农村的羊肠泥泞小路，哥哥东一脚西一脚地走不稳，累得汗流浃背，直喘粗气，我和姐姐在前面拉车，直累得出鼻子，就互相埋怨不用力。夏秋雨水也多，秫秫（高粱）地里泥水没脚，只好先把秫秫穗剪下来，母亲挑着两捆沉重的秫秫头蹚过那泥水路，脚丫被泥沙硌得生疼还是咬紧牙忍着，还前后照应着哥哥和姐姐抬的一捆，我抱一小捆。

母亲盼父亲的心情已渺茫，只好盼我哥哥长大。多年的战乱生活，好不容易躲过了日本鬼子的屠刀，1947年国民党反动派流窜到山东。那年我哥哥15岁，是村里打地主分田地的积极分子，儿童团长。敌人在沂河对面的苗家曲安了据点，三天两头窜到河这边的苗家庄扫荡，抢东西抓人。一次我奶奶去北官庄老姥娘家。敌人突然袭击我们村，哥哥没跑掉，我和哥哥躲进地窖里。地窖口母亲盖了些棉花柴。一群如狼似虎的国民党兵闯进我家，用枪杆三下两下就挑开了棉柴，厉逼着我和哥哥出来，不然就开枪。我们出来，他们非要带走哥哥。我们村被国民党抓走的都遭到严刑拷打，用鞭抽，用火烤，点燃一把香在腋窝烧。我族中二姥爷当过抗联主任，被抓去后活活烧死牺牲了。逃回的邻居二叔苗广立目睹了那一幕幕惨状。母亲急红了眼，拼命死夺硬拽，直被赶到碾上邻居老奶奶家前。80多岁满脸皱纹的老奶奶挺身出来护着哥哥，和敌人辩理说："这孩子才15岁，就是个子长得高，他还是个孩子。"硬帮着母亲把哥哥拖回家。还巧没遇上本村地主还乡团，那些汉奸狗东西，土改时斗过他。否则就坏事了。

村中水湾

父亲在沂河边(1956年秋)

从那以后哥哥不敢冒险待在家里，躲在李家营一个朋友家，还卖过花生，不会卖都让朋友吃光了。我也常给哥哥去送煎饼。母亲知道哥哥的书是他的宝贝，装在一个瓷缸里，埋在长甫子的地里，[②]雨水泡湿，在家里摊开晒着。可是来了飞机，见目标就炸，还得快收拾。有一次飞机轰炸，一个解放军牵着一匹马飞快躲到我们家的西屋里。我心里没觉得危险，还从窗户里往外看，看见飞机飞得很低。前街上住的解放军的白毛巾没拿走，被敌机炸得房子都着了火。

1948年我哥哥16岁，国民党的飞机仍在不停轰炸。哥哥正发疟疾，生了一身水痘，发烧、怕风、口渴，真是雪上加霜。母亲不离左右照顾哥哥，不断地给他烧开水，做面条给哥哥吃，从不请医生看，单靠身体的抵抗力和细心护理。哥哥天天数着身上脸上的痘，不敢照镜子，心里很烦躁，又痒得很，又不敢抓挠，抓破了会留下伤疤的。母亲在那些破了的水痘上放些豆瓣把脏水吸出来扔掉。敌机来了，哥哥正发着烧，母亲右胳膊托着哥哥，左手提着一瓦壶开水，疾步钻进油坊前的一个敞口大地窖里。地窖里空无一人，我拿着碗在后面跟着，刚进地窖西边的土炕上，哥哥就跪躺在那里，身体虚弱得像一摊泥。敌机直冲下来，一梭子子弹扫下来，地窖周围落了些老大的大炮壳，就差那么一点。敌机一过，母亲赶紧拖着哥哥飞快去了村后隐蔽的地窖里，因人多拥挤，手提的瓦壶里的开水烫伤了邻居老奶奶的脊背。敌机过后，母亲好不容易把哥哥架扶到家里西屋的床上躺下了。

解放战争胜利了，哥哥又去了国家最需要的地方，家里只有奶奶、母亲、姐姐和我四个女人。奶奶60岁后痨病日渐加重，是母亲和我姐妹

故乡大门
前街口（一）

侍奉着，母亲自始至终尽孝道。奶奶的独儿走了，独孙飞了，重担落在母亲身上。母亲总是给奶奶缝制两套棉衣，一厚一薄，被褥絮上新棉花，又轻快又暖和，总是怕奶奶冻着，身子底下怕硌着。我和姐姐、母亲三人合盖一床蓝色粗布薄被，母亲不舍得给自己缝褥子，冷极了就给我铺一件棉袄，再把席子底下填上些豆叶，睡醒一觉也很暖和。母亲常说："年轻人有火力，席底下铺了厚厚的麦穰草就很暖和了。"我们冬天都是一两件袄，里边有个褂子就不错了，裤子穿了又接，接上一块新布就美得不得了。

父亲在沂河边(1956年秋)

我们家长甫子地里那高大的杨树使我难忘，爷爷、奶奶、老爷爷、老奶奶就埋在那里，杨树的茂盛也标志着苗家的兴旺。大桥那地里的柳树翠绿，那是干活乘凉的好地方。场院里的椿树、楸树、枣树也是少有的，也是雨后捉蝉的好地方，只有捉蝉才可吃上蝉身上的一点瘦肉，奶奶、母亲不管生活多困难，地种得多薄，没舍得卖一棵树、一亩地，支撑着那个家。

母亲是劳动的主力军，爹走后，家里吃的、穿的都是她，鸡叫起来推磨，摊煎饼，烧水，做饭，每天下午喝一顿咸糊涂，真犒劳人，我们一家五口人的小锅，总是满满的一锅。母亲那时烧火做饭，是用打火石生火。生火时先用一个小铁盒刮鏊子底上或锅底上的灰，那墨墨的灰刮下来像片片黑鱼鳞，这样的灰不能刮得太多，一次过盛了，下次就困难了，这样的灰一二十天才能刮一层。左手攥紧火石，右手拿好火镰，用火镰从左向右猛擦打火石，火石就会迸出火星，蹦到靠近铁盒的灰里，引着了灰，赶紧把这有火星的灰倒进准备好的软和柴火里，两手捧紧，用嘴慢慢吹，慢慢吹，灰火渐渐引着柴火，就可以生火做饭。

这火石是石英矿物，褐色或淡黄，半透明或不透明的结晶体，是从山上或岭上捡来的，很坚固，平日留神就会捡到这样的石英石。火镰是长约6厘米，宽约2厘米，厚约3毫米的硬铁片。这样生火看来比较原始，一天都管用。早晨烧完的余灰，还有余火时，盛在火盆里，底层放上厚厚的草屑或木屑，冬天一方面给奶奶取暖，一方面中午和下午烧火做饭，就不用再打火了，也节省锅底的灰。后来有时也买一两盒火柴放在那里备急用，一盒放在灶台上让灶王爷看好，另一盒放在盛小麦的缸里，夏天阴雨多时也不潮湿。那是我奶奶的经验。

我家的经济来源靠母亲纺线、做鞋出去卖，也赚不到几个钱。我奶奶带我姐妹俩用席篾编织斗笠托别人卖，也只赚个块儿八毛的，不到关键时刻舍不得花。很久以后母亲的打火石不翼而飞了，没有人重视它，没有人寻找它，那块打火石已磨平了棱角，它伴我母亲几十年，天天相见，月月相逢，年年相随，是有了"灵气"的，也可以说是不光为我们家，也为革命做过贡献。

爷爷苗广顺(1949年3月摄于天津)

母亲养了鸡。为了鸡下蛋，每天早晨雷打不动地给奶奶冲蛋茶，还常炒个鸡蛋给奶奶吃，那是农村给老人最好的补品了。我小时候很馋吃个煮鸡蛋，盼着一年一度清明节分个煮鸡蛋，一个个染成红蛋，玩够了再慢慢吃，品尝那滋味。盼着一年一度的端午节喝两个荷包蛋，放上车前子和猪鬃草，也叫铁线草，这两种草本植物有清热、解毒、利尿等作用。母亲还给奶奶烙的饼里多放点麦子粉，烙个三张五张的就够奶奶两天吃的。我和姐姐很懂事，从不拿奶奶的东西吃。小时候粗茶淡饭，吃得很香，长得也胖，也不矮。因为我最小，奶奶有时也给我个梨吃，给我几个山楂吃，奶奶能赶集时，总是花五分钱买个馍馍给我吃，那个好吃劲，嚼在嘴里不舍得咽。

母亲辛勤地侍奉奶奶和我们三兄妹，她心里还有个盼头，还盼着父亲能回家，谁都知道夫妻感情是别人无法代替的。父亲是我奶奶蝈蝈腚上一根毛，从1939年抗战离家，一去就是10年杳无音信，我奶奶能不撕心裂肺地牵肠挂肚吗？我母亲能不痛不欲生地思念吗？1949年4月我奶奶收到了我父亲的来信，信内有一张二寸的“天津留影”的黑白照片，我奶奶手执照片，泪流满面，悲喜交集，总算有了回音，悬着10年的心落了地。我母亲躲在屋里哭得眼通红。那是惟一的一张难忘的照片，背面写着“1949年3月30日”。照片上的我父亲身穿军装，头戴军帽，腰束皮带，脚穿军鞋，肩上斜背着盒子枪，俨然是解放军的军人了。

我从来就不会叫爹，我想着第一次见爹的时候，大约是我上小学五年级的时候，爹好像春节来的，还给我买了一双力士鞋。父亲身材修长，长方脸，皮肤白皙，识文解字。我1.66米的个子，还得仰望着他，我对父亲因从小很少见面而缺乏感情，张不开口叫爹。可是等来等去的母亲，终于等到的父亲却已转业留在哈尔滨市，又建立了一个新的家。她失去了平衡，母亲失去了精神支柱，她倒了，她那怀着思念的心死去了……母亲是父亲分别10年的结发妻，母亲是真正的军人妻，多么骄傲的称呼啊。

注释:

① 山东农村干庄稼活或运输用的中间一个轮子两边载物的小独轮车，一人在后边推，前边可有人用绳子拉。

② 当时家中若干块地中的一块。

第二章
聪明过人的老奶奶

二姑眼中的“老奶奶”——

奶奶和命运拼搏了一辈子，奶奶虽不识字，可聪明过人的奶奶懂得很多道理，自己再苦再累没拖儿子的后腿，也没拖孙子的后腿，尽管一万个舍不得。记得每年无偿交纳公粮时，奶奶总是拿最好的大豆、小麦，总是簸得干干净净的。我家曾多次住过自己的部队，奶奶总是让出堂屋给部队住，腾出堂屋存放军需品。我还清楚地记得满屋子的军衣和粗毛线军袜。我奶奶和母亲做过军鞋，缝过军衣，我奶奶也是名副其实的军人母亲。

二姑苗得荣在她的散文《奶奶》中写道——

奶奶、母亲、姐姐和我，在我的记忆中，奶奶是我们家的第一位女主人。奶奶娘家姓高，个头长得也高，身材匀称，长得不丑，长方脸，双眼皮，头发有些自来卷。我记事时奶奶已把头发全向后梳了，盘了个鬏儿，头发有些花白，耳朵上戴了一对"豆芽菜"式的银耳环。

后来从家谱上，才知道奶奶的名字叫高秀英。虽说奶奶是小脚，也是出类拔萃、精明能干的女中强人。可奶奶命苦，我爷爷44岁就撒手人寰，那是黄金难买的年龄，带着无限牵挂被无常鬼索走了。我奶奶及家人那是怎样的呼天抢地，大放悲声。真所谓天塌了，地陷了。在万般无奈中，我奶奶挺了过来，带领我父母坚持撑下去。我父亲年轻体高力薄，识文解字的事内行，出力的庄稼活不是拿手的。他和我母亲结婚，有我姐姐以后，父亲生了一场大病，不得不把宅子的前半院典当给邱姓，得大洋80块，以后再无力赎回。1939年，惟一的弱男劳力父亲才25岁参加抗战打鬼子去了，惟一的男孩我哥哥当时只有7岁。我奶奶和我母亲像打翻了五味瓶，酸辣苦涩无不俱全。惟一的甜头全寄托在我哥哥身上。我奶奶和我母亲坚强地撑起这片破碎的家，家里、地里、场上摸爬滚打，因此一家老小不至于挨饿。虽说常年吃的是最粗的粮食穇子煎饼，咬一小口，嚼一大口，又难吃又难咽。还有地瓜秧子小豆腐，喝的是红秫秫稀粥，在20世纪三四十年代的农村生活就已经不错了。我奶奶常说："穇子是农民的养家粮，有穇子吃就饿不死。"穇子这种农作物现在很少有了，它不好吃，可高产、稳产，旱涝保收。

奶奶的智慧是少有的。也许是长期的磨炼，我奶奶不论家务活还是坡里场上的农活都了如指掌。场上活会打草苫子，垛垛，打场扬谷，编架篱笆帐子，这些活看起来简单，其实内中都有技巧。扬场扬不均匀，空中面积不大，粮食不会扬干净的。垛垛垛不好，垛会塌的，特别是麦秸垛发滑更难垛。这些活都是奶奶耐心地教我们掌握技巧。熟知哪块地适合种哪种作物长势好，利用效率高，收成多。哪块地种什么都胸有成竹，哪块

老奶奶高秀英(1956 年)

地上什么肥。当时我们家是地多肥少，就炒些烂豆子，上碾一碾，再加一些碎豆饼，像撒芝麻盐一样撒在沟里。村东八分地是好淤土，能保水、保肥，适合种各种农作物，于是奶奶常把这块地种棉花或秧地瓜。种棉花是技术活，奶奶懂得用草木灰搓种、催芽、插种，还有施肥、锄草、灭虫、打头、拿杈、去底叶，还懂得什么时间拾棉花，轧棉花、纺棉花样样精通。村北一亩多沙土地种绿豆，间作芝麻，高矮互不争夺阳光，充分利用地利。村西一块涝洼地常种穇子，一大垛穇穰冬天喂牛，粮食人吃，虽说粮食粗劣，总比饿肚皮强。

中耕锄地，奶奶指导母亲、姐姐及我，用多种方法。不干不湿用锄锄，苗高地湿就拔草，每次拔草都带着小板凳。棉花地里还得拿蝼蛄，把棉花棵周围用脚踏结实，不让蝼蛄去拱。

农闲时家里两辆纺线车，奶奶一辆，母亲一辆。奶奶手巧纺得线细，均匀，光滑，她纺线时拿棉花的左手食指伸得长一些，这样纺出的线光滑好看，我奶奶也常这样教导我们。拐线也是奶奶最拿手的，她把拐子上的线，用毛刷蘸一点点水，朝一个方向轻轻一刷，线毛毛就不见了，再拧成麻花式样，又光滑又好看，买主一看就上眼。因此奶奶纺的线总是卖个好价钱。差不多一个集空能纺二斤棉花，捆成四捆，当时都是那样捆着，已成为规格。

这辆纺车后来就成为我和姐姐的了，我和姐姐白天纺，奶奶和母亲夜间纺，每晚点着豆粒大小的油灯，坚持纺完一个线穗子才睡觉，否则母亲是不敢睡的。我和姐姐还享受早睡的待遇，母亲纺着线，往往困得像磕头虫。

1954年11月长水与老奶奶（1岁与63岁）

我奶奶50来岁就积劳成疾，得了庄户人说的痨病，一到严冬就犯，一犯就卧床不起，什么活都不能干了，光喘气都喘不过来，有时蹶蹶地跪在床上大口大口地喘气，有时像虾米一样蜷曲着咳嗽。我和姐姐、母亲侍候她，捶捶背，收拾痰物等。每天早晨冲蛋茶，放点白糖，有时给她煮梨、煮山楂，咳嗽了就吃几口压压。那年代有病从不看医生，干受罪，农村没有什么好吃的，也没钱买，我家没有暖水瓶，每晚烧好半瓦壶开水，夜间奶奶口渴了，我披着棉袄起床，用柴草再把凉水热一热给奶奶喝几口。我和奶奶一床睡，每晚给奶奶暖脚。长期的艰难生活，我的抵抗力也增强了，多么冷的天，夜间起来侍候奶奶也从没感冒过。有时我做面疙瘩汤给奶奶喝，那面疙瘩汤是用簸箕滚荡成豆粒大小，放点油盐葱花，

故乡当年大门口外街上

很好喝，奶奶最爱喝，常夸奖我做得好吃，那是我跟姥姥学的。奶奶还爱吃小豆腐，除了地瓜秧子小豆腐，我和姐姐常去地里挖些苦菜或萋萋菜，这些野菜做成小豆腐很好吃，老年人吃了败火，不便秘，还有营养。奶奶常说："萋萋菜俩荚荚，饿不杀80岁的老妈妈。"

奶奶的痨病十几年也没好过，听说乌鸡能治痨病，也曾炖过乌鸡，还放些天麻，不放盐。哪里是真正的乌鸡呀，鸡爪有些乌就算它是乌鸡了。有时病得厉害了，奶奶还请来女巫婆，摆供、焚香、烧纸，求神指点保佑。因此我奶奶还许愿供着一对神仙夫妻，名曰：夏得友、胡金婵。常给他们做花插花瓶，做绣花鞋供在神位上。那些活都是奶奶教会我做，那全是心理上的慰藉，从未见显灵。

痨病一直折磨着奶奶，也折腾着家人，一到春暖花开才算又熬过了一冬。那些年夏秋季雨水特别多，常常半月十天老天不开晴，有时大雨点下个几天几夜，沂河的涨水威胁着苗家庄。前街南大门外也曾用麻袋装沙土堵水。站在村南往南看，滚滚的沂河水一眼望不到边际，浑水卷着冲刷物，河边的钻天杨只露着半截，村民们心提到了嗓子眼。有惊无险，苗家庄从未大淹过。有一年夏天滂沱大雨下个不停，奶奶住的西屋禁不住雨水浸泡，倒塌了南山墙，大半个屋暴露在露天里。幸好奶奶睡北间，雨水直往屋里灌，我和姐姐就一瓢一瓢往外舀，一盆一盆往外端。我和姐姐赤脚挽裤浑身弄得像落汤鸡，外头不下了，屋里还滴答。几年积攒的麦秸草，又请人打墙，墙刚打好又塌了，不得不费二遍工夫，费劲巴拉地把房子修缮好。当时请人干活只管饭不拿工钱，饭也并非大鱼大肉，一般比家常饭好一点就行，那是村情。奶奶常操心房子，再一年的努力把北山墙用石灰、沙土，掺一些麦糠，按比例和成泥墁一层，保护着土墙。

1954 年长水在北京

哥哥走之前，奶奶、母亲真是好不容易熬到了哥哥说亲的年龄，心里有了甜蜜，脸上绽出了笑容。因为哥哥长得高大帅气，皮肤白皙，很有男子汉气魄，走起路来砸地有声，不乏东邻西舍的来说媳妇。过了彩礼，选好了娶亲的日子，我和姐姐扳着指头数着盼着新嫂嫂过门，听说女方非常重视，还做了满堂鞋，我和姐姐多么盼望新嫂嫂及新嫂嫂那双鞋。可村里干部非动员我哥哥脱产不可，说我哥哥有出息，难得的优秀人才，上级看准了的，有培养前途，是株“好苗子”。还许诺许多优惠条件：

家里代耕、代种，庄稼代收割等等。我奶奶和母亲是明事理的人，搁不住村干部轮流坐庄动员，再也不好意思拒绝，可不光家里惟一的男劳力又走了，那么过门的新嫂嫂也成了别人家的了。

那20世纪四五十年代脱产的人也很艰难，父亲很少寄钱来家，直到1962年腊月我奶奶去世后，才把手表卖了几十元寄来家。哥哥算是最疼奶奶的了，曾给奶奶买了羊皮袄，洁白的羊毛一卷卷像短烫发，柔软而暖和，还有一床大红毛毡毯，奶奶珍惜得像宝贝似的，用手摸摸，往脸上贴贴，往身上穿穿。后来那床大红毛毡毯传给了我，伴我寒窗十几年，后又传给重外甥。那件羊皮袄传给了母亲又传给了姐姐，都充分发挥了它的作用。

我奶奶去世前曾牵挂地说："三根肠子八下里牵。"挂念独根儿子多年不在眼前，挂念惟一的孙子远离家乡，挂念我在外地上学，挂念出了嫁后的姐姐生活艰难。夕阳中的奶奶在望眼欲穿，70多岁的她再也抵抗

2000年初夏父母与村中乡亲及友伴们

1957年夏在故乡老家(上中父亲、中老奶奶、下右爷爷——怀中长水、下左奶奶、上左母亲娇永——怀中二弟长伦、上右二姑苗得荣)

不过病魔的缠身,在自然灾害严重的1962年,在恐惧寂寞中永远闭上她那疲惫昏花的眼睛。我和母亲在痛不欲生中把奶奶葬到黄土底下。哥哥来家,顶替父亲为奶奶使劲摔碎了"牢盆",随着碎盆声,哭声一片。

奶奶和命运拼搏了一辈子,奶奶虽不识字,可聪明过人的奶奶懂得很多道理。自己再苦再累没拖儿子的后腿,也没拖孙子的后腿,尽管一万个舍不得。记得每年无偿交纳公粮时,奶奶总是拿最好的大豆小麦,总是簸得干干净净的。我家曾多次住过自己的部队,奶奶总是让出堂屋给部队住,腾出堂屋存放军需品。我还清楚地记得满屋子的军衣和粗毛线军袜。我奶奶和母亲做过军鞋,缝过军衣,我奶奶也是名副其实的军人母亲。

我奶奶一生勤劳肯帮助别人，奶奶会剪裁衣服，她帮助本村及娘家不知裁过多少大人小孩的衣服，有的人不会缝，她总是帮着指导着人家缝。奶奶还会点小医术，有人磕着碰着，划破口子出血，都让奶奶包扎。她拿一二分米见方的烧纸叠成四层，在僻静的阳光下念叨几遍，说也奇怪，经她包扎的伤口从未复发过。

奶奶赢得了人们的好口碑，奶奶的一生是燃烧的。

第三章
父亲的第一个春天里

父亲如是说——

1949年的春天，我刚满17岁的时候，第一次见了那么多世面。第一次坐汽车，第一次乘火车，第一次到了省城济南，第一次进了京城北平，第一次见到了领袖毛主席。这么多第一次，留在难忘的全国解放的第一个春天里。

我父亲苗得雨在他的散文《在第一个春天里》，写了他作为一名解放区的“孩子诗人”，第一次离开家门走向外面世界的激情——

1949年的春天，我刚满17岁的时候，第一次见了那么多世面。第一次坐汽车，第一次乘火车，第一次到了省城济南，第一次进了京城北平，第一次见到了领袖毛主席。这么多第一次，留在难忘的全国解放的第一个春天里。那年3月，我从家乡沂南起身，去北平参加青年团第一次全国代表大会。我以前从未出过家门50里，这一下子驾云似的飞向千里之外。沂南县的代表，有地委青年干部李兴法，业余歌手李桂棠等。从县委驻地南寨到临沂的百里路程，李桂棠不停地给大家唱歌。

1945年，县里组织农村剧团去前线慰问，我们差点去了临沂。那久听老人们说起的沂州府，这一次见到了。临沂东临沂河，就是我们家乡村边那条河，经过120多里的路程流到了这里。看到沂河那一刹我在想，

1949年冬与《鲁中南报》副刊组同事照（临沂）

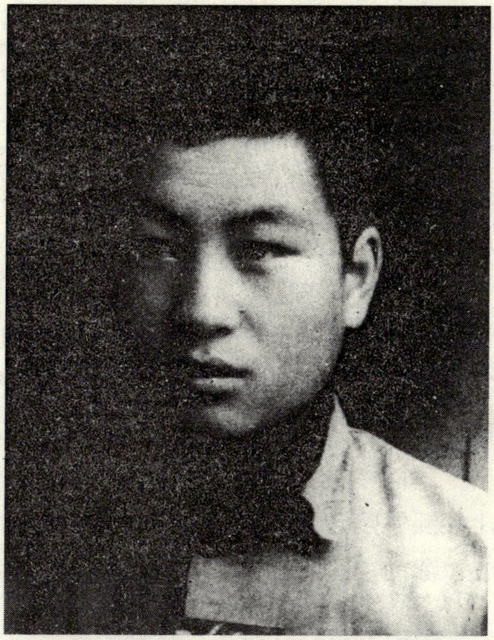

苗得雨1949年7月在鲁中南报社工作时照

若在家乡的河面放上个什么物件，说不定隔一天就会在这里的水面上捞到。抗战胜利，这里一度是我党山东首府。国民党占领后，由此开始进攻山东腹地沂蒙山区。我们放弃临沂是为了张网捕到大鱼，不久我们就消灭了李仙洲的5万人马和张灵甫的74师。此时，这山东的“南部大城市”已处处欢声笑语。我们在区党委招待所住下，我顾不上休息，就从东街跑到西街，从城北转到城南，四处看景。晚上，我们看了鲁中南军区前卫文工团演出的歌剧《刘胡兰》。看台下有部队和地方机关各单位的干部。报社的同志正坐在我们后面。我向他们打听我那些多年通信却未曾见过面的老师，有的在驻地城北大曲沂没能来，有的上前线去了，帮助我最多的牛玉华同志去北京开全国第一次妇代会了。

鲁中南地区参加全国会议的青年团代表共有23位。有各级青年干部和各条战线上的优秀青年代表。一路上，相识互述，非常亲密。宋诚德同志带队，他是区青联主任，1946年他曾步行了300里去过我的家乡为我发奖。他爱人辛颖同车去济南，想不到这位漂亮的宋大嫂，就是1944年鲁中“宣大”在我们家乡演出时，《抗属真光荣》中那个演妹妹的演员。辛颖的父亲是革命有功的济南民主人士辛葭舟。李子超、张明晓、刘毅、夏军、娄振中、汤平生几位，是我们这一行中的活跃人物。几个人总拿夏军开玩笑，夏军正同一位姑娘谈恋爱，到了北平也似乎兼顾此事，这些有趣的玩笑也贯穿了我们北平之行的始终。李法荣、卞怀之、孙继文、刘礼等几位，和李子超是战友重逢，侃侃而谈。娄振中和纪丕福讲故事，一个诙谐有趣，一个能言善辩；一个讲工厂，一个说农村，好像好故事都发生在他们那里似的。从基层来的李春范、程永元、王宝田、耿文莲，也像我一样在旁边不眨眼地静心听。我们当中最年轻的姑娘汤平生，十五六岁，小小的个头，帽檐下短发齐在耳后，长长的军衣束着皮带，显得整齐、麻利又美丽。她声音清脆，爱唱歌，可是常常被一些大同志逗得哭。她从小就在革命阵营中，当时是鲁中南区党委机关团的负责人。

我们坐汽车去兖州，从兖州乘火车到济南。这一段是闷罐车，只边上有座。我们几个年小的就躺在行李架上。车上有穿长袍的男人，也有穿蓝旗袍、烫发、抹口红的女人。到了济南站，我转向了。出站后知道往南走，却总觉得是往东。

我们住在经一路纬二路的青年会堂。这时的泉城已经杨柳泛绿。街上熙熙攘攘，人力车奔跑，卖东西的喊叫。做泥哨卖的人，吹着简单的却是浓浓的民间风味的音调。我看了大观园，逛了新市场，游了趵突泉、大明湖。在一个剧场里第一次看了电影，名叫《白牙狼》，讲一条狗由走失到被主人找回的故事。人的动作一停一顿的，是电影初级阶段的水平。还在北洋大戏院看了京剧。

1955年9月，苗得雨当选全国第一届社会主义建设青年积极分子代表大会代表照

在青年会堂的西头楼上，住着省青联的两位老文艺工作者，贾霁和李根红。贾霁个子不高，文质彬彬像个女教师。认识了他，我才知道当年农村演的许多戏就是他写的，笔名“艾分”，我原以为那是一位女同志。他写的《王老五减租》、《吃地雷》、《参军去》、《参加主力好反攻》等等，我们都演过。我告诉他我

在这些戏中扮演什么角色，有的全剧我能从头到尾背下来。他说那是工作需要，匆匆写的，倒记不得了。李根红，来自胶东文协，笔名“塞风”，我早读过他的一些诗文。在他那里，我认识了济南市委机关报《新民主报》的副刊编辑苏东同志，他对我说：“我们现在正访问你们，你也帮着采写几个人物吧。”我便先后访问了女民兵英雄侍振玉、女护士刘文桂和学习模范纪丕福。侍振玉长得像个小伙子，说话声音很高，19岁当民兵，一年多参加了92次战斗，其中一次是拔据点，她和战友一起打死打伤敌人100多名。在一次战斗中，她把受伤的区指导员从火线上背下来，区指导员夸她比男子还勇敢。“可是，开始还不行。”小侍告诉我，她头一次参加战斗，慌慌张张地把鞋都跑掉了。女护士刘文桂，温柔，和气，大大方方。她慢慢悠悠地讲她的故事，和侍振玉相比，是另一种性格，她曾在敌人进攻的炮火中，带领12副担架冒雨转移，她爱护伤员像对待兄弟姐妹。

我们参加了省青联在驻地举行的联欢会，在贾霁的帮助下，我写了一首诗叫《农村的孩子来到城市》，在会上朗诵：“共产党来了，晴了一个天，翻了一个地，我，一个农民的孩子，初次来到了城市……”参加会的一些青年学生围过来问这问那，有的说：“你家乡有好多高山吗？沂河挺美吧？你就在河边放牛吧？……”还有的问：“你是怎么写诗的？”我说：“我是编诗歌呀！”他们笑了：“噢！你把创作说成编，不说写？”我解释说：“我觉得写是写字、抄字，诗要编了再抄……”我望着这些新相识的伙伴，品着他们不同于农村青年的风度，我想，农村小伙子的朴实，姑娘的羞羞答答是可爱的，这些城市学生大方、开朗，穿的整洁，不也是很可爱吗？

山东的青年代表，在刘导生同志的带领下起程去北京。这次我们坐的火车，有一排排的座。中间又坐了一段只有车底垫的敞车。我躺在上面，看着天上的星星，两边的树像有水冲似的向后移去。到了德州，只觉得车往回开。原来在那里换了车头。到了沧州，又换上了有座位的车。车到北京时，尽管左拐右拐，我没有转向，使我对我们首都的方向，从一开始就牢记心中。

这时的北平，刚刚和平解放。中直各机关已经进城，党中央和毛主席还在京郊。街上无论部队、政府机关的人员一律戴着“北平军事管制

1980年秋父亲（左）在沂河源头

委员会”胸标或袖标。团代表住在王府井南口全国青联驻地的楼上。窗子靠着大街，我时常趴在窗子上向外望景。山西代表住在我们上面，我认识了闻名的《吕梁英雄传》的作者马烽。马烽领我跑到楼顶凉台上，我这时才发现在这里可以鸟瞰北平的全貌，这京城可真大呀。宋诚德同志带我坐了一次电车，到一个地方见到了由省青联调到团中央的杨涤生、王照华同志，他俩也都戴着“军管会”的袖标。

不久，见到报纸上大字标题《欢迎毛主席进北平》，知道党中央、毛主席已进北平。这时，正是解放大军过江之前，我们听说毛主席和党中央的同志工作极忙。但在一天走进宴会厅坐下以后，见远处有几位军人很面熟。刘导生同志悄悄地告诉大家，那一位是罗荣桓，那一位是叶剑英，那一位是聂荣臻……

团代会4月11日至18日召开，会场是在校尉营的一个礼堂里。朱总司令与任弼时同志每天到会。我感到很幸运，现在可以天天看见多年敬仰、想念的朱总司令，不久前还在家乡和小伙伴们唱：“我们的朱德总司令，命令全国大反攻……”过去照片、画像上见的，而今就坐在面前。他身体很健壮，面庞黑黝黝的，像个庄稼汉。朴实的举止，慈祥的容貌，又像一位和蔼的老妈妈。他代表党中央向大会致词，鼓励大家，要好好学习文化、科学、生产、军事知识，成为能文能武、样样精通的一代青年，成为新中国的建设人才。他说：我们这一代即将完全推翻帝国主义、封建主义和官僚资本主义的压迫。打了几十年的革命战争，现在很快就要在全国范围内取得胜利。我们把一个旧中国打垮了，你们要把一个新中国建设起来，我们这一代，还要和你们一起参加建设……总司令63岁了，声音洪亮有力，像40岁的人。1946年我们在家乡河滩上布置会场，和驻地部队一起庆祝总司令60寿辰，乡亲们祝愿他活到100岁。这次会议上代表们也兴奋地议论说，总司令能活到100岁。

一天晚上，会场上忽然群情振奋，周恩来副主席在台上出现了。他红红的面庞，风尘仆仆，满脸胡须已老长，听说他刚从前线回来。他语声朗朗、兴致盎然地给我们讲国内外大事。那天晚上，山东代表很幸运，坐在最前面。我仰头详细地看周副主席，用力在心中将他的模样记下。他讲的什么，我几乎一句也没听见，只听见台下一阵阵欢笑和热烈的掌声。他讲着讲着，扩音器出了毛病，他干脆把它拿到一边，又往台前走了几步，直接跟大家讲。这晚大家回来，久不愿睡，在兴奋地谈论着。

1953年秋文讲所二期部分学员郊游照(前右起：漠男、苗得雨、邓友梅、羽扬、孙肖平、李涌、张效先；后左起：王丕祥、缪文渭、周行、谭谊、申德滋、孙静轩、赵郁秀、贺抒玉、胡海珠、郭廷萱)

第二个不眠之夜，是见了毛主席。那天一早，火红的太阳从东方冉冉升起，金灿灿的光芒照耀大地。大家穿戴整齐，集合在门口，然后坐上汽车，直往西北郊区。那里每隔不远就有警卫人员，大家知道来到了重要的地方。有人说这一带是香山，大家排成了一个圆圈，“毛主席万岁”的声音响起，毛主席走过来了。我望见了熟悉的伟大形象。毛主席穿一件黑呢子大衣，高高的身躯，慈祥的面容，他不住地向大家点头、挥手。人们一起围上去。我幸亏个头高点，虽然没挤到最前边，却看得很清楚。毛主席几乎比所有人都高，人们都能看得见他。我又拍手，又呼喊，不知怎么好了，最怕耽误了看，连眨眼也顾不上。多年的盼望，多年的心愿，今天都实现了。我心想：看见毛主席了，是真的看见了！欢喜的泪水簌簌地往下流着，兴奋极了。中央的同志告诉大家，毛主席为大军过江的事，已经两天两夜没合眼了。但我们见他精神仍很好，似乎只是比想象中的模样瘦一点。我庆幸得到了这样一个机会，第一次见到了伟大领袖。是我从小在歌中唱的，是贴在家中正屋墙上天天望见的，是我多次到集市的人群中找过的，是我望着远方的山久久思念的，是与每个人的命运都连在一起，时时都想起的，这样一位伟大的亲人。1949年4月23日这天，我写了一篇散文《我见到了毛主席》。

1982年夏父亲与老师牛玉华照（曲阜）

从王府井南口到校尉营一段路，是最繁华的街面，路边摆小摊的，流动叫卖的，十分热闹。那卖破烂的连珠般地叫卖，像精彩的京剧道白。

2004年5月父亲与老师牛玉华(北京)

那做糖块卖的,边制作边兜售,手里动作麻利,口里唱得动听,真叫人入迷。

有一天,一位二十七八岁的老大姐来到我们住处。一介绍,原来是我从未见过面的老师牛玉华。她参加全国妇代会刚散会,就要回山东,特地来看望我们。玉华同志是《鲁中大众》报《大众园地》版的编辑,我一开始学习写作就是得到了她的具体帮助。我们通信已经四五年了,这是第一次见面。老师发现学生已是一个青年小伙,个头比她高不少,惊讶地说:"这么高的个子呀!我怎么老是想象你是这么高的孩子?"她用手在她胸膛处比量着。她问了我家和乡亲们的情况,特别问到我的老祖母。谈到工作和创作,她严厉地批评了我,说:"一些同志反映说,你到大城市来后,有些变了,觉得农村土气了,见不到世面,羡慕大城市的马路电灯,是否被花花绿绿耀花了眼?羡慕学生,学生开通、有文化,是长处,但注意不要忘了本。有些同志批评你,你还不服气!"

玉华老师批评的原因,大约就是我在济南联欢会上朗诵的那首贾霁同志帮我修改的《农村的孩子来到城市》,表达了进城见世面的心情,

1955年，
父亲与长水

其中包括对热情而活泼的青年学生的羡慕。这首诗还没有完全、准确表达出我的心情，正准备加工修改，就朗诵了。当时我见带队的领导同志脸上出现了不悦的神色。当时我还没意识到经历了一次差点没迈过的门槛。到了北平，领导们几次讲话中说，有的同志到了大城市，被花花绿绿模糊了眼睛，要警惕，不要忘本。我开始以为说的是别人，渐渐听出来是说我。因为没点出名来，我也没说什么。听说会后还打算对我有另外的安排，后来又都没有动静了。

本来见到玉华老师我高兴得有一肚子话想说，没想到还没等开口她就批评了我一通，心里很苦恼。玉华老师像拉家常说："要防止骄傲，不然很危险。"直到几十年后，老师再次对我说起当年的事，才知道那时组织上差一点停止了对我的培养。她说："有的同志埋怨我培养你这个典型没培养好。我有些不相信，怎么说变就变了？不可能啊！"她说是李子超同志挽回的局面。子超说："这个小伙子，我了解。"子超同志在我们家乡县担任抗联主任多年，去我们村开辟工作发展了第一批共产党员，那年他也是团代会代表。他对省青联的领导刘导生和鲁中青联的领导宋诚德深谈了对我的了解与看法。玉华老师也说:“后来的一切不都已经证明了吗？母亲啊,哪有不了解自己的孩子的！”

那次见面后不久,玉华同志南下了。1949年在北平,她见到范长江同志,长江同志赞扬鲁中地区的工农通讯工作时说到我,要她将我的诗捎些去,要她总结一下当年的工作经验。她写了一篇一万多字的文章《介绍从工农通讯员到孩子诗人的苗得雨》发在《浙江日报》上。后来又写了一本书,由华东出版社出版。在书中继续提到对我的批评:“当时他确实有点觉得自命不凡,甚至有时瞧不起县区同志,经过这些不断的教育,他便逐渐变得更虚心了。”后来我也想通了,那时那点批评都受不了,也太脆弱了。

团代会结束,代表们专程去天津,看了四野特种兵团的表演。我父亲就在这个部队的医院工作,但他移防了,未能见到。回到济南,我穿着会上发的崭新军装,去新市场照了三张快相,到家后一张寄给了父亲,一张留给母亲、祖母,一张让我在村里那位最好的女友悄悄从灯后伸手拿去了。回鲁中南地区的一部分同志,到益都[①]后搭马车南行。慢腾腾的马车,在路上走了三天,大家一路说笑。在行至离我们村还有六七里的地方,我就下车渡河,从北岭赶回家。到家时天已黑了,月光如水,槐花香气四溢。路上正遇到妹妹,一起进了家门。村中乡亲闻讯都来到我家,拥拥挤挤坐了一院子,怀着兴奋新奇的心情,听我讲进京见闻:“毛主席多高？”“他身体壮实吧？”也有的问:“坐火车啥滋味？”“你逛了金銮殿吧？是有条龙托着吧？”

祖母、母亲、妹妹、乡亲们,在那一点豆油灯光下,争着看毛主席和朱总司令接见我们时的照片,又是一个不眠之夜。

注释:

① 今青州市。

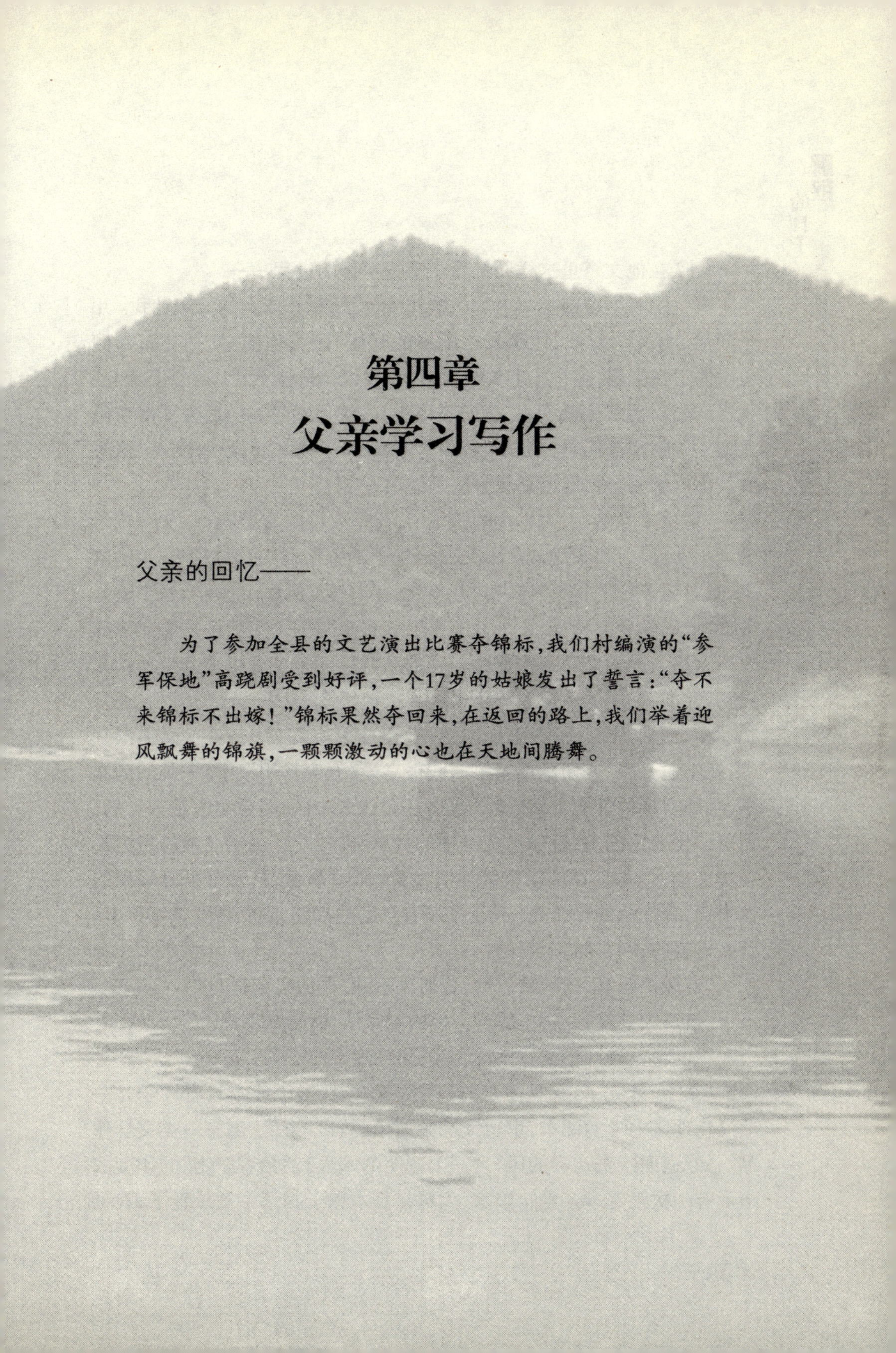

第四章
父亲学习写作

父亲的回忆——

为了参加全县的文艺演出比赛夺锦标，我们村编演的“参军保地”高跷剧受到好评，一个17岁的姑娘发出了誓言：“夺不来锦标不出嫁！”锦标果然夺回来，在返回的路上，我们举着迎风飘舞的锦旗，一颗颗激动的心也在天地间腾舞。

父亲在他文章里这样回忆童年学习写作的过程——

有一次我把窗前土桌上的一盆花弄倒了，躺在床上的父亲吵我。几十年后，与父亲叙旧，他说我三周岁的时候，翻腾他的书，把花瓶弄倒了。他正在生病，躺在床上欠身要打我，我说：“你够不着！你够不着！”他在结婚以后才去读的书，读旧三民主义，读了两年。然后去了南乡码头镇一家铺子当店员，第二年被辞退回家，得了伤寒病，卧床很久。这时我按虚岁算是4岁，已经喜爱带图画的书。

7虚岁上私塾，大大小小的孩子中，我是人说的“皮猴子”。头一年学的《三字经》、《百家姓》、《千字文》、《朱子治家格言》，第二年开始读四书，日本鬼子扫荡，学校停课。几年后，接着读《论语》、《大学》、《中庸》，什么“子曰学着吃柿子，不吐软枣乎”，大概也是因为生活中枯燥无味的东西太多，同学们对那些作践老师的东西反而暗中念得十分带劲：“人之初，性本善，麦子煎饼卷鸡蛋，不给吃，俺不念……”“人之初，狗上屋，扒驴草，喂师傅，师傅吃得饱饱的，教得徒弟好好的……”越读越没兴趣，就中途下路，开始乱读杂书。我最喜爱《五言日用杂字》一类的韵文书，为那有趣的押韵文字迷醉。老师还是位老中医，时常出去给人看病，留下学生在家胡闹，就偷他药匣中的甘草、肉桂吃。由于老师的精力不在学业上，他每天在椅子里眯溜眼坐着，似睡非睡，只要屋里有琅琅的读书声，管你读的什么呢！我于是顺着自己的兴趣，到处搜罗杂字课本，什么五言的、四言的、七言的：

“迎风摔簸箕，扬的蛾眉弯，若遇风不顺，再加扇车扇。”

“擀饼大犒赏，豆腐小解馋。说的咱家话，财主却不然。”

“妮要坠子带，小要核桃玩，一阵胡吵闹，令人不耐烦……”

“杂字”读完了，又搜罗各种《国文读本》、《国语读本》，看样子是一些开化地区中学的课本，里边大都是通讯、故事、诗歌、寓言一类文学作品。如《迎面吹来初春的风》、《三个聪明的笨人》，“抬着驴走”的印度故事。有一次跟着母亲走姥娘家，大舅在日本鬼子扫荡中被杀害了，我见

2006年10月父亲在当年抗日小学处

他箱子的遗物中有不少"洋书",但没好意思拿。有一次去西望仙庄三姑奶奶家,把表叔的一本《京戏大观》拿来,里面有图有文,也很迷人。那些迷读四书的同学见我迷读"洋书"讥笑我:"到老来,咱们找到一块儿,捋着胡须,咱就说孔夫子怎么说来,孟夫子怎么说来,可苗得雨只会说'苍蝇掉到蜜罐子里,贪死之蝇,随死蜜中'……"1943年,村上有了抗日小学,我们都从私塾转到抗日小学,真正的"读洋书"了。

此时,还在儿童游戏和漫长的冬夜里听老人讲故事中,学会了很多民间歌谣。祖母很迷文艺,尤迷说唱文学。每逢说书唱小戏的来,她一坐过去,就一直到听完。她记忆很好,能把唱词一字不漏地记下来,然后唱给家里人听。她也会讲故事,我少年时的家里,常常会有说唱加故事会的不眠之夜。我惊叹我读过的还不如祖母听见过的多。她有时讲一些真实事情也像讲故事似的。她讲我有个懒汉爷们儿锄地,锄着锄着掉了锄头,便翻腾土找楔,可怎么也找不着,他翻腾的地方后来庄稼长得特别好。这个故事让我后来写了一篇《苗二肘子找锄楔的故事》。祖母还讲过两个打赌的教训，其中一个是我们自家人："你知道你二老爷(曾祖父的一个弟弟)是怎么死的？是打赌打死的。刚娶了媳妇，年关和人打赌，在大西汪里扎猛子，从汪这崖扎到汪那崖，赢了人家输一挂鞭炮。他赢了，啪啦啪啦放了一挂鞭炮，可是得病死了……"

我久久想，祖母是一个少有的人才。她从中年起当家，祖父不过日子，赌钱赌穷了光景，下了几年关东。后来在一次护村中被土匪打伤，短了寿，44岁去世。那年我才5岁。不几年，父亲因年景荒乱，和祖母吵了一架，也离开了家。一家三代人的重担，落到了祖母肩上。生活锻炼了她特别的管理才能。生产会打谱，生活会安排，使那些勤俭老农也很佩服。人们不知道一个妇道人家主持家业，怎样做到年年粮食有余，在青黄不接时还能帮助别人。有一年她主张用烂豆子代豆饼上地，庄稼长出了神。有一年地里高粱稀，她坚持不补苗，任其扩杈生长，秋来取得了可喜的

1975年10月父亲(左二)与友伴、乡亲在孟良崮上

父亲在故乡一带旋崮山上

收成。她有独存的“小白果”品种，这种大豆秸棵小，荚儿稠，比“大白果”、“黄荚子”、“铁荚子”都收得多。她得到的是独到见解的收成。她去地瓜地里薅草，带着小板凳，速度比别人快。她带领全家干农活，本身技艺不如母亲，但能以身作则与善于指挥，母亲的过硬劳动本领是在祖母的亲身带动与严格要求下练出来的。我干农活的力气和智慧是从母亲和祖母那里学来的。祖母最不足的，也是她最自感遗憾的，是锄地不会换机，老一种姿势，用一边的劲，又贪多，越锄垄越宽，她锄的地远看像一把大扇子。大概地再宽，她揽得还要宽，这分明表现了她那愿意操心的性格。

她有一副好口才。能言善辩。说起数字，个十百千、斤两毫厘不差。与人辩理，言辞流利，说半天不打一个磕巴，没人能辩得过。有一次她把村长辩得没词了，告饶说：“我这个村长，你当吧！”祖母也不谦虚：“我要当；可能比你当得好！别以为你是村长，本事就一定比别人大，我是没当罢了！"有一次，喂的鸡在邻家粪堆上捡食吃，被那家一个爷们儿砸断了腿。那人在捣着粪，祖母站门口，不上火不冒烟地说话给他听："怎么还和个畜类治气？它就靠个爪子刨食吃，这叫它怎么办？"说得那人抬不起头，又走不开，恨不能挖个窟窿钻地里。旁边一个老头偏偏火上浇油："刚才还看见在这里刨粪，谁打的呢？……"

日本鬼子来的时候，凡是办伪公的，很快都富了，吃香的喝辣的，孩子吃馒头剥皮，肉包子不喜欢吃往茅房里扔。有一次，我家一时没交上粮，伪村长威胁我祖母说："你不快交，拴起你来！"我祖母总觉得是本村人，那些人会和真鬼子汉奸不同吧，便不示弱地说："婊子儿，有种的，你就拴！"那家伙竟真的把我祖母拴起，拉走了。拉到街中心，我祖母也豁

纺线织布支援前方

部队转移时做到地净、缸满、借物归还、损坏赔偿

上了，一路破口大骂。另几个办伪公的出来唱红脸："就宽老娘儿们几天吧，一个女人家，拉扯一窝孩子，也不容易！"那家伙趁机下台，就许我家三天把粮交上。三天后，果然领着人挎着箢子，背着布袋，拥上门来。进门不由分说，见粮就抢。还去过秤，记账本子。屋里的粮食抢光了，当我看见他们把半箢子囤底粮也要拿走时，我扑上去大哭，不让拿。我母亲央求说："就给俺孩子留下顿饭吧！"那几个曾唱红脸的说："唉，叫这孩子哭得也怪可怜的，就给孩子留下口粮吧！"抢粮食的走了，祖母安慰我说："那都是老鼠屎，叫他们扒了去吧！咱吃的粮食在这里呢！"她说着，指了指床底下。那里有一小缸和两小罐粮食。祖母早有防备，知道坏种们会来抢，早将一些好粮食藏起来。

祖母整天一条心四十八下里挂，刮风挂着场院上的柴草苫盖好了没有，下雨挂着阳沟淘了没有，夏天雷阵雨看看有雹子没有，打雷拽拽孙子、孙女耳朵，看吓着没有。遇着心事，整宿地念叨，睡不着。数算起高兴的事，伤心的事，欢喜一阵，叹息一阵。她对邻居家妯娌们说："可别扒家事！①我一辈子扒家事毁了。烙着煎饼，顾着锅上，还照应着天井里。他老爷说‘我不做啊，我做了，没你做的了’……”

她摸黑能纺线，有月亮时以月亮代替灯光。点灯时也为了省油，在灯碗上盖一块白菜帮帮。她待客大方，好东西能留得久，客来从不慌。鲜肉、豆腐在盐坛里放着，咸鱼在门后挂着，虾皮在纸里包着，鸡蛋一个个在囤里攒着。我觉得她集民族、劳动人民与革命美德于一身，但有许多老迷信。后来却发现她是传授了许多带有迷信色彩的科学。我曾经不解地想，奶奶怎么有那么多禁忌？有那么多属于小孩的禁忌？她说小孩不能吃鸡头，吃了鸡头娶媳妇下雨；小孩晚上不要玩火，玩火尿床；小孩不要倒坐门槛，门神不依；小孩不要上磨台，上磨台打雷劈；小孩不要骂人，骂人烂舌头，还有人来割舌头，有个专门管割舌头的人，谁骂了人他知道，所以我从小不敢骂人；小孩赴宴席不要抢着夹菜，拿筷子不要跷手指，跷手指是骂人；小孩年五更不要打哈欠，打哈欠一年不熨帖；小孩早晨不要说梦，说了梦不吉利；小孩不要用手抓盐，抓了盐神仙不依；小男孩不要穿女孩鞋，穿了烂脚丫子；还说洗脸不过四两水，过了到阴间喝脏水多；蒸发团不能进生人，进来生人“扑”得蒸不熟。细想许多是科学、智慧而不是迷信。

她还说小孩晚上不要看人落到墙上的影，看了发盲撞，是为了让孩子晚上睡觉安宁；初一十五不出门，腊月不泼水，正月初三不除灰，正月不摔东西……民间把一些自然常识和生活中应该注意的事情凝结成俗言，并赋予迷信色彩，在旧社会迷信是不可违背的东西，知识就得到传播。

抗战开始，国民党的51军、57军来了又走了。正规军不见了，又来了什么张专员的队伍，就是沂水一带有名的土顽张里元，说是抗日，兵不充足，就雇一些庄户人去充数。可能上边来了什么人要检阅，充数的人完事就回来了。有一天夜里，我们家听到敲门，声音很和缓。祖母问：“谁呀？”门外答道：“老大娘，开门吧，我们是八路军！”我去开了门，进来两个八路军同志，一个年老些，一个很年轻。祖母端详着那年老的就像个庄稼汉，戒备就解除了。腾了一间房子，让他们住下。那个年轻的同志老是在不住地唱，我第一次听到这样的新歌。那个年老的吵了一下：“别唱

儿童团在进行歌咏活动

了，老大娘嫌乱得慌！”“不嫌乎！”祖母忙说，“唱得怪好听！”她原来也在听，笑眯眯的，正入神。从那以后，家乡到处有了歌声。

1943年冬，日寇还盘踞着沂河东岸几个据点，沂河西岸乡村中的各项抗日工作已经蓬蓬勃勃开展起来。鲁中老四团的队伍一直住在我们村。我家住的侦通连连部。和蔼健谈的李指导员，文静严肃的张连长，通信员小吴、小苏、小王和那些叫不上名的侦察员。住在东邻的一个同志喜欢和我们孩子玩，唱的秧歌调，一边唱一边扭。我想：真有意思，世上还有一边唱一边扭的歌。村里的各项工作开展起来，到处热气腾腾。12岁的我先当了儿童团中队长，又被推举当了村儿童团长，但几天后把这事忘了。在一次举行什么庆祝活动上，突然听司仪宣布：“第二项，欢迎主席致词！”一下子把我推上台，才猛然想起我是儿童团长啊。我真讲了，讲得还不少。过后一点也想不起讲了些什么。几年前，姥姥家公爹去世时，我作为家庭的男人代表去参加殡葬活动，但在那没讲话，只跟着做一些礼节性的动作，如怎样跪拜，奠酒，怎样不需动感情也不需真哭地噢嚎三声等等。而代表一二百名儿童团小男子汉们讲话就不一样了，那时就只知道说啊、唱啊、跳啊，好像千百年积下的快乐，一下子在我们孩子身上爆发了。

抗日小学的同学们去外村集会，至少先有一个小时的拉歌。当时我觉得第一个富有，是歌。不管是部队还是地方上的同志，到村里第一个任务就是教歌。老四团准备去拔鬼子据点的战士，从深山里下来，放下背包就教孩子唱歌："街滑子来不要脸，东门西门胡串串，不劳动来不生产，到老落个穷光蛋，穷光蛋！"我们一气学会了十几支歌，唱哑了喉咙，为把《扁担号子》的"咳呀呼咳"喊得响亮有力，八九岁的小伙伴们都憋红了脸。"小朋友，小朋友，大家拉着手，向前走，向前走，勇敢别后退，莫说我们年纪小，我们要做小英雄，站在最前头。""战呀战呀，我们是新中

1987年6月父亲(后排右一)访问奥地利在维也纳广场雨中

国的青年，我们是青年的队员，朱总司令领导我们，向前，前去收复万里江山，建设自由幸福的家园……”我们从《天上有颗北斗星》的歌中知道了毛主席是在延安领导革命，从《八路军进沂蒙》中知道他们是经过艰难险阻来到了山东，从《拥护主力军》、《石榴开花胭脂红》中了解了早些解放的沂蒙深山中军民并肩、血汗交流的生活。歌声对于我们党的群众发动工作，不得了。

减租减息的胜利声中，冬学开学了，每个热气腾腾的屋子里，聚满了上冬学的白胡子老头、壮年汉。他们迈着生硬的步子，极为热烈地扭秧歌，唱着“庆祝双减大胜利”。我家一位刚当了抗联主任的爷爷扭得最欢，我从来没想到他原来那样热爱文艺，不怕人瞅。我们小孩上学全都背着缝着红五星的书包。去村外开会，学队伍上的样子，在书包上用白毛巾拴上一只瓷茶缸。村头上站岗放哨，是儿童团和青年妇女的任务。我们扛着红缨枪，站在路口，盘查行人。妇女在旁边的树下纺着线，配合着。有一次我们两个儿童团员在村口站岗查路条，这天逢界湖集，东乡圣母冢村一个老实农民，让他俩有意治了一下，说：“你不像‘什么种’人——家乡都管圣母冢叫‘什么种’，‘什么种’人说话一口三个鸟，你怎么没有啊？”那人憋得直喘粗气，最后火了，嗷嗷叫起来：“鸟唔鸟，你让鸟过去，鸟就过去，你不让鸟过去，鸟就不过去，你鸟要怎么我鸟！”他俩笑得躺到地上，忘了放人过去。后来这位伙伴去了南京，我们见面每说起这事都笑鼓了肚子。我们也抓到过真的奸细。

1944年深春，在沂蒙山东麓县城驻地的军民庆胜利大会上，我们看到了山东党政军机关一些文艺团体的演出，我们这些第一次见大世面的农村少年，对那些精彩的戏剧演出和歌唱着了迷。我们回村，在学校的院子里，拉出一张张桌子，模仿着演出。不久在村民会上，我们正式登台。节目中各种角色，扮演者都是我们这些孩子。女高音、男中音二部合唱，也都是我们。我刚在《亲家母顶嘴》中扮演了亲家婆，又在《咱们帮助你》中扮演了一位小姑娘，又穿上大褂，戴上礼帽，说《武老二》，忘了词，在台上现编起来，把“卖肉的”说成了“卖瓜的”，被幕后的人隔着幕布揪了回去。

为了参加全县的文艺演出比赛夺锦标，我们村编演的《参军保地》

欢送参军青年

高跷剧受到好评，一个17岁的姑娘发出了誓言："夺不来锦标不出嫁！"锦标果然夺回来，在返回的路上，我们举着迎风飘舞的锦旗，一颗颗激动的心也在天地间腾舞。我们自编自演的小歌舞剧《支援前线》，剧中一位"识字班"姑娘演出给参军的哥哥戴光荣花，唱道："哥哥把军参，妹妹心喜欢，一朵大红花，挂在你胸前，红茸茸的真是好看，真是好看！"后来这个姑娘果然把哥哥送去参军了。有个报道剧《双喜临门》出现了一个临时增添的人物：卖糖球的老二。剧中写他说："村长，参军的这就走吗？我这穷卖糖球的没别的意思，剩下这几串糖球就算我慰劳了吧！"大家鼓掌说："老二慰劳参军战士，真模范！"老二突然激动地将糖球架一扔："村长，打走鬼子再说，这个穷买卖我也不干了，给我老二戴朵红花，我也去参军！"这个扮演者，不久也真的戴上红花，离开了家乡。后来在部队做文艺工作。而抗战中活跃在沂蒙山区的那些文艺团体的同志，在干部南下时,有的担任了那些省份的地委、县委书记,那里的人们却不知道他们当年会演戏,会写诗、写报告文学、小说,在当年的《山东文化》、《大众日报》、《文化翻身》、115师《战士报》、山东纵队《前卫报》、抗大一分校《战旗报》和各区报纸副刊中,可以看到他们的不少作品。

注释:

①"扒家事"就是操心的意思。

第五章
牺牲者的故事

父亲说——

咱沂南县战时人口27万，1万多参军的青壮年牺牲了3377人，遍布全县大大小小每个村子，苗家庄11人，多的村庄33人，有的只有二十几户的小村庄就有20多人，那些村几乎家家有烈士。人们常说我们今天的好光景是烈士的鲜血换来的，这鲜血不也是他们每个人母亲的泪水吗？我们今天的一切美好，都与烈士母亲们苦咸的酸涩和涌自内心的泪水连在一起……

父亲在他的散文中写了一位参军去的小伙伴，他的战斗和牺牲经历，以及他家中的母亲和妹妹的感动故事——

我小时候同学中的第一个朋友刘占德，我一直呼唤你、寻找你。你13岁参军，是去了哪支部队？你19岁牺牲，又是在哪次战斗？我注意了从1939年8月至1945年4月所见到的报道与介绍，从一幅幅冲锋战士的照片中，寻找你的身影。我想那里边有你，或许有一个背向我，让我分辨不出来；或许有一个面向我，由于模样变了，我没有认出来。我是几十年

1956年秋父亲与村中老乡亲与老伙伴在豁子外墙头上（左起邱基祥、苗泽林、陈为吉、贺发成）

1980年10月父亲在织女洞旁与引路的小姑娘们

后，一点一滴地了解到你的情况。原来我和伙伴唱的好些支歌，是唱的你和你的战友；我和乡亲们演的好些个戏，是描写你和你战友的事。你在的部队，是赶跑了家乡附近据点鬼子的部队。他们在村上驻时，因为我不知道你驻在别处的村庄，使我俩没能见面，也使我没意识到那就是你的部队。我不知道东邻驻的那位好战士，还有和我一起去苗家曲老湾挖河蚌的几个年轻警卫员、通信员，原来都是你的战友。在我家驻的那位不太爱说话的侦察连王连长和能说能笑的李指导员，原来就是你的连首长。你是那个连中的侦察排长。你和你的排驻在北面葛庄，我怎么就不知道呢？我那时在剧团独立演一个节目，是说山东快书《计取袁家城子》，我在院子里背词，向李指导员询问你们用巧计打据点的详细情况，不知道那里边的故事，说的就是你和你的战友。其中那个智斗汉奸太太的、风趣的"豁子嘴"老安，常进出我家。还有，我读得入迷了的二次讨吴(化文)战斗故事和让我们唱响了沂河两岸的《打蒙阴城小调》,原来都是讲的包括你在内的故事!

初上学那年,12周岁的你,是同学中个头最高的,模样也出色,像个帅小伙。我小你6岁,却个头也不矮,老师让我们挨肩坐最后一排。我是人说的"皮猴子",但晚上怕鬼,白天放了学经过一家门口,怕那家的一个哑巴小伙子。你护送我几次,那哑巴不再见我就追赶了。那时候我就觉得你智勇过人。第二年鬼子扫荡,学校停了,乡亲们东躲西藏,想不到就在鬼子发疯的时候,只有13周岁的你,凭着大个头,毅然参了军,打那些坏东西去了。你走后,我觉得很闷得慌,和另外一个好伙伴说:"过两年,咱也参军!"

你后来的事情,我是几十年陆续得知。你所在的主力部队——鲁中军区"老四团",是由红军一个营为骨干扩大而成,是沂蒙人民敬仰依赖的一支老部队。团长周长胜,是老红军。这个团后来是华野八纵一个师,

苗长水1997年10月拍专题片时访问乡亲

1986年6月父母在沂河

再后来是华野七兵团一个军，参加了无数有名的战役。在千万次战斗中，一茬茬战士，都有你那样不怕牺牲，一往无前的精神。你一到队伍上，就勇敢杀敌，很快当了班长，是有名的爆破手，立过三次一等功和多次二等功三等功。有一次炸敌人一个碉堡，几个战士冲上去送炸药包，都没有下来，你上去了，直冲到碉堡跟前。敌人的枪已没法打到你，战友们看见敌人从射击洞口往下扔石头砸你，有一块大石头压在你身上。同村的苗玉林说："占德，毁了！"正在大家着急时，见你从大石头底下爬出来，拉响了炸药包，碉堡炸飞了。战友们以为你这次真毁了，忽见你回到了大家身边，只让石头砸得受了点伤。大家惊叹着，庆幸着。他们说：换了别人，再有几条命，也难囫囵回来。你牺牲的1945年4月，刚打开了蒙阴城，鲁中与滨海、鲁南连成了一片，是大反攻前的好局面。部队准备清扫蒙阴西北岱崮一带的一股敌人。你带着侦察排到了离敌人不远的地方，你让大家隐蔽好，自己先去探探。不料中了敌人埋伏，你被打成重伤牺牲，人们的惋惜与沉痛没法说了。

从你参军走后，你母亲就天天哭。你父亲去世早，你是独子，下面只有一个9岁的妹妹。得知你牺牲的消息后，老人更是白黑地哭。那时，没人能劝得了。我和伙伴们有时去，只静静坐着，陪着流泪，不敢提你一个字。第二年军政干校驻咱村上，有个做民运工作的吕玉润主任，在焦急中想出一个办法，让已经参加了地方武装的我的一个堂叔苗师胜"嫁"给你的妹妹刘占美。我堂叔是好脾气，请假回家办亲事，登门叫了声"娘"，说："娘，我给您当儿子来了！"堂叔参军前是我们剧团舞蹈队的"排尾兵"，我们的《儿童欢乐舞》演到哪里，哪里叫好，他走后，人数不够了，演不成了。堂叔"嫁"过去的第二年生了我的一个弟弟，取名叫刘继奎。以后又陆续生了3个妹妹，至此，整日哭肿眼睛的老人脸上才有几分

根据地的姑娘踊跃参加"识字班"学习文化

喜悦。说:“妮儿,都跟爷姓吧。”她们便是苗得英、苗得芬、苗金荣。三妹对我说起她的名字:“不知怎么没‘得’下来。乱套了!”他们兄妹四个小时在家,从来连个歌不敢唱。虽说姥娘不天天哭了,可逢年过节还是哭。她们说:“没有一个年、节过得安稳。”现在,继奎弟已有孙子和外孙子,占德老友,你已经熬成爷爷了,你如在世,今年才75岁。

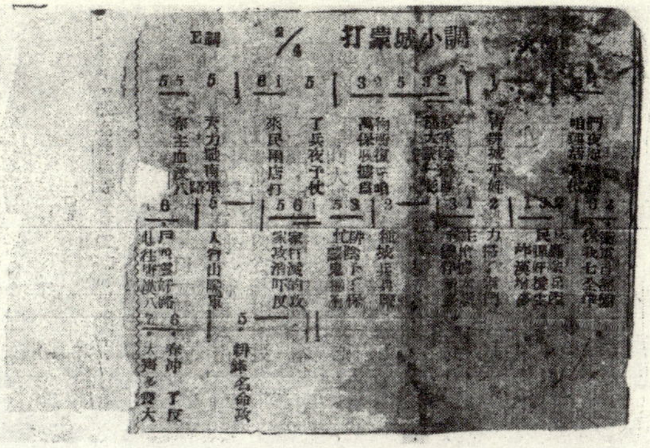

当年的歌曲

1984年9月父亲访问延安(旁诗友曹谷溪)

咱沂南县战时人口27万,1万多参军的青壮年牺牲了3377人,遍布全县大大小小每个村子,苗家庄11人,多的村庄33人,有的只有二十几户的小村庄就有20多人,那些村几乎家家有烈士。人们常说我们今天的好光景是烈士的鲜血换来的,这鲜血不也是他们每个人母亲的泪水吗?我们今天的一切美好,都与烈士母亲们苦咸的酸涩和涌自内心的泪水连在一起……

父亲苗得雨讲的这位苗师胜大叔,我应该称大姥爷,后来就在济南军区7213印刷工厂担任领导,我于1979年调到军区报社任编辑,时年26岁。苗师胜大姥爷刚办理离休,家中的一位女儿顶替到印刷厂排字车间工作,年龄与我差不多。我到印刷厂去校对报纸大样,车间的工人师傅常跟我开玩笑:你姑在这里。那时我并不知道她们这个家庭的烈士事迹。

第六章

父亲的少年成名

父亲的感慨——

我们庆幸革命岁月与我们的少年时代同时到来。我陶醉在这欢乐的年代里。盼望自己快快长，好做大人的事。

父亲在他的散文中写道——

我们庆幸革命岁月与我们的少年时代同时到来。我陶醉在这欢乐的年代里。盼望自己快快长，好做大人的事。

……河滩上，儿童团开的荒，剧团开的荒，都是我们的田地。夏季农忙，我们白天忙家里的活，晚上和那些大演员一起去河滩上忙。夜深了，还排阵子戏再回家，那样长的夏日，却一点也不叫人觉得累。

我们用开荒的收入买了各种用具，最动人心的是买了一套声音清脆、嘹亮的锣鼓。我们自己擂响的声音震动着我们自己的心。

……反奸诉苦时，我们儿童团担任呼口号的任务。会议室里，给大家念报纸。我学着报上诗歌小调的写法，也编一些反奸诉苦的歌谣，抄到黑板报上。

鬼子投降前，在沂蒙山区又进行了一次扫荡。“老四团”侦通连的同志把一包文件送来让我祖母帮助掩藏。祖母把它埋在屋内地洞里。后来指导员转路来取的。那晚在月光下的葫芦架旁，李指导员与我们一家叙话到深夜。

我未能实现在14岁参军的愿望，但从儿童团提前进入了青年。14岁这一年，我当了青救会学习委员，年前冬里去县里开学模会，还是以儿童学习模范身份去的，夏天去县里开青年三模会时，身份便是青年了。14岁当区通讯站副站长(参加革命工作从此算起)，15岁时，担任了团支部书记。山东的沂南、莒南为全国建团试点。

土改复查时，农会有翻身大队，他们是主角，我们青年配合，我是青年翻身队的队长。当时复查搞得很左。我们还看不到这深刻的一层，只为沸腾的斗争生活所鼓舞，日夜心情激动。从地主家抄出的浮财，摆了一长街，一大院。分配时，我提出只要一点学习用具。大家帮我挑了一张油漆三屉桌和一把油漆椅子，我十分珍爱。当时不少人在浮财堆上瞧着瞅着，挑点心爱的用物。我随着进去，捡了两只精致的小砚台，一个仿圈，还有几本古书，觉得心爱的东西已被我捡尽，其余的一切，都无所谓了。

……在农村各种文化宣传活动的推动与影响下，我从12岁开始学习写作，但一两年都没发表什么东西。我当时说不清我写的是什么，见别人那样写，我就那样写；见那些形式、样式世界上有，我就觉得那样写对。我搞不清文艺与新闻的差别，也搞不清不同文艺样式之间的差别。我画过画，编过歌曲，也写了一些剧本，一直不断写的是诗歌，我笼统称为"诗歌小调"。

1945年春，区通讯站的王维春到村里来发展工农通讯员，我积极报名参加，并开始把那些文艺作品作为一种新闻稿，寄向报社，此时才知道怎样投稿。我14岁那年，也就是1946年春天，我和一些伙伴在学校门口看新到的报纸，就是那个站岗治了圣母冢那个老实农民的大伙伴，名叫邱为岐，突然告诉我，我那首《生产曲》登了。

这是我写下的不下百余首诗歌中的一首，样式注明："二月里来好风光调"，署名"工农通讯员苗得雨编"，我当时把创作看作"编"，这只有巴掌大的一篇东西发出来，我觉得天下没有比这更高兴的事了。

不久接到报社的信说：你写的稿，我们都收到了，你的稿写得很实际，很真实，语言生动，望今后努力。并嘱咐我经常向他们反映我们这里的工作情况。后来有一封信写得很长，详细谈了我作品中的优缺点，说了很多鼓励的话。信是竖写的，笔画遒劲老练。后来才知道写这封信的同志叫牛玉华，笔名"白玉"。我心中惊讶，原来就是常在报上发表诗稿的那位"白玉"。

这一年5月，根据地小麦大丰收，我怀着激动的心情写了一首"凤阳花鼓调"《丰收》，稿寄去不几天就发表了：河流水，响叮当，丰收年景多欢畅，今年麦子真正好，多年没有这个样，一亩地打六斗多，男女老少喜洋洋。麦丰收，颗粒胖，丰收不忘共产党，急忙忙，交公粮，不掺水来不使糠，拥拥挤挤运前线，军队吃饱力气强。反动派再想打内战，管叫它有去无来喊亲娘……

《欢送哥哥上战场》是一首篇幅较长的歌谣诗：小包袱，背身上，哥哥起身往前方。锣鼓打的长行点，秧歌扭得实在强，大嫂抱着宝宝送，满场人群闹嚷嚷，小儿童嘻嘻笑，欢送哥哥上战场。青年哥哥真勇敢，赶走敌人再还家乡！你在前方莫牵挂，家中活儿俺担当，等到哥哥回家时，咱再欢乐闹一场！

这年冬描写土改生活的《走姑家》一诗，成为我当时的代表作之一：花喜鹊，叫喳喳，今天我去走姑家，姑姑家里变了样，添了毛驴、黄大马。从前姑家受人欺，如今抬头翻身啦，三亩土地回家来，崭新的文书手中拿。自己的地，多下力，日子过得真是滋，俺表哥，娶新媳，又俊又能全家喜。外亲来道贺，进门笑得把牙龇："恭喜！恭喜！添人又添地，亏了毛主席。"

牛玉华同志在这年12月6日的一篇文章中，评论到这首诗。报社在发往延安《解放日报》的电讯《十四岁的孩子诗人——苗得雨》中，介绍了这首诗。

山东解放区的文艺工作，是从1943年冬、1944年春开始广泛活跃起来的。后来从一些史料和老领导的谈话中才知道，这个局面都是因为贯彻毛主席1942年《在延安文艺座谈会上的讲话》的精神而出现的。在牛玉华同志的文章中讲，我开始是鲁中大众报社社长宫达非同志发现的（宫达非同志在全国解放后，先后任驻外大使和外交部副部长）。宫社长当时从编辑部一些未用的稿件中见有一批稿子，写的一笔一画，标题多用红蓝铅笔衬着装饰，有的还附有图画，他为出自一个少年的不是一般新闻稿的诗歌小调而欣喜不已，要求大家重视对一个儿童工农通讯员稿件的发表。后来宫社长把这事讲给了正在抓工农通讯与报纸大众化的区党委宣传部长于寄愚同志，于部长又讲给区党委书记高克亭同志。高书记高兴地嘱咐："这个小孩，要培养！"

后来我调报社，又是宫社长与牛玉华老师定的。我到报社后，他们两位已经一北上，一南下，未能见面。于部长和高书记还在。我听过他们的报告。于寄愚同志还到报社辅导过我们的学习。他个子不高，文人气质比较浓厚，在我们的办公室里，他倚着桌子，讲得深刻而生动。后来他去省文联筹委会，再去上海华东文联筹委会任秘书长、党组书记。我由《大众日报》调省文联，又调华东文联创作队，再后去中央文学讲习所深造，都是于寄愚同志推荐去的。为了对决定我一生命运的"延安文艺座谈会"有更多了解，40多年后我去西北，参观了延安。我发现这个会议没有各解放区的代表参加，都是当时在延安的已经相当有名气的，从合影名单中看到有我熟识的刘白羽、丁玲、欧阳山、马加、周立波、艾青、林默涵、公木、严文井、何其芳、华君武等。我看到毛主席在那次座谈会上讲的"两支大军"，一支是朱总司令(朱德)领导的，一支是鲁总司令(鲁迅)领导的。在最后一次毛主席讲"结论"部分的会议上，朱总司令先讲了一段话："不要眼睛太高，要看得起工农兵，中国第一也好，世界第一也好，都要由工农兵群众批准。"

第七章
父亲的爱情

苗长水的记叙——

苗得雨是苗家庄的骄傲，苗得雨的未婚妻来了，自然轰动全庄，乡亲们拥向苗得雨家，把小院子围得水泄不通。“这闺女真像那个她呀！”人们都这么惊讶地评判着，矫永被人们看得羞红了脸，低着头一言不发……

在苗家庄历史上，老人们讲到的大事件，有一次大水，一次大火，一次闹土匪。那次大火，威胁到我家房子。老奶奶带着家里人把家具丢到离家门不远的村西水湾里。一只大机子摔断一条腿。后来这只大机子就成了我父亲学习写作的课桌。他这样写——

我把它放在靠屋门的地方，在农闲时，工作的间隙里和晚上，我就伏在上面写作，坐着一条四方的小板凳。我祖母在旁边安下一辆纺线车，纺车声与我写字的哧哧声相互应和。晚上机角上放一盏油灯，照着我写作，也照着祖母纺线。经常是她纺到深夜，我也写到深夜。她因为我写作而不感到累，我因她纺线也不感到累。

白天和母亲下地干活，就在脑子里琢磨词。有一次琢磨词走了神，

1986 年 6 月父亲在老家院中用那三条腿的大机子写作

1958 年春节在故乡

锄头从肩上掉下来，把脚后跟砍去了一块皮。当时整日就是迷着三件事：搜罗学习材料，操持笔墨纸张和了解本村及外地各种新发生的事情。

那时笔墨纸张是很稀罕的。我为了解决这方面的困难，和伙伴们拾过雁屎卖①，也给油坊推过豆饼，一个小木车上捆绑上300余斤重的20片豆饼，单人推着，太阳冒红时，把豆饼推到界湖街②集上，得来一点推脚钱，买半斤锅饼，二两白酒，美美吃上一顿，其余全部用来买了学习用具。我用过铅笔、毛笔和借过别人的钢笔。纸是一直缺乏的。我用过的纸，有的把旧书翻过来，有的是利用点心盒子封皮，是梢门里一家地主兼买卖家的。有一次鬼子来了，扔了一街，我去捡了一些。邻居家一个媳妇捡的一些也给了我，我很感谢她的大方，这种纸用了好多年。一位年龄较大的姑娘，不识字。未婚夫在部队上，每次来了信，让我代笔回信，便把她一支深绿色的破旧钢笔留在我家里。我乐意趁机借得笔用。我给她代笔写信，内容都很有感情，我知道怎样才能表达她的意思。其实小少年哪里能理解成年人的心事，里边流露出的是明显的孩子气。就像那时看京剧，我们孩子都爱看武打戏，只要女的一出来，哼哼呀呀哎哎哟哟的爱情戏，都觉得真没意思，代笔写信，也就对付吧。后来，笔被她妹妹要回去了。她妹妹年龄大了，上识字班，听说姐姐的笔竟然在我手里，要时撅着小嘴说："人家的家什嘛，怎么你老用！"很不友好。我不舍得，也没办法。在这以后，又用铅笔、毛笔了。可是在局势恶化的日子里，我将几年写的稿留底，放在小瓷缸里，埋在田野地头，因为缸口没加盖，夏天几场雨灌满了水，拿出来一页页晒干，钢笔字的全看不清了，只有毛笔、铅笔字的还看得清。

第一次属于我的钢笔，是村里奖励的一支"国民牌"笔，是战时乡亲们对我的奖励。乡亲们的心意，使我觉得非常珍贵。带在身上怕掉了，放在地上怕踩了。可是黄鼠狼单咬病鸭子，越怕越不囫囵。有一次我在膝头上写稿，把笔的小帽扭下放在地上，让我祖母不小心一脚踩了。我心疼了好些天，从那，这支笔一直没有小帽。然而一支光头笔，竟用了不知多少年。采访、写稿用它，土改丈量土地，我担任记录员，捏着它跑遍了家乡田野。

后来又得到一支"小金星牌"钢笔，被我当做最好的、永留纪念的礼物，送给一位很要好的一起从事农村活动的女孩子。那位姑娘当时有十四五岁，爱唱歌，会扮戏，不打扮就很美丽，打扮了更美丽。可是美中不足，缺少文化。她很开朗，不保守，在农村大姑娘都扎一条大辫子的时候，她就模仿脱产的女文工团员，扎起两条辫子来。为此，我们男孩子打趣地编起她的歌谣："是谁呀，扎两角[③]，下南园，去摘瓜，一边摘，一边嚓，剩个瓜蒂巴，漫墙扔给她二大妈……"她听了不恼，只咯咯地笑。

她家是老佃户，是个进步家庭。她的大哥是我们村里最早的共产党员，最早的觉悟者和干部，为人正派，很有威信。1940年在鬼子扫荡空隙建起的抗日小学，我因未去上，受到一些地主家孩子嘲笑。这时党员还未公开。我正在家苦恼时，有一次他来我家，我诉苦说："我愿意上学，可是我害怕。教学的苗仁甫，那个大烟鬼子，脸上阴森森的，我看见就害怕。领着学生做游戏的那个老头，也很恶，我不知道他们在做什么……"他说："现在吃得开的，还是些地主家的孩子，不要怕。不要怕这些地主

1997年10月拍《沂蒙之恋——父子作家故乡情》，与乡亲合照（苗泽林、邱基祥、苗师斌、苗厚、苗宗林、苗广春、苗理等）

家的孩子！共产党给咱穷人撑腰，只管挺起胸来！”我是第一次听到这样明确的话，这样鲜明地把穷富挑开，支持穷人孩子，让穷人孩子不要怕富人孩子，我感到心里暖暖的。我记住了“不要怕”，此后每每想到他的这句话就胆壮。后来才知道这原来是一位共产党员对一个小儿童的开导。

这位姑娘是家里六个孩子中最小的，因为文化低，很爱学习。每次上夜校，都很认真，手捏着石笔，嘴里嘟念着课文，在石板上用力地画，是大人的，也是一二年级小学生的神态，使她活泼的形象里，又增添了几分天真与郑重。村里的黑板报，每新出刊，她都是热心的读者。虽然读得磕磕巴巴，如爬山似的吃力，可是，背搭着手，很像那么回事。后来，她也成了黑板报编委会成员，晚上我们写黑板报时，她总是自我分工，端着灯在旁边照亮。乡村的一个美丽姑娘，好像出现在哪里，哪里就有分外的光彩。她能说能笑，可打懒串门。有一次她到我家玩，见了我家的老人，不会说话了，也不知道怎么走了，低着头，翘着带笑的小嘴，两手扳住小桃树，在那里悠荡起来。那神情，恨不能把自己高高的个头变得再矮些才好。但一说起学文化的事，才忽然有话了，小河流水似的，哗哗啦啦说不完。

有一次，在夜校门口，她倚着门框在踢门槛耍。我趁机将新买的一支“小金星”钢笔送给她。出乎我的意料，她不要。不要就不要吧，怎么能勉强呢。但当我进到屋里，在桌上写字的时候，她忽然挤到桌边，把笔夺过去，说：“谁的笔呀，咱借借用用！”就这样，她把这支本来赠她的笔，用公开的办法拿去了。从那，她一直将笔保存着。虽说是借，却一直也未还。

后来，一位朋友偶然送我的一份报纸上，我看到张钰参考吴振邦的采访写的《喜鹊缘》这样记述了我父亲和母亲的爱情：1947年，苗得雨15岁。一天，满脸喜气的祖母把苗得雨叫到面前亲切地说：“他哥呀，奶奶给你说了个媳妇，今天好日子，你识文断字，自己写个柬吧。”祖母颤动着小脚，走到柜子前，拉开柜门，指了指那些花花绿绿的新衣服：“这是咱送柬的礼。”老人说完露出慈祥、满意的笑容，好像自己总算完成了一件伟大的事业。

苗得雨呆呆地站在那儿，他无法说赞成，也说不上反对。似乎一切也得听从祖母安排。奶奶为他说的这个“未婚妻”比他大4岁，因为之前奶奶专门求过村里算命先生，先生说她孙子的媳妇必须比他大4岁，否则就“不般配”。什么大4岁，“不般配”，15岁的苗得雨全不感兴趣，倒是那个“柬”，也就是订婚的帖，却引起他的极大兴趣。在我们古朴的乡村，红白大事都要写柬用帖，这是农民们非常严肃的事，说媳妇的事且不去管他，这柬却是要学会写好的。

怎么办？一个秀气、苗条、白净的少女突然闪现在心里，她两条缓缓摆动的大辫子，齐齐的眉毛下，一双清澈动人的大眼睛。“对，找绣织去！”苗得雨扔下祖母，一溜烟跑到绣织家。

“绣织，把你的订婚帖借给咱看看！”苗得雨一进门就嚷。

“看那咋？”绣织嫣然一笑，她也没把那张“柬”放在心上。

世上无巧不成书，她和苗得雨是同年同月同日生，也是15岁。说到绣织的柬，这里需要交代几句，那也是个极普通的农村故事。兵荒马乱，天灾人祸，家里断了炊，邻村一位好心人借四斗小麦救命，为感激救命之恩，做父亲的把小女儿许给人家，对方送了订婚帖子和聘礼。别管绣织多大，也就自然而然，合情合理地成了人家未婚妻，如此而已。

两个青梅竹马、两小无猜的孩子，都在苗家庄。平时绣织最爱跟苗得雨玩，那几天不知为什么小绣织总是躲着他，苗得雨生气啦，改编了那首歌谣，在孩子们中间"出版发行"：是谁呀，扎两角，上南园，去摘瓜，一边摘，一边嚓，剩了一个瓜蒂巴，隔墙扔给她二大妈。

孩子们冲着绣织唱呀叫呀，绣织气哭了。

绣织家是翻身户，六个孩子属她小。全家出于对共产党、八路军的感激之情，热情支持她参加儿童团的活动。她也和苗得雨一块站岗、放哨、查路条，一块唱歌、演戏、扭秧歌。苗得雨当儿童团长，她是识字班学员；苗得雨当团支部书记，她当副书记；再后来苗得雨成了鲁中地区模

1997 年 10 月拍专题片时唱《沂蒙山小调》的姑娘们

1997年10月拍专题片时父亲在沂河边上

范人物，她也成了县区的模范人物。在村里写黑板报，一个踩着凳子写，一个在下面举灯照；在业余剧团演戏，一个当丈夫，一个做妻子……就这样耳鬓厮磨，形影相伴。有一次晚上排完戏，一位姑娘对绣织说："我给你找个婆家吧？"反正是开玩笑，绣织故意板着脸说："行，你说谁家吧？咱俩也行。"大家一阵哄笑，笑过之后，那姑娘指着苗得雨说："你俩就是天生一对！"一句话把苗得雨说了个大红脸，绣织抬手打了那姑娘一巴掌跑了。夜色遮盖了两张红扑扑稚气的脸，却遮不住甜丝丝的心。

所以今天苗得雨就不假思索地跑来了，绣织也毫不在意地把男家送来的柬递给了苗得雨，苗得雨就坐那儿认真地研究起来。站在他旁边的绣织也情不自禁地靠在他身边，帮他参谋着怎么写怎么画。苗得雨为自己写了一份很有特色的带着图画的订婚帖，两人都觉得"真好玩"。而订婚对他们也没有任何约束力，随着年龄的增长，他们的关系不但没有疏远，反而越来越密切了。

两年后，也就是1948年底的一个晚上，在小学校排完戏，绣织说："哎呀，今天怎么这么黑，真吓死人！你们谁送我？"顿时，几条手臂一块举起："我去！""我去！"这些可爱的自告奋勇者嚷成一团。主要是绣织太美啦，平时她那黑油油的扎着红头绳的大辫子，无意中无论辫梢碰着谁，谁的心都会颤抖。她以种种理由拒绝了这些热情的仰慕者，使局面有点尴尬，这时苗得雨很不自然地提出："我去送你！"她却欣然应允了。其实苗得雨也怕走夜路，今夜他也不知自己是哪来的胆量，变得具有了骑士风度。

墨黑的夜，天压得很低，乌云在头顶翻滚，凉湿的夜气说明要下雪了。沂河平原的夜很静很深，远处不时会传来几声深夜的鸡鸣，更显出乡村夜的静谧深远。绣织走着走着偎近了苗得雨，乡村隆冬的寒意悄然逝去。苗得雨也觉得自己今夜突然高大了，成熟了。一路上两人都想说点什么，可都找不着话题，只是把脚步放得最慢，最慢，尽管小学校离绣织的家很远，可这天晚上，这路像被人偷去了一大半，不一会儿便到了绣织家门口。她恋恋不舍地说："天还早呢，咱们在这儿说几句话吧。"苗得雨说："这里冷，你穿得太薄，咱们再回学校去吧，老师兴许还没睡呢。"

等两人回到学校，学校里已一片漆黑，他俩摸到排戏的教室里，点上豆油灯，面对面地坐在课桌旁，悄悄地却是深情地谈起来，谈呀，谈呀，谈了很久，忘记了困倦和寒冷。突然红红的灯火一跳，渐渐熄灭了。教室里漆黑一片，绣织有些紧张，她紧紧抓住了苗得雨的手，热流通过双手把两颗心紧紧连在一起了。后来，苗得雨在一首诗中写道：有一个调皮的姑娘，调皮得没法办，她一天到晚净想门道，闹得我坐立不安。……

爱情在雪夜萌发，两小无猜的童年就此宣告结束。

1949年，苗得雨离开家乡，调到鲁中南报社工作，提出要坚决退掉祖母为他订的婚约。也许正因为那时人们对于离家参加革命并不看好，这门亲事很顺利地就退了。可原来对孙子百依百顺的祖母却坚定不移地相信算命先生的话，她说："绣织和得雨同岁，同属猴，猴和猴，泪交流，万万不行，两人再好也不行！现在兴自由，他找谁我也不管，只要女的比他大4岁就行！”

绣织的父亲本来很喜欢苗得雨，可他是个忠厚的庄稼人，也说：“当年咱借了人家的救命粮，今天不能忘恩负义，柬已经下了，就不能再反悔，反悔还叫人吗？我不能叫乡亲指我的脊梁骨。绣织的姐姐正好比苗得雨大4岁，只要他愿意，就娶绣织的姐姐吧！”

绣织的父亲和哥哥们也真是喜欢苗得雨，想成全他。不料苗得雨却并不乐意，非娶绣织不行。一天，绣织突然失踪了。家里人吓得六神无主，疑是投了河。街坊邻居、父老乡亲焦急万分，四处寻找，最终还是得到真实情报：苗得雨把绣织也介绍到了报社，当了资料员。绣织爹气哼哼地找到报社驻地，推开门，二话没说拉着绣织的胳膊就往外拽。绣织哭成泪人，回了家，终于拗不过父母之约，和那位她从不相识的小伙子结了婚。

2007年父亲在苗家曲莲花大桥上

苗得雨远离了家乡，用泪水写出了一首情真意切的诗：当年我有个心上人，她和我本是一天生。她属羊，我属羊，我俩生得一模样，好比一家兄和妹，兄妹二人一个娘……

1951年秋母亲矫永在娘家做闺女时照

1951年秋，苗得雨又回家乡沂蒙山区采访民兵英雄、劳动模范。当他来到最后一站——莒南县路镇区采访时，一个奇迹出现了。这天他吃了早饭，正待出发，门吱呀一响，进来一位年轻姑娘，苗得雨一看，霎时惊呆了，脱口而出："是你！"

"哪有是你？"姑娘不解地问。

"咦，你不是……"苗得雨诧异地睁大了眼睛。

"同志，我不是谁，我叫矫永，是来开剧团负责人会的，在这里报到！"

苗得雨脸红了，尴尬地解释着。然而又不敢相信：世界上哪有如此相像之人？面前这姑娘那身材相貌，与当年村里的她很像。他不死心地问："你叫什么？"

"我叫矫永啊！"

"哪两个字儿？"

"矫正的矫，永远的永。"

"矫正的矫？《百家姓》上没这个姓，大概是孟良、焦赞那个焦吧？"沂蒙山有闻名的孟良崮、焦赞崮，人们对古代大将孟良、焦赞的故事耳熟能详。

"俺不姓那个焦，俺就姓这个矫。"矫永说着大大方方地走到桌前，伸出手指蘸着碗里的水，在桌上工整地写了一个大大的"矫"字。

在以后的三天中，苗得雨以记者身份参加了那个会，与矫永经常见面，了解到矫永这年才17岁，多才多艺，是当地小有名气的妇女干部与剧团团长。父亲矫西玉是老党员，东良店村的支部书记。不久苗得雨也到了东良店村，与矫永带领的业余剧团的姑娘们一起交流，教她们唱歌，什么高八度、低八度、四分之四、四分之二，苗得雨在村剧团中早已熟悉掌握，让矫永感觉水平不低。通过一段时间的感情增进，有一天苗得雨对她说："跟我走吧？去济南念书！"矫永毫不犹豫地答应了。

后来东良店很多人都说，当年身边年轻人追求矫永的有之，提亲的也不少，但矫永好像等的就是苗得雨。

1982年父母与二妹苗慧在黄河大桥

苗得雨带着兴奋的心情离开了，并写信告诉家乡的亲人。没想到家乡祖母、母亲却等不及了，听说苗得雨找了个对象，说不出有多高兴，二话没说，立即让他的大妹妹苗得云一天走了100多里路，步行从苗家庄来到东良店，来接嫂子回家。苗得雨不在家乡，去还是不去？矫永犹豫了，但为了不让老人失望，她收拾了一点简单的衣物，第二天就告别了父母，跟着未来的小姑，来到了苗家庄。苗得雨是苗家庄的骄傲，苗得雨的未婚妻来了，自然轰动全庄，乡亲们拥向苗得雨家，把小院子围得水泄不通。"这闺女真像那个她呀！”人们都这么惊讶地评判着，矫永被人们看得羞红了脸，低着头一言不发……

一直到今天，我母亲矫永70多岁了，我的许多同学和战友见到她都说：“你妈妈很有风度！”其实他们不知道，我姥爷矫西玉当年很苦，他的父亲也就是我的老姥爷，从胶东挑着担子带着他们两兄弟逃荒到莒南东良店安下家，因此东良店很大一个村子，只有两户矫姓人家。我姥姥是地主家女儿，因为小时候得病发烧，长大后智力不及常人，嫁给我姥爷。但我姥爷年轻时就很能干，个子高高，挑担到东海去贩鱼，在村里也最早加入共产党，为组织做过地下交通员，后来成为村党支部书记，当年很多有名的领导干部都熟悉他。我姥姥虽然智力不好，但她个子很高，家里活都能干，心地也非常善良。我小时候回老家，吃的都是她亲手摊的煎饼、擀的面条。20世纪80年代初，她得了严重胃病，什么活都不能干了，住到济南来。那时“文革”刚结束，家里房子挤，姥姥和我两个妹妹睡在一张床上。大妹现在香港做编辑，小妹在美国读完“博士后”做科研，她们时常想起和姥姥睡一张床的情景。姥姥在济南，牙都掉没了，仍然就是想吃老家的煎饼。她很孤独，常常一个人和家里养的小猫说话，后来这只猫在外边吃了有毒的食物死了，姥姥更孤独。病危时，她躺在省立医院走廊的病床上，我去看她，她很清楚地记得我，我问她：“姥姥，疼吗？”她说：“不疼！”……

注释：

① 大雁的屎在当时是一种很好的饲料。

② 界湖街即后来的沂南县城。

③ 当地口音“角”读jia。

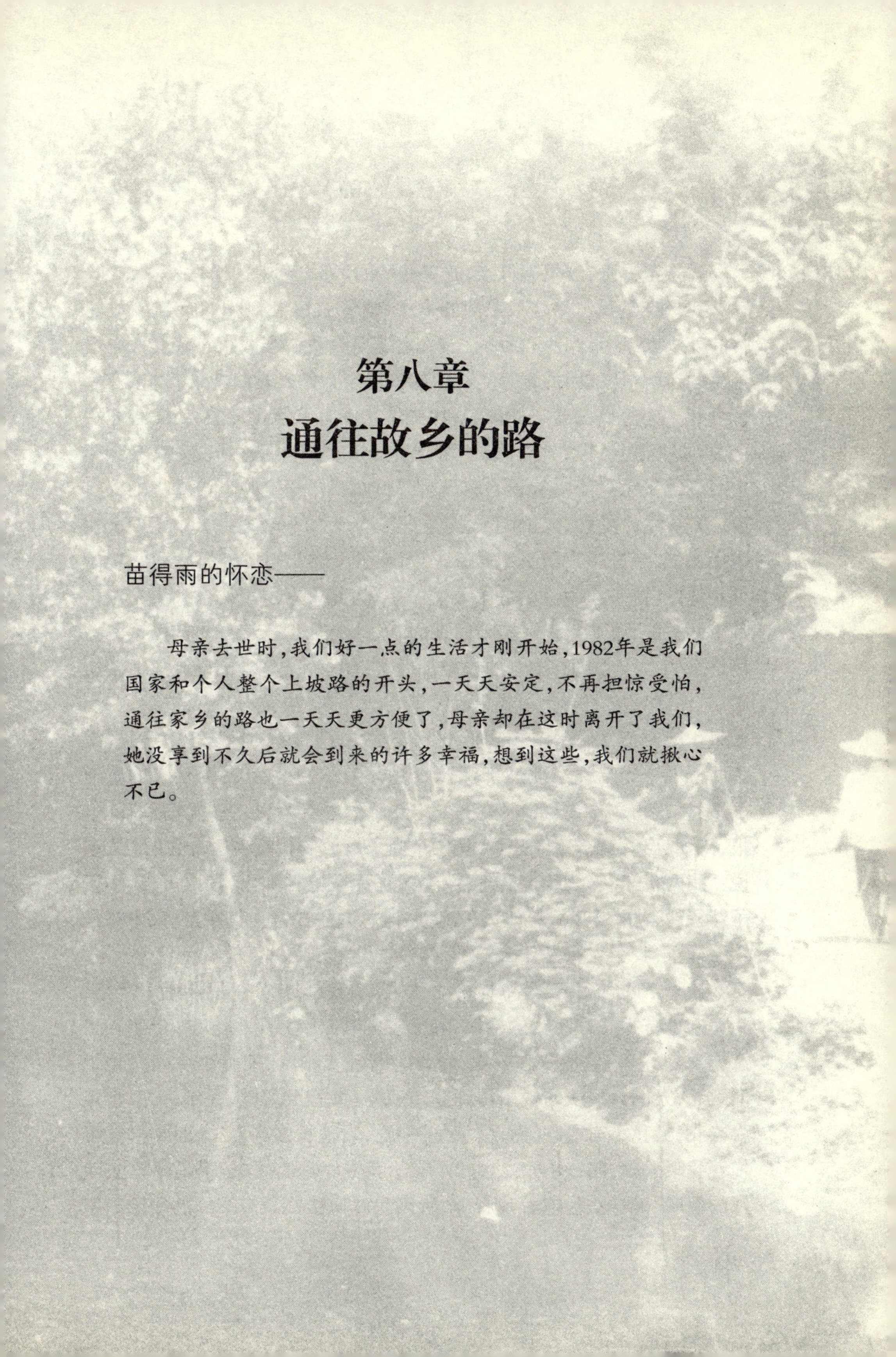

第八章
通往故乡的路

苗得雨的怀恋——

母亲去世时，我们好一点的生活才刚开始，1982年是我们国家和个人整个上坡路的开头，一天天安定，不再担惊受怕，通往家乡的路也一天天更方便了，母亲却在这时离开了我们，她没享到不久后就会到来的许多幸福，想到这些，我们就揪心不已。

父亲苗得雨在《想起母亲，心里酸酸的》等文章中这样写——

我母亲是我三姑姥爷家的外甥女，她管三姑姥爷叫“四舅”，三姑姥爷的外甥女、比母亲小14岁的二姨，出嫁前是我们亲戚家年轻女性中最俊美的，我常从二姨的音容笑貌中想象母亲为姑娘时的情景。母亲有一个没有人叫起来的名字胡梅兰，1930年20岁时嫁给我父亲，我父亲才去上学。是旧民主主义洋学堂。两年上生了我。接着通过亲戚王怀荣介绍去南乡码头镇祥茂皮货店当店员，那时他21岁，早上晚上给掌柜的提夜壶。父亲说：“在家给老的还没提过！”有一天门头来了一个中年妇女找掌柜的，父亲进屋禀报说：“樊爷，门上来了个娘儿们找樊爷！”樊掌柜的见是他姑，恼了：“说俺姑是娘儿们……”为此事撵走了父亲。头一年正月十六去的，第二年正月初十回来的。父亲憋屈得于第二年初秋得了一场伤寒病，差点毁了，送老的衣服都做了，躺了半年多，竟奇迹般地活过来。这一年我有了一个弟弟，只活了六天。不久，祖父、曾祖父先后去世，家里生活窄巴了，卖了三亩地，典出半处宅子。父亲第二场大病是“文革”中的1969年，在东北从部队转业地方工作多年以后，为别人的事抱不平，生气得了中毒性肺炎，我在“五七”干校劳动，接到“父病危”的电报，待我赶到，又奇迹般好了，是一个尚未解放的教授名医抢救的。父亲说：“我两番当兵，多年部队生活，经过了无数枪林弹雨，没出事，让小橛子绊了两下子。”我每怨他久久离家，他总说：“我若一直在家，家中将是什么样子，我个人将是什么样子，都很难设想。”

我母亲吃苦耐劳，是个性格随和的人。我祖母为人要强，治家严格，为父亲也有祖父好赌钱的毛病，和父亲常吵架，吵了父亲又吵母亲。父亲伤寒病好后，也不安心务农，时常为赌钱卖粮食，旧社会乡间文化生活缺乏，人们大概从赌钱中得到一些乐趣。我祖父好赌，是纸牌迷，也很喜欢我，见我小时能吃，总说：“尽着他吃，看他长多高！”他时常坐墙根揽着我晒太阳，赌钱不管赢了输了都给我带好吃的回来。我有一次去赌钱的地屋子找他，他抱着我看牌，所以我对他赌钱没有不好的印象。家

苗家庄旧景

中卖出三亩地和典出的半处宅子，实际主要是为祖父还赌债。他因生活困难三次下关东，都是空手去，空手回。生活的苦累，身体受伤元气损耗，我5岁那年，他去世了。那年他44岁，我难过得大哭。棺椁先放在场院边上，当几天后埋葬时，我哭着喊着要打开看看，不让人埋。我以为放了几天，可能又活了，总觉得祖父没有死。

父亲也好赌，母亲没有主见，他们毕竟是夫妻，她帮着父亲把家里粮食偷出去卖钱还账，祖母把她看成和父亲一溜儿。有一次正吃午饭，祖母把父亲吵火了，他掀了桌子，砸了一个大瓮，从此离开了家。1939年我7岁，抗日烽火已燃遍沂蒙，父亲离家后先是参加了民众抗日组织——抗敌自卫团，这支队伍不久后即加入了我党领导的抗日武装。

父亲走后，母亲在祖母面前总有一种压抑感，每天默不作声地干活。推磨我有时不乐意当助手，母亲就一个人推。我参与时，也是她把磨棍系挂在我的磨棍上，带着我推，我用劲不用劲，都看不出来，也掉不了磨棍。母亲批评我不用劲，我说："你比我大两个，劲也比我大两个嘛！"她自己一人推是疼我，每天推磨都是早晨4点左右起床，她不舍得把正甜睡的孩子喊起来，等听到磨呜呜的响声，望见一个缓慢的影子一会儿大一会儿小地映在墙壁上，总是母亲快要推完了。

我父亲生病那年，我大妹刚会站，有一天在堂屋当门忽见她站住了一会儿，我到处喊："我妹妹会站了！"大妹妹比我小3岁，这个记忆显然是我4岁时的事情，我知道了我的记忆是从4岁开始。父亲在家那段时间，我还记得西小胡同里有一种赌场叫"会"，有"出会"、"押会"、"跑封"的。父亲领着我去喝过几次凉粉，我从小喜欢喝凉粉，喜欢那种又酸又辣、又有麻汁香的综合味道。"出会"的那些文字，如"九官"、"火官"、"青云"、"青元"、"高升"、"坤山"、"板桂"、"元桂"，我也学会了写，画得满墙都是，这也是我学龄前的学文化。村北边有一处庙会，逢庙会有戏，我跟大人去听过。我只喜欢看小丑，看武打，一见小媳妇、老妈妈之类角色出来就烦了，便和小伙伴各处玩，看卖泥猴的，听吹泥哨的，或买碗凉粉喝。

1953年冬长水与父母(北京)

母亲除了不会推车、耕地，壮年汉子干的一切，她都会。锄地揽四垄，会换机，我是跟着母亲学了一段才会的。场院上扬场，母亲也是行家。多年久久感到对不起母亲的，是我家的磨比别的家的重。我爱人到我家那几年，告诉我说：她一个人推着那个磨都有些吃力。可是多少年都是母亲一人颠着小脚拱，家中几代人都是黎明时听着她那推磨声起床的，母亲有多伟大，用语言不能表达。我爱人那时曾为这事对我讲："你们当儿女的真没良心。"我说："老娘是疼儿子，儿子也是从小就当大人使，她不舍得再让我干推磨这一类的活儿。后来又见我忙工作，写稿，每晚到深夜才回家，更舍不得早上喊醒我。”母亲不大爱说话，冬夜里有时给我和妹妹唱歌谣，多年回忆起有一首很抒情的：“枣木梳，弯又弯，俺娘许俺九道山。俺上南园去摘椒，望着娘家的柳树梢，担担的，卖钱的，也不来了！俺想娘来谁知道……”那时却不知道，母亲哪是唱，是哭啊。我和母亲一起下坡干活，从来没有听她说一句对父亲的思念。在许多个冬夜里，一盏豆油灯放在三条腿的大杌子上，大杌子倚着门，灯光的一边，照着我写稿，另一边照着母亲和祖母纺线。三代人的心音在纺车声中融汇流淌。我爱人还曾提到一件事：“你到离家，也没帮咱娘挑一担水！”爱人说得对，也是我久久内疚的。我说：“咱老家井深，用的是瓦罐，我从第一次挑水砸了罐，挑着罐鼻儿回来，咱娘就再也不让我挑水。”母亲在家挑水，一直到再也挑不动了，才让出嫁在本村的大妹妹每天送担水吃，这时家里就剩母亲一个人了。

在母亲身边10余年，离开母亲后又时常回家探望，有多少难忘的和美好的记忆。我得到了祖母和母亲的双重的母爱。但在母亲去世后，当我也从父辈向祖父辈上走时，每当回忆起母亲，心里越来越觉得涩涩的，酸酸的。我想，祖母一生吃的苦很多，母亲一生吃的苦更多。而许多辛苦，是当儿女的逐渐意识到的。母亲和父亲结婚50余年，他们相处在一起的时间总共不超过10年。父亲第一次参军，干了两年，因为和顶头领导对事情有不同看法，想去上“抗大”，没被允许，一赌气又离开了部队，上了东北。父亲也继承了祖母家族一部分性格，正义，直率。上东北干杂工，卖苦力，又吃了更多苦，受了更多气。在“八一五”鬼子投降后，再次入伍参军，到了“四野”的特种兵团。这期间整整8年没有音讯回家。开始我家的户主是父亲，后来就变成了我。本来是六口人的家庭，成了五口人。我的作品里出现的也是祖母、母亲和两个妹妹。村里人嘴上不说，在行动上是把母亲当成失去丈夫的人对待。那时母亲30岁左右，人品模样都受称赞，但谁家办喜事迎媳妇，没有找她的。迎媳妇必须夫妻同在的。我母亲每遇这种情况，有说不出的难过。父亲去东北当苦工到参军，遇到家乡人就打听，但家里什么情况，一直打听不到。从抗战到解放战争，沂蒙山区斗争艰苦，家中老小不知还有几人存在？父亲脑中几次闪过这种念头。二次参军后在报纸上看到家乡出了个小诗人苗得雨，

长水 1955 年在济南

但不知道就是他的儿子。因为他当年送我上私塾时，取的名是苗德生。直至1948年秋，全国大片地区解放，通信方便了，他写信给邻居打听家中情况，才知道了家中一切很好。家中也知道了他不但还在，还二次参军，家中原来早是军属了。自那我家开始成了六口人，也马上以军属待遇享受代耕。此后，母亲又常被人请去当迎媳妇的，她喜泪直流啊！

父亲不在家我在家时，开始我与祖母住一屋，后来我与母亲住一屋，她们夜里长久的哭声我都听到。我没有什么办法安慰她们。我在身边，似乎转移些她们对父亲的思念。可后来我也离家了，我一直想，我若有个叔叔或哥哥就好了。我家三代单传，祖父单一早去世，父亲单一早离家，我单一也出去了。我1948年16岁入党，如果因为工作需要，我离家可能更早些，是因为这些顾虑拖了又拖。我走那天，祖母和母亲去地里干了一天活，都没吃一口饭。此后祖母常到河崖头向南瞭望，望河对岸一棵树。就是在那棵树的旁边，孙子走远的。我刚离开家乡那段时间，也常常在深夜想起母亲和祖母，似乎听到她们夜里增加了的哭声。

建国后的第一年里，我调到了省会济南。在沂蒙山东部沂河岸边的家乡，感觉上有了些遥远。那时候交通非常不便。1950年底，领导批准我回故乡过春节。我先向同事打听坐火车和汽车这一段的路线，又写信向村上的叔爷爷打听了步行那一段的走法。实际这条线路绕了很大一段，第一天坐上火车约六七个小时到了潍县[①]，第二天坐汽车到了莒县，在莒县下车住进斜对门一家旅店。那时期那里好像就这么一家旅店，正房东头一面大炕，那晚上，住店的有一个老大爷、一个年轻媳妇、一个壮汉和我。老大爷说："今晚听我安排，我躺当中，女同志在我右边靠南窗，男同志在我左边靠北墙！"大家和和睦睦拉家常，住了一夜。第三天一早，我就一溜小跑西去，翻过公婆山，不到中午到了逢集的库沟，再往西南奔北儒村，过河便到了苗家庄。那天下午祖母第二趟去场院里取柴草，正好遇上了风尘仆仆归来的孙子。

1951年春夏，我去莒南深入生活。那时已经有了直达莒南县城十字路的敞车，回家有两天就够了。在莒南与我爱人矫永确定了恋爱关系，祖母听说后，也不再在意非要找比我大4岁的不可了，没和我商量，就派大妹去把矫永搬来了。

1951年春，战争时期《大众日报》的第一任总编、后来鲁中南区党委宣传部长于寄愚同志担任山东省文联筹委会主任和党组书记不久，又调任华东文联筹委会任秘书长、党组书记。以往人们说，于寄愚同志的

苗家庄的大汪，汪边即回家的路

1974年父亲(左二)与县上老友在汶河边

调走,是因为《山东文艺》受到批判,批判的重点是于寄愚的杂文《说猫》和陶钝的《一只红色腰鼓》、《绣红旗》,听说领导层对于部长工作有"吊儿郎当,白天睡觉,晚上听曲艺人演唱"微词。其实,于部长的老特点大家都知道,他的出色的工作才能和累累政绩,也是上下都知道的。于老一生坎坷,由此开始。然而人们也忘不了于老到了华东文联,给那里的工作打下了基础,如建立华东文联创作队和办刊物《文艺月报》。1951年底,创作队员最先报到的是我与陶钝、王安友。以后,山东的知侠、峻青都去了那里。

我与陶钝、王安友坐火车,用了一天一夜加一个上午到的上海。其中光在浦口过轮渡,就摆弄了两三个小时。一路上还难喝上几杯水。中午从窗口买点吃的,直到下午4点,我辗转了几个车厢弄了一缸子水。我让陶老先喝,他说:"你们年轻人消耗大,你和安友喝!"安友说:"我只要抽烟,就把渴忘了!"疲惫不堪的陶老笑着说:"战士是冒着炮火打去的上海,我们坐火车去上海,可真是天堂般的舒服了!"

到了上海,是于部长同我们谈工作,安排各方面的事。于老那时叫我"小苗":"小苗,吃什么灶?"我说:"吃大灶。"于老说:"改了,吃中灶!"

在上海，我们从解放区来的同志，熟悉了郑君里、周小燕、陈强、孙道临、李健吾等早已闻名的老文艺工作者。

1952年春节，我和父亲约好一起回家过团圆节。父亲从东北来，我从上海来。在济南火车站候车室，我正等待上车时，广播中呼叫："苗得雨同志，你父亲在军人候车室等你！"多年已不喊父亲了，他走时我7岁，现在我也长到1.81米的身材，到候车室见到父亲，发现我们爷儿俩个头差不多，我头一句话竟是："你找我？"我已记不起一夜火车、又一天汽车，是怎么经过的。第三天早上到的家。一进门，祖母还未起床，父亲喊了一声："娘！……"祖母惊叫一声，便大哭起来："小婊子儿，你还回来呀？"母亲从北屋出来，没有哭，也没有说什么，即进锅屋烧水做饭。她的泪早哭干了。那天的饭，我也记不得是怎么吃的了。从父亲有了音讯，到回家探望，又是四年时间的等待，而此时等到的父亲，已经另外有了一个家。然而母亲仍然在等他，从那以后，每次父亲回家探亲，母亲总是等不知多少个日夜。直至1981年底去世，是坐在大门口等了一个秋天又一个冬天。

矫永到家里以后，家里有了孙子媳妇，1953年春又有了重孙子长水，祖母不再那么挂念儿子和孙子了。长水周岁学会说话，天天喊："妈，

1956年父母与我和二弟平原

京京，看爸爸！”矫永抱着他两次去北京，我那时正在中国作协文学讲习所学习。1955年学习结束，又回到山东文联，矫永便带着长水从老家来省城济南了。祖母、母亲又天天想了。想我父亲，想我，想我妻子，想长水。大妹得云出嫁在本村，妹夫是转业军人，身体负伤较重，不能干重活。二妹得荣在外上学。两个老人更加孤单。我尽可能结合工作，常回家看看。有时是矫永一个人带孩子回去，虽然那时路上非常辛苦，也让孩子多认识老家。1957年初夏，我的老二长伦已周岁，我和矫永领着两个孩子回家看望。恰好父亲也回家看望。我们全家团聚，是第一次四世同堂，是战争胜利后人数最多的一次幸福团聚。我带了照相机回家，合影时，在外上学的二妹苗得荣回来了，大妹苗得云也领着两个儿子华子和平子来了。43岁的父亲、47岁的母亲，揽着几个孙子、外孙，十分高兴。这一段时光，也是年近70岁的祖母最幸福的时光。

这年底机关动员家属回农村，矫永领着两个孩子回家住了一年多。母亲高兴地对人说：“他奶奶说，孙子疼奶奶，找个对象自己合心意，让

1952年在上海华东文联创作队时照（上中苗得雨）

长水与母亲

家里也合心意！"矫永模样出众，两个男孩子活泼可爱，两位老人整天欢喜得合不拢嘴。不是这个一手领着一个玩，就是那个一手领着一个玩。长水这名就是老奶奶起的，说："苗家就得有长流水！"矫永给二子取名"平原"。母亲说："苗子有水，就嫩！"老二大名便叫"长伦（嫩）"了。长水在济南上学前，父亲又领着他回老家住了一段。这一段长水的印象最深。那时，三年困难时期已开始了。1960年，在老家出生的老三洪峰已两岁半。我们住在济南，矫永教学回来，打的饭中按比例只有一个馒头，便切成四半，让我们爷四个吃。三个男孩都是长身体的时候，能吃，因为长期吃不饱都很瘦，我的脸也瘦得很长，妹妹得荣来了见到都心酸。急得矫永也对得荣叹气："唉，整天就是为吃犯愁！"在不撑劲时，我和矫永商量把老二送回老家住了一年多。家中还有点老底，即使糠菜，也能对付一下。祖母、母亲都高兴，为不让孩子难为着，10元钱买一斤猪肉也去买（那年代的猪肉平时不到一元钱一斤，10元是黑市高价）。祖母做事周到，弄点好东西，也总想着分一些给大妹得云家的两个外甥。是祖母和母亲又帮我们度过了那最困难的时期。

力量集中到孩子身上，老人在困难中更受"靠"了。祖母是1961年70岁时去世的，还差两天春节，没熬过去，是饿犯了痨，内脏功能衰竭。病情加重时，母亲担心，尽早给奶奶洗脚、擦身、换衣服，换洗被褥，拿一大块棉褥垫在奶奶身子底下，奶奶还说硌得疼。我从济南赶回去，从县医院请了医生来诊治，吃了些中药，可已无回天之力，眼瞅着让老人离去了。祖母的双亲都是近百岁才老的，我的姨奶奶90年代才去世。过多的辛劳、苦难，把祖母的生命早早夺走了。祖母在食水不进十数日时，昏迷中听我告诉：9月添了重孙女，还高兴地为之取名说：“叫贵谝吧！”我的第四个孩子，即大女儿现在的名字是“晓霞”，但我们都深深记住她还有老奶奶取的一个名。“谝”是夸耀显示之意，又加一个“贵”字，含意深长，是老人为后代兴旺而欣喜。在那种困难时期，在生命最后时刻，祖母就是带着这样一种欣喜离去的。“贵谝”和妹妹苗慧——雪川，都没见过老奶奶，她俩如今一在香港，一在美国，每当提起沂蒙山的那位慈祥的老奶奶，都很动情。

祖母去世后，家中只母亲一人更孤单。以往母亲总依靠奶奶，遇事奶奶拿主意，婆媳相依为命几十年，那感情胜过生母。奶奶也把母亲当闺女看待。母亲从那以后常常难以入眠，曾深情地对妹妹得荣讲：“以往大梁是你奶奶扛着，我只知道埋头干活，这会儿才知道担子的重量。”有一段时间我领母亲来到济南，想让她久住下去。但她住了一段想家，想那几间老屋，便又一人回家，守着老屋，又守了20年。

1963年，老家中遭龙卷风，刮去房上草，二妹得荣赶回家，与大妹得云一起想法重苫的。1965年我出发去苍山采访，顺便到莒南把在姥姥家住了一段的老三洪峰领回家待了一段。从1966年开始，整个“文革”我被打倒失去了自由，已顾不了老娘。当中一段“解放”，回家看了看，母亲情况很好，已稀疏的头发浓密些了，白了的又黑了些。以后我得到平反复职，就结合深入生活，常回家了。县里的同志，也常对老人的生活做些帮助。20世纪70年代中期以后，我连续几年跑故乡等县，因为找到了一条从泰安的东都去临沂的路，不停地走山路，从省城乘车，当天就可以到临沂地区任何一个县的路，每个县又都有了吉普车接送。这些年内，母亲坐在大门口，在不经意间往西湾边那条路上瞭望，时而望到忽然出现的儿子。1980年，我和省文联秘书长夏雨常同志带领一伙诗友去沂蒙山参观访问，中间回去看望，大家给老人捎去了一些礼物，老人高兴得不知说什么好，只觉得凄凉孤单的晚年，儿子又高高兴兴回家了，一下子来这么多亲人。但我见她身体却比几年前脆弱多了，她抚摸了一下几年前我给她买的老花镜，说：“唉，针线做不动了！”这次我曾说秋天再回家探望，父亲也说秋天回家探望，都是因为工作忙，一拖再拖。父亲在哈尔滨，路远。我那段机关一些繁重的工作总离不开，我哪想母亲一直在家等啊，天天搬着小板杌坐大门口外边，向村庄西湾边的方向瞭望。一双流干了眼泪的眼睛，这样度日如年地瞭望，是比天天哭还难受啊！

就在这次见面第二年深冬，母亲病危。接到电报，已经在军区报社工作的老大长水陪妈妈先坐长途车赶回去。这也是长水在“文革”后第一次回老家。长水一两岁在家里，也跟我小时一样喜欢栽花种树，当然也有奶奶、老奶奶的喜好。他在院子里栽了一棵小榆树，在他上学前两次回家里时，想不到已长成很像样的一棵树了，是两个老人爱护着成长的。祖母说：“要叫它长成一棵大旗杆！”祖母去世后，有人打主意：“长成一棵梁了！”母亲说：“长成三棵梁，俺也看着它长！”长水1970年参军后，省下津贴给奶奶寄过，母亲不断给人念叨：“俺那好孝顺的孙子哟！”

矫永和长水赶到家时，母亲已经服了我一位做中医的本家叔叔的汤药，略见好转。也许是看见了媳妇和孙子都赶到眼前，母亲竟能从床上坐了起来，先拉着长水的手，从窗户上看那棵已长到一抱都抱不过来的榆树。实际上长水从村外往家走的时候，已在妈妈的指引下，早就看

1956年秋母亲在趵突泉院内

见那棵高耸在村庄中的榆树了。因此,这一次回故乡,也唤起他许多关于家乡和童年的美好记忆,为他日后的"沂蒙系列"小说做了奠基礼。他也曾写下一篇散文《我有一棵榆树》,被不少知名杂志转载过。

母亲此时的回光返照,自己感觉也很好,从窗户看看她担心昏迷中无人照管的几只鸡都很欢（实际那几只鸡都由陪在她身边的大妹得云的女儿香莲看护),还对矫永和长水说:"病好了要坐车去济南住住!"矫永和长水赶集去为母亲做了新棉被，买了烧水用的铁壶，还买了肉和鱼。矫永知道母亲喜欢吃点肉。母亲也稀罕那点猪肉,炒菜没用了的,她让用小绳拴着挂到一边留着。长水给奶奶做了红烧鱼,里边放了糖。这时我们也才刚刚随着生活好转,知道做红烧鱼需要放糖。母亲看见长水那么做鱼,还担心"腥气",做好了尝尝,也说:"嗯,好吃!"

我也赶回去,与矫永和长水住了几天,觉得母亲好多了,就返回了。没想到十多天后,母亲病情再度转重。临终前知道见父亲已不可能,只在用力盼儿子、儿媳和孙子,从下午4点已几次昏迷,又几次醒过来转脸向屋门外。那时车不好,路也不好,我和矫永带了机关一辆老式北京吉普车一早从济南往回急赶,晚上7点赶到家,母亲虽不能睁眼,不能说话,但表情里看出,已知道儿子、儿媳到了,她放心地用力喘了几口气,睡去了……

我久久后悔,为什么当时不早些想法让母亲跟父亲去呢?祖母没人照顾可以来我这里。或想法帮父亲调山东来。祖母怕闻汽油味,那时又总说:"等身体壮壮,上济南看看!"实际上我们都知道这只是自我安慰,是实现不了的愿望了。祖母和母亲,都是人在家乡,心在四方。我感觉,她们似乎是觉得"家"是离不开"乡"的,一生作为那个年代的沂蒙农村妇女,思想再进步,对于离开家乡,是不愿意"奢望"的事情。我和父亲离开家乡,她们只盼望我们能够迟早回家,没想到我们都是永远不能回去了。她们也许一直这样考虑:若是她们都出来了,在外边的儿女回故乡,不见有亲人,怎么叫回故乡?所以,她们在家守着,守着,也让我们等着,哪怕一两年相聚一次,也是几年都忘不了的愉快。她们是这样安排着自己的命运,也觉得生活在乡间的人,本来就是这样的命运。

父亲说:"我不该撇家,可是在国家那样的情况下,男儿有责,有多

1993年4月全家在趵突泉老屋前

少人为革命不但撇了家，有的还付出了家。你奶奶当了大半生的男人，你妈当了几乎整整一生的男人，我一生在外不容易，让我惊叹的是两个女人撑起了一个家，兴旺了一个家。我们这个家，是民族型的、革命型的，又是文化型的。我在家里，不一定能是这样。不是你奶奶由着你，支持你，你也不一定发展成这个样子。你妈也应当说是你身后的无名英雄……"父亲净说的高兴话，从没有一句提过他一生和祖母、母亲分离流过多少泪。

母亲的离去与祖母的离去时光不同。祖母离去时是生活困难中，她是带着饥饿和许多惊恐走的。母亲去世时，我们好一点的生活才刚开始，1982年是我们国家和个人整个上坡路的开头，一天天安定，不再担惊受怕，通往家乡的路也一天天更方便了，母亲却在这时离开了我们，她没享到不久后就会到来的许多幸福，想到这些，我们就揪心不已。

注释:

① 即今天潍坊市。

第九章
我家那个年代的四个女人

二姑的追忆——

奶奶、母亲、姐姐和我，这是在我记忆中不能忘记、相依为命的四个女人。

二姑这样写——

奶奶、母亲、姐姐和我，这是在我记忆中不能忘记、相依为命的四个女人。我，1938年出生，是属虎的，虽说是老小，可独立性很强，无论做什么事，善于自己拿主意。我14岁才开始上小学，还是我自己扛着大杌子，拿着小板凳走进学校的。我个头高，1.66米还多，站队当排头。学习用具多是用石板、石笔。我学习很努力，学了不足两年就考取了五六年级，是县里的正式考试，那叫“完小”。

小学阶段吃的几乎全是一色的粗粮糁子煎饼，喝的红秫秫稀粥，菜是大葱、豆豉、辣菜疙瘩咸菜、香椿芽咸菜。中学阶段吃的是大米饭、朝牌饼。苦就苦了三年的师范生活，连地瓜秧子糠菜都吃不饱。穿的是一冬一条棉裤、一件棉袄，里边套一件褂子就不错了，不知道毛衣、春秋衣是什么，一冬天外衣也不洗，因为洗了就没衣服换了。

不论上完小，还是上初中，还是上师范，来回都是徒步，不管雪多大，风多冷，都得按时到校。上师范第一学期开学，70多里的路程徒步，还得用担子挑着被褥、棉袄、棉裤等，七八月份的天气炎热，酷暑难当，从黎明到摸黑，路上渴了向村人讨得凉井水喝。一到校就累得病倒了，一场疟疾折腾了两周，发冷发热，两周没参加学校的劳动和训练。春节放假或开学，走到沂河边，无桥无船，浅水处已结了薄冰，能不走吗？能搁在路上吗？尽管快走，也得蹚20分钟的河水，小腿冻成冰棍，两脚冻成冰鱼，那滋味只有亲身经历的人才知道。同学陈为升同情地说：“得荣啊，这样的生活苦不苦？凉不凉？”我眼里噙着泪回答不出来，只好快穿鞋袜，快暖和暖和，快搓搓小腿，放下棉裤腿，快活动活动。现在我们村附近有两座大桥了，交通车辆也方便了。那时求学最大的困难是饥饿和寒冷，但这些丝毫没动摇我的决心。越苦就骨头越硬，就越坚强。

姐姐苗得云是1935年出生，是属猪的，属猪的特点是与世无争，姐姐是一个好母亲。姐姐也上过小学，也上过几天完小，那年代对上学不那么重视，上与不上在人们的脑海里没什么区别。哥哥曾在文章中有趣地写到姐姐小时候的能力:"我家也是多树之家,场院上有两排高高的楸树,邻近田地上有两棵高高的杨树。大桥田地崖头上有两棵粗大的柳树。有的是我祖父栽的。那两棵杨树中的一棵,在村头立着,直入云霄,像一杆旗。我记事时,就一抱才抱住一半,树身挺直,我几次曾想爬到上面看看,却望而生畏,不敢上去。想到上去下不来的危险,就心悸。俗话说:'上树不愁,下树拉油。'有的树,上得去,下不来。我站在树下,望着那滑溜溜又粗又高又直的树干,听见树叶在半空中哗啦啦响,心想若能爬到上边,能看见远处几百里的光景,那该多好?可谁能爬得上?有一次,在一个刮大风的春天,比我小3岁的妹妹竟然爬了上去。她竟然爬到最高枝桠。那一天谁也不在跟前,谁也不知道她怎样爬上去的。她在上面,不慌不忙地把一个多年的喜鹊窝拆掉,掏出蛋,裹到衣襟里,把枯枝一条条扔下来。然后从树上下来,放下蛋,捡起枯枝捆好背在身上,再把鹊蛋兜在怀里,从容地走回家。家中大小都惊呆了。'哎呀!皇天神,你待上天啊!'祖母惊叹着。'哎呀!小祖宗,你待作死啊!'母亲在吵着。我只急急问:'你怎么上去的?怎么下来的?在上面看见天大吗?……'妹妹却既不答话,也不解释,像平日从外面拾草回来,卸下背在身上的枯枝,笑眯眯地把那些鹊蛋拿给我看。她分明是有计划做的一件一举两得的事情,又拾柴,又掏鸟蛋。"

……姐姐很前卫,上小学时在村里她先带头剪短发,剪了短发的姐姐很漂亮,圆圆的脸蛋,齐耳的短发,适中的身段。当时我奶奶也没反对,顺其自然吧。说实话我觉得姐姐比我聪明能干,泼辣大方,说话做事都不打憷。

1953年,18岁的姐姐经人介绍嫁给了本村30多岁的复员军人邱西忠。姐夫虽然年龄大点,可长得蛮帅的,大眼睛,双眼皮。天文、地理,无不精通,特别写得一手好毛笔字,每逢春节或谁家办喜事,请他写对联的不少。军人的特点干净利落,家里的院子总是打扫得干干净净,房内也收拾得有条不紊。但姐夫有一个弱点,虽然他身体受伤较重,但也缺乏吃苦耐劳、勤俭节省的习惯。从部队下来,本来能在公家单位工作,自己非要回家不可,是个自己不受管辖、也不愿意领导别人的人。后来后悔,一辈子都在找县里,找原先单位,也没法解决了,最后还是干了庄

2004年初夏故乡大西汪(三弟洪峰拍)

户,修理地球,面朝黄土背朝天,姐姐不得不受拖累了。

姐姐刚结婚的第三天晚上我去看她，她独自躺在一间小西屋的床上掉泪,我心里一阵酸楚,觉得耳鬓厮磨的同胞姐姐在那里受苦,人都说男大疼妻，可我姐夫不是那疼妻子的人。姐姐19岁生下了长子邱景廷,前前后后6个孩子,三男三女,架没少吵,孩子没少生,我姐姐累上加累。后来几个孩子出生也不请接生婆了,自己拾掇拾掇就抱起来,因为没钱付接生费。20世纪60年代全国闹自然灾害,姐姐家生活特别困难,树叶、糠菜没少吃,还填不饱肚皮。母亲看在眼里,疼在心里,有时塞给她个菜团子吃,她攥在手里怎么也舍不得吃,拿回家给孩子吃。那个多儿多女的家,姐姐又顶了大半边天,靠的是省吃俭用,靠的是精打细算,靠的是一双勤劳的手。多年的植树积攒,一棵棵小树长大当梁檩,给两个儿子盖了6间房。6个孩子有4个上过学,有两个几乎没进过学堂门。姐夫有时拿麦子换大饼吃,拿豆子换豆腐吃,姐姐就和他算经济账。姐夫晚年得了痴呆症,病重时不认人,说话糊涂,有时清醒也痛哭流涕。我回家去看他,攥着我的手亲得不得了。姐姐伺候他吃喝拉撒,冬天拿了那些脏衣服到冰冷的沂河水里去洗。

回忆起姐夫来,他也有许多优点,复员带回来家的十几元钱,我上学急用时,姐姐还给了我几块呢。姐夫父亲去世得早,他每次有新鲜菜或水果,都是先拿给母亲、岳母吃,对岳母娘叫得很甜,像亲生母亲一样。姐姐吃了一辈子苦，爱情不幸福，可姐姐非常疼爱孩子，孩子虽多从不对孩子发脾气，从不打骂孩子，曾深情地对我说："光吃不饱、穿不暖就够孩子苦的，不能让孩子没有父母的爱，没有家庭的温暖。"姐姐勤勤恳恳默默奉献着。我每次回家，攥着她的手，她的双手又粗又硬，不知干了多少活。我常回忆起我俩小时候形影不离像双胞胎，常是哥哥的小尾巴，哥哥带领我俩做村里那些有意义的活动，也一起去拾柴搂草，捞鱼摸虾，大了就帮母亲干那些农活家务活，虽说生活很苦，可觉得很甜蜜。

从奶奶到母亲到姐姐到我，我们这四个女人算我上学最多。1963年我师范毕业开始教学了，父亲、哥哥也常给母亲点钱，村里有人羡慕母亲"有三股水"，是说有来源，可这"三股水"很细，常有断流。我每回家看望母亲，满屋里看看母亲的粮食够不够吃，看看母亲的积蓄。母亲从没有多余的钱，父亲、哥哥给点钱也常常给姐姐点，常常也只不过五六元钱，用旧手帕包了个里三层外三层，放在褪了色的我奶奶的旧矮橱的左边抽屉里，那里边还有我父亲及我兄妹的照片，母亲寂寞时就看看那些黑白照片。哥哥曾接她去济南，我也曾请她来诸城，20世纪六七十年代连饭都吃不饱，母亲在哥哥家急得嘴上鼻子里都起了泡，她不适应城市生活，背着个铝壶又回家了。在诸城也只住了几个月，她闷得跑到县委院子大礼堂里去掉泪。到一个陌生的地方，实在使和土地打了一辈子交道的老人不习惯，还惦着家里的老房子，自留地的麦子，不得不把她送回家。从此她就固守着那三间旧堂屋、几只鸡过日子。1939年我父亲参加抗日，1949年

1957年初夏长水于沂河

我哥哥脱产离家，1953年我姐姐出阁，1956年我开始到县城上学，1961年我奶奶又去世了，之后就我母亲一个人在家，到她1982年去世，20年的时间都是和影子相伴，出进一个人，还有五六只鸡是活物，母亲一从坡里回来，一群鸡噔噔跑来，咯咯要食吃。幸亏还有姐姐在本村，姐姐的长女香莲大了常给姥娘挑水、拿柴、做饭、洗衣、收拾家务，冬天晚上和姥娘睡一个被筒，给姥娘暖和着小脚。都说女儿是娘的小棉袄，这外甥女是姥娘的棉坎肩了。是姐姐一家给母亲解闷，我无限感激我的姐姐，也羡慕姐姐和母亲在一起的时间长。我没有尽到孝道，欠母亲的太多太多，再忏悔也弥补不上了。

1963年夏天的一场大风暴席卷了家乡一大片地方，苗家庄也未幸免。母亲曾心有余悸地告诉我，她独自端着小油灯，用手捂着躲在了锅屋的东南角墙旮旯里，吓得顶梁骨走了真魂，只听见噼里啪啦的暴风掀翻着屋顶，粗大的雨点下个不停，缩成一团瘫在那里，好歹盼到天亮。屋草荡然无存，地上一片狼藉，杂乱不堪，母亲万念俱灰，一切希望瞬间破灭了，一下子愁得老了许多。幸亏在邻居亲友帮助下，几天后重新把房子修缮起来，母亲吓掉了的魂也逐渐归了窍。当时我正在沂水师范上学，回家的公路上那一路惨景不忍目睹。

父亲1950年春在大众日报社《农村大众》工作时(摄于济南)

母亲是有功之臣，始终如一地侍奉着公婆，尽孝道，抚养着三个儿女，含辛茹苦了一生，牺牲了自己的青春和幸福，为嫂嫂生了个好丈夫，为我三个侄子、两个侄女生了个好爸爸，为我和姐姐生了个好哥哥——作

1955年长水与父母(济南)

家、诗人,苗得雨。

没有天哪有地?没有地哪有家?没有家哪有妈?没有妈哪有我们仨?我们要感谢奉献了一生的母亲，母亲积劳成疾,1981年冬,71岁的母亲再也抵抗不过疾病和衰老,那白胖的母亲不见了,后来骨瘦如柴,咳嗽很多痰,她曾气愤地说:“怎么我吃了饭都成了痰?”她也曾和东邻隋家大婶子说:“今年过不去了,棺材穿绳的眼都透气了。”平时棺材底部穿绳的眼结满了蜘蛛网,人到临终时蜘蛛网就没有了,不知农民迷信呢还是有什么科学道理呢?她也曾和同胞妹妹我的亲姨说:“毁了啊，不行了。”那凄惨悲凉的心情,我们当儿女的听到后,怎么会不难过呢?

1981年腊月,我正在外地教学,当时正值五年级年终考试,我心中祈祷上苍,多给母亲延长些时间,等学生考试结束后我就回家看她。可阴曹地府的判官哪讲人情,把母亲硬硬地带走了。母亲永远不知道了痛苦,永远不知道了思念,永远躺在了地底下。母亲劳累了一生,太疲倦了,葬入黄土之下的母亲,静静地躺在村西边和过世的奶奶、爷爷做伴去了。母亲去世时没见到思念了一辈子的丈夫,没见到她可怜又累赘的小女儿,这是我终生的遗憾。

第十章
我们的苗家庄

苗长水说——

从这张地图看，过去苗家庄这个村子特别像一座大城市的萌芽。村庄虽不大，却曾有完整的围墙和东南西北四座大门，并且有大、小西门，有“梢门”这样的附属建筑。有炮台、大小菜园、长甫子、团汪子、少王林子、四福子林、赶牛路子的地名，以及各种名称的胡同和大小街道和“大碾”、“大碌碡”、“大屋”、“大园”之“四大”，有大路也有渡口。

一

我曾经写过一部小说《苗家庄传奇》，记述了我们这个家庭以及苗家庄的历史及革命历史的起源。父亲还专门给我绘制了一张苗家庄地图。

从这张地图看，过去苗家庄这个村子特别像一座大都市的萌芽。村庄虽不大，却曾有完整的围墙和东南西北四座大门，并且有大、小西门，有“梢门”这样的附属建筑。有炮台、大小菜园、长甫子、团汪子、少王林子、四福子林、赶牛路子的地名，以及各种名称的胡同和大小街道和“大碾”、“大碌碡”、“大屋”、“大园”之“四大”，有大路也有渡口。

大路，那就曾是历史上的东南西北通道。如果不是后来在沂河南边修了一座大桥，贯穿东南西北的大路不再从我们村里走过，大路变成了

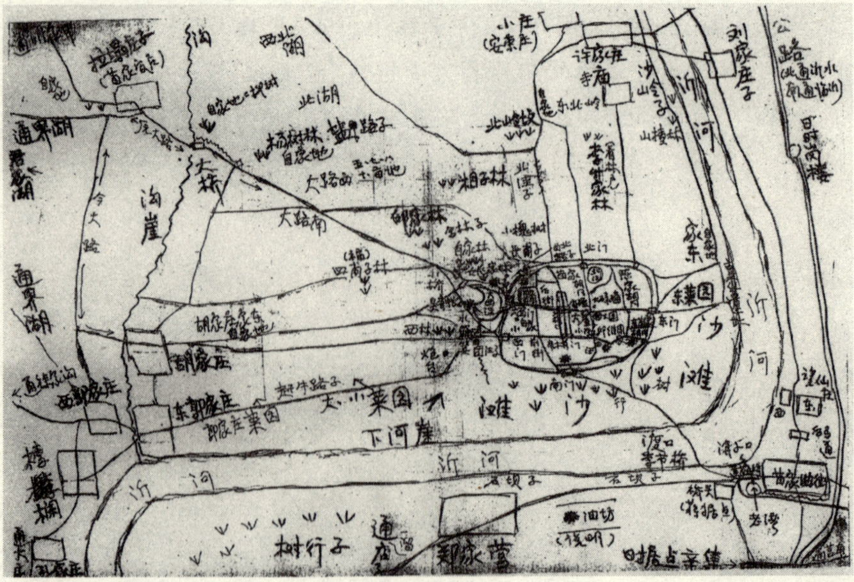

苗家庄地图

现在那条小小的土路，苗家庄说不定也就成了大城镇。假如苗家庄发展成大城镇，这些地名都不会丧失它原有的光彩。比方说，当铺可能变成为国际信托投资公司，银匠铺变为黄金首饰店，酒厂变成假日酒店，油坊变成石油提炼工厂，古文化遗址成为现代艺术中心。

我也曾在我的小说《季节桥》中，记述过的村前沂河上的那座季节桥，那是每逢冬季水小时，村里人集资在河中浅水上架起的一座草木沙石结构的小桥。1982年奶奶去世时，我回去还从那座桥上走过，去河对面赶集给奶奶买鱼。桥边地窝子里等着收费的是苗家庄的人，看我穿着军装，以为不是苗家庄的人，收了5分钱过桥费。我曾穿着军大衣躺在桥边的沙丘上，望着童年熟悉的景色，心中跳动着一个系列小说创作的欲望。我在小说中曾说，如今有的冬季，人们连这样一座桥都懒得架了。但是今天，确实根本不用架“季节桥”了，因为临沂市的环绕沂河的旅游路“滨河大道”、和沂南县的东西通衢“澳柯玛大道”，已把苗家庄环绕进一个现代化夹缝中，父亲绘制的地图上那些地点，如今只是一些很难找到的等待最后扒去的土墙残屋。

我父亲画的这份地图凡是标有“自家地”的位置，那就是我们家的那些地了。我家在土地改革时划的成分是中农，据父亲说当时是有地老亩12亩多一点，爷爷参军在外没算人口，家中成员有老奶奶、奶奶、我父亲和他的两个妹妹，5口人，划为中农。

从地图上看，标“自家地”的地方挺多，其实不过是零零散散而已，有的不足一亩，有的一亩多一点，最远的也是最大的一块，在胡家庄庄东，有3亩多。苗家庄三面环河，地是呈扇面形展向西北一边的。

据我母亲说，我家有一场院，场院上有楸十株、枣一株，茔林有高杨二株，大桥地头有柳二株。其中“长甫子”那儿还应该有块“自家地”，还是我母亲1957年回去时，用我父亲的200元稿费买的，有两亩。买这块地主要是我老奶奶的意见，她是为我们几个刚刚诞生和即将诞生的重孙子着想，有了钱就应该先置地。当时我父亲有点稿费，地也便宜，还曾打算把我老爷爷典出去的前面半座院子赎回。我父母都已经知道了要搞合作化的消息，但老奶奶似乎不相信合作化以后地就是公家的了，只是因为在旧大洋和人民币的折算上没取得统一，她才没能最终赎回房屋和再置土地。

这两亩地我们这些重孙子们当然没能种上。但老奶奶老爷爷、老老爷爷和奶奶、爷爷的坟墓埋在离这里不远的地方。

1982年奶奶去世，爷爷退休后曾带着哈尔滨那位奶奶回老家住过一段，把老奶奶存放在一个老式点心盒里的老文书，用硬纸裹着放在梁头上。爷爷回哈尔滨以后，家里老宅托邻居也是本家一位老爷苗广春看管，他年龄大约比我大七八岁，论辈分是我的老爷。不久前在修整老屋时，发现了那包老文书，交还给我父亲。父亲研究了这些文书以后这样记述——

我的曾祖父，就是村中老歌谣第一句说的那位，“进来西门往南望，一望望见苗廷扬”。我1932年出生时，排行老三的高祖父苗文俊已不在，苗文俊的四弟文亮还在，所以我仍被称为“五辈同堂”。苗文俊的大哥苗文元、二哥苗文魁，文魁这一支，即邻居叔叔苗广春家一支。我曾祖父苗廷扬兄弟俩，从高祖父苗文俊那里继承了超过一般中农的土地，兄弟俩分家后一分为二，不再是超中农。苗廷扬这一支，到我为止，一连三代单传，土地基本上保持了原有数目。老文书中有高祖父的父亲苗成新从咸丰五年（1855年）起买的6块，有高祖父苗文俊从同治十一年（1872年）起买的4块，曾祖父苗廷扬一代自己买了一块（光绪三十年，1904年），祖父苗秀霖一代买了七分八厘（民国22年，1933年），共老亩

季节桥

祖坟处那棵杨树(1956 年)

15亩。祖父苗秀霖好赌钱,一次次拉下饥荒下东北。父亲苗广顺在我3岁时生了那场伤寒(1935年),吃了一块大洋一服的中药几十服,至此,家中仍然没有卖地。直到我5岁时(1937年)祖父苗秀霖去世,我6岁时(1938年)曾祖父苗廷扬去世,才卖了3亩地,还有12亩。有这样的条件,我才能够在6岁时,每年拿5块大洋上私塾。老亩12亩,解放后变成新亩17亩,一家6口人,是标准的中农。若不是卖了那3亩,这个中农可能"超标",这是不幸之幸。1947年"三查三整",我参加选团区委,邻村一位年龄大些的同志说:"他家老爷爷时,比较富裕。"这不假。团区委委员没选上。紧接着报社来信:"你还是我们的通讯员,但不是工农通讯员了。""三查"查老三辈,比较富裕的老爷爷苗廷扬让我沾了光。但很快纠正了,报社来信说:"事情弄错了,你还是我们的工农通讯员。"其实没弄错,是整个解放区统一的纠偏。后来,有了正式规定,"土改"前三年定成分,老爷爷去世离土改五年,这五年之差,可是"两重天"。

然而,我还得感谢老爷爷。有一年我去哈尔滨与老父亲叙话,我说:"我爷爷能赌钱,你也能赌,咱怎么没卖地?"老父亲说:"你老爷爷苗廷扬,是教书先生,你爷爷苗秀霖,一输钱就到东北来了,你老爷爷教书挣的钱，给他打饥荒，打完了饥荒，你爷爷回家再赌……”是一个教书先生的老爷爷，使我们两代好赌没有赌破产。教书先生，一年若有20个学生，就是约有大洋100块的收入，这个数，顶多少地？从我家买地的老文书上看，买一亩地，大体是在一两到二两银子这个数上。一块大洋顶七钱七厘银子，也就是说，我老爷爷年进银六七十两，虽然不是日进斗金，和一般农民是大不相同。

我当年曾想，“我有个叔叔多好”，又想“我有个弟弟多好”，若真是那样，叔叔和父亲一分家，12亩就各6亩，连吃饱饭都成问题，不可能每年再有5块大洋上私塾，就真给人家当放牛娃了。当然解放了可以再上学，这是另一些人的情况。我却是从抗日小学开始干事情的，这在我家附近，只有我一人有这幸运。若不是有三年私塾底子，不会一转抗日小学就安排在高年级。我此时若没有小学高年级水平，也写不了文艺，就当不了报社模范通讯员，这就是老文书帮我破译的直到今天存在身上的密码。

老父亲曾说：“人说旧年代，只要抓一把小钱（小青铜钱）一扔，扔到哪里，这地就这价了。”这是一种形容。老文书上的地价，我记了几副。光绪二年（1876年），苗文焕、文义卖给苗成新地四分，纹银五钱；光绪六年（1880年）苗良善卖给文元、文魁地一亩一分三厘，银二两；光绪十九年（1893年）高安平卖给苗文魁地八分，银一两。

卖地文书都写明理由，大多是“因正用不足”，有的写“因粮钱无凑”、“因手困粮乏”、“因无钱使用”，更有的是“度日不过”。卖地户，早年的我不知道，后来我知道的，那都是相当贫穷的户。一些穷户，因为娶不起媳妇，断了后代。小时我见好些中年汉子打着光棍，有两个我叫伯父的，遇上解放翻身，才找到了媳妇。许多户若不是遇上翻身解放，靠在老轨道上走下去，走个什么样子，都可想而知。“土改”改变了大多数人的命运，也使人口由不兴旺到兴旺。三年解放战争，国民党军队失败的原因有一条，就是得不到广大人民的支持。跟着他们反攻倒算的，就喊的是：“谁分了地主家的地，倒回来！谁分了地主家的东西，送回来！”地主是少数人，国民党依靠的是少数人，能不失败吗？

二

据我父亲回忆，种那12亩地是很累的。收割的季节，到胡家庄东那3亩地去干活，天不亮就起床出去，早饭送过去吃。中午回家来歇晌，下午再出发，在那儿一直干到黑天。因为我爷爷在我父亲7岁那年离家，家里的壮劳力就是奶奶和老奶奶两名妇女，所以我父亲10来岁就已经是好庄户汉了，除了耩地技术略差，其他耕、种、锄、割四样大活儿，都是好手，少年时代的庄稼活，奠定了他身体的好基础。

到胡家庄家东3亩地送粪，我父亲推着小车子，中间要经过“大西汪”边的一座小石桥，“水簸箕”上的一段高坡，那是一段充满惊险的前

1956年村上的乡亲在大屋后面

进道路。那时候地里庄稼当然没有现在产量高，一般是两年三季式耕作，即如果第一年种小麦，第二年收了麦子接着种豆子，收了豆子地就闲着了，来年再种高粱、谷子。

也就是我父亲有稿费的时候，家里还与人合养过一头牛，牛进了公社的饲养棚之后，还很恋家，自己偷着跑回来一趟，让我父亲为它写了一首诗。老家那个院落是一座矮小的土墙土屋的院子，从地图上看，就在苗家庄大西门的跟前，我小时曾经觉得院子很大，因为院子里有堂屋、西屋、锅屋、草屋。苗家庄有首民谣唱的都是村里有影响的人和事。开头便是——

进来西门往南望，
一望望见苗廷扬，
一只胳膊短来，
一只胳膊长。
苗廷修的牛，
角大脖子长。
邱饧三的头，
好像月亮。
苗宪林的磨，
撇光光。
苗廷宝的木匠，
瞎哪当。
瞅瞅子两口子，
叫的辣姜。
刘鸿柱家两口子，
赛鸳鸯。
苗廷宣的豆腐，
雪白大胖胖。
邱树果的门框，
弯弯郎当。

邱树荣的腰肚子，
盛下蓝缸。
苗文章的脾气，
赛阎王。
疤瘌眼子，
是刘鸿祥。

第一句唱的苗廷扬就是我老老爷爷。苗廷扬号漾霄，生有三女一男，男名苗秀霖，即我的老爷爷，他在苗家庄历史上那次抗击土匪刘黑七战斗中胸部负枪伤，44岁即英年早逝。刘黑七横行过北半个中国的11个省，他经过的村庄城镇一般都在劫难逃，但却在苗家庄的围子墙下丢了面子。并不是他不想打，确实没打下来。这场战斗的主战场就在大西门我家门口，这一段史实竟然没有载入有关刘黑七的史料和文学作品，虽说遗憾，实则是幸运。我的一部比较有影响的小说《染坊之子》，写刘黑七洗劫费县一个叫天井汪的村子。村民抗击刘黑七，最后用自己人的尸体和砖石瓦料一起，在破开的口子上又垛起一道围子墙，血水像河水

1996年苗得雨、苗长水父子一同参加全国文代会

一样在街上流淌。冲破围子的土匪踩在人血中，像踩在下雨天的水里扑哧扑哧响。女人被奸淫了又割掉奶子，男人被从头顶插进木棍，小孩被放到碾槽子里碾，血蹿出老高。村庄化为灰烬。将近100户人家的大村，只活下来70多口人，尸体臭气整整一个夏天没有散去。

苗秀霖妻高氏秀英，生二子，长子即我爷爷苗广顺。爷爷幼时体弱，7虚岁还不会走路。他的小弟弟4个月时正是秋收，他母亲也就是我的老奶奶要去收庄稼，把小弟放在筐子里，搁在他身边，让他看着。但不幸小弟从筐子里爬到地上，他只能看着却不能上前帮助，小弟弟便在地上受了凉，三天后中风而死，他记忆中的小弟长得白胖。

我的爷爷苗广顺1914年阴历八月二十三日生，1930年阴历十月16周岁娶妻胡氏梅兰，即我奶奶。奶奶胡氏和老奶奶高氏我都见过，我的童年有一段时光在她们的养育中成长，我在许多作品中都有记述。听庄里老人讲述苗家庄风情，老人们说：苗家庄有两个名儿起得最好，一个是苗得雨，再一个就是他的儿子苗长水，姓苗的里边没有起得这么好名的。其实这两个名字都与我老奶奶有关，我的名字则是她亲自起的。老奶奶高秀英没上过学，却有一定文化，号称能够难倒村里的秀才。我童年记忆里，老奶奶高大、庄严、慈祥。她生于1891年阴历三月初五，1961年阴历十二月底70周岁去世。

我的老爷爷苗秀霖因为负伤元气损耗，而早于老老爷爷苗廷扬离世，他给我父亲的印象，有点与他的妻子高氏留在我童年中的印象相同，印象深刻而且慈祥。他很喜欢我父亲，有如我老奶奶高氏很喜欢我。家里曾经卖出的3亩地，典出半处宅子，实际也与为他还赌债有关。那半座院子和我家现在这座院子原来是连为一体的，从地图上看，这座院子没典出前，我们家的院子是直通前街。而现在只在后街上有个小门。

在我父亲的记忆中，我老爷爷苗秀霖曾三次下关东，但每次都是空手而归。我爷爷苗广顺刚记事时，听他母亲也就是我老奶奶说："你父亲下关东创回一块大洋。"他当时问："一块大洋换了多少钱？"老奶奶说："换了两吊八百。"他当时想一块大洋能换那么多？后来大了才知道，一块大洋顶六七吊，母亲对他说的也不知是真话还是谎话，因为银元确实天天在增值，铜钱在天天贬值。

我想大概正是由于老爷爷苗秀霖不属于那种有开创品质的人，所以我老奶奶高秀英从当媳妇那会儿就开始磨炼着当家做主的能力了。

苗秀霖的父亲苗廷扬，关于他一只胳膊短的问题，我爷爷说是他小时候被大娘拽坏了的。苗廷扬的父亲为苗文俊，是兄弟四个中的老三，在苗家庄的苗氏家谱中属于第十二世，约为清同治上面的咸丰或道光末年生人。大约苗文俊这个时候我们家是个过得不错的户，我们家的地和房子，便是此时苗廷扬从父亲苗文俊手上分到的。苗文俊那个时候划为富农是没有问题的，而好赌的老爷爷苗秀霖典房卖地却能给后代留下慈祥美好的记忆，也是一种人生的深刻哲理。

在中国人的姓氏里边，我们苗姓是较小的一家。一般在外边往往很大一片范围中很难碰上一个。比方说中国的作家里边，我印象里除了我父亲和我，大概还有位北京的苗培时先生。有一次冰心先生的外孙到我上学的军艺去找人，就问我是不是写过一篇连载的章回体小说，我记得那篇小说是苗培时先生的大作。无论在我读过书的学校和当过兵的近万人的陆军师里，都没碰上过姓苗的，因而小时候对苏联的谢苗诺夫这个姓特别亲切。我们家是汉族，但我时而却会引起少数民族同胞的特殊爱戴。我在师里有一次到大兴安岭达斡尔族自治旗安排转业干部，那些达斡尔族同胞听说我姓苗，对我极其亲切，而对同行的一位孙姓指导员则极冷漠。后来到贵州苗乡，那儿的苗族同胞姓龙的比较多，坐在他们

1980年10月父亲在沂蒙山中访问

的船上，我说我也是苗族后裔，他们比较认可。

我曾在一本有关中国姓氏来源的书中看到，苗姓确实来自于南方少数民族。我父亲苗得雨的《家村姓三源记》中考证：春秋战国时，楚国大夫令尹（春秋战国时楚国所设最高官职，掌军政大权）伯贲之子伯皇，在若敖之乱时，逃往山西的晋国，住在苗邑，在一次晋楚之战中立功，晋人赐姓为苗。苗姓自此开始，我们的老祖是真正的贵族血统。

关于苗家庄的历史沿革，我父亲苗得雨从20世纪50年代至今，一直在坚持不懈地反复考证，我爷爷苗广顺也多次在信中进行论证。我父亲在《家村姓三源记》中说：苗家庄的先辈是一对老兄弟俩。他小时候听大人们说，先辈是一担花篓从山西大槐树底下走来的，我们这一支的老祖是苗艾。后来我父亲看到了苗家庄的苗氏家谱，记载是相传于元朝末年避红巾来自江苏淮安。家谱序于清嘉庆十三年十月（1808年）十世苗坦时，从清乾隆五十二年（1787年）老本子家谱继续而来，最后一次是民国十一年（1922年）十四世苗霑霖、苗润霖等筹集补序，在沂水南关华庆石印局印刷。

我父亲查阅有关资料：红巾是元末一次最大的农民起义，从江淮流域到黄河流域，开始中心在淮河上游一带。苗家庄老祖从江苏淮安避往山东沂河中游，可能正是起义大规模发展之时。

谱上长公无名，二公苗艾，家谱定他们为二世，上辈为始祖。至我父亲苗得雨为十六世，至我和我的弟弟妹妹以及我们的孩子，就是第十七、十八世，也就是说我们家在600年左右共发展了十八代人。

我爷爷苗广顺的信上说：家谱的记载应是可靠的，但有的也不符合实际。他说老家的人过去都认为老祖是为避红头苍蝇从山西逃往淮安的，来山东应是明朝中末年间。他在哈尔滨木材公司工作时认识的一位山东牟平县的苗姓老乡，也说听家里老人讲，是从山西洪洞为避红头苍蝇逃出，在大槐树底下分的家，苗姓子孙们各奔东西。

我爷爷认为“避红头苍蝇”之说比较可信，如果只是避红巾，到附近躲一躲就行了，不至于让百姓把土地家园扔掉，逃得那么远，不再作回家的打算。红头苍蝇可能是一种大灾害，农村为了逃避虫灾举家远逃迁徙的事则比较多。

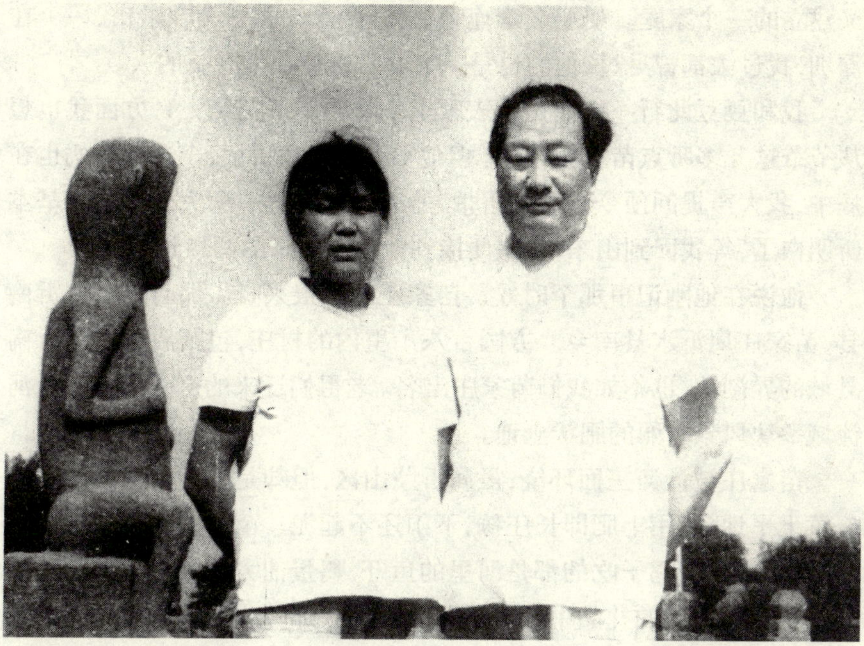

1986 年父母在苗家曲莲花大桥上(这只小石猴今已损坏)

爷爷详述这些事情时已经80岁了,但头脑清晰,他在信上计算了一下,我父亲看到的家谱上的十世祖苗坦是清乾隆五十二年,乾隆以上雍正十三年,雍正以上康熙六十年、顺治十八年,这样加起来清朝到乾隆五十二年应是143年,再加明朝276年,等于419年,才传十代人,我爷爷认为“是不符合实际的”。

1993年8月初,我带着儿子豆豆去东北长白山参加笔会,结束后顺便去了一趟哈尔滨看爷爷。下火车后,乘出租车在夜里9点钟到了道里区河江街54号楼下,楼道里面黑得伸手不见五指。我一手提着箱子,一手拽着儿子,好不容易摸到三层,使劲敲门,门内一点声响都没有。我又敲开了邻居的门,邻居说:“苗老爷子就住对门。”

我只有继续敲下去。终于门开了,屋里的灯光下出现了我爷爷那高大瘦削的身影。他耳朵背得厉害,没听见我敲门。他是一个性格独特的人,1954年10月由陆军第36医院转业在哈尔滨木材公司工作,离休后住在这所小三居的房子里。陪伴他的是我的另外一位奶奶,我爷爷在东北又建立的一个家庭。奶奶名李连荣，另外两个姑姑一个在哈市，一个在深圳，我过去都曾见过，他们也是一家非常善良非常勤奋的人。

我和豆豆此行一方面是代表家里来看望爷爷奶奶，一方面我也想从爷爷这儿多听点苗家庄故事。但他很难听见我讲话，李连荣奶奶也在病中，我大声提问便令她感到害怕，所以我只好罢了念头。但爷爷基本听明白了，等我回到山东，很快便接到他再次写来的两封长信。

他说在他刚记事那个时候，苗家庄的确很兴旺。那时还没有沂南县，苗家庄属沂水县南乡。方圆百八十里内的村庄，包括后来成为沂南县城的界湖镇，也不如我们苗家庄出名。老祖们迁来的这个地方是沂河流域一块风景秀丽的肥沃土地。

苗家庄被沂河三面环绕，虽属沂蒙山区，但却是丘陵河流之间的上好黄土平地，不用上肥即长庄稼，下雨还不起泥。苗家庄的鸭子生蛋都是双黄的，因为鸭子吃的都是河里的鱼虾，鸭蛋油大的据说苍蝇都不敢沾。至今沂南县的礼品中，“苗蛋”仍为上品，那种咸鸭蛋裹着原生态的湾泥腌好，不煮熟，原泥原蛋放在包装精美的礼品盒里。有一次我发现邻居用惊讶的目光看我放在门口的空礼品盒子，原来那上面大字标的正是“苗蛋”二字。

而且据沂南县的人说，苗家庄的人是从来都不种菜的，要吃菜就到外边买，种菜就等于丢苗家庄人的份。当然现在苗家庄的人都很穷，客观原因很多，村领导和村民们也缺乏老祖们那种开拓业绩的精神。而从我父亲画的地图上看，苗家庄也分明是有大小菜园的，或许这些菜园都雇外人来种。县里朋友也说，从前苗家庄的围子墙也都是周围庄里人来看的，自己庄里的人不用看围子墙。当然，某些说法会被外人们过分渲染，某些落后的光荣传统肯定会被残酷的生活实际所淘汰。

爷爷说，他记事那时，苗家庄内就有两个烧锅，两个油坊，当铺、点心铺、药铺各一家，阴历一六逢集。苗家庄的渡口是沂南三大渡口之一，大路东通苗家曲、圣母冢、大店、十字路、青口，西通界湖、依汶、蒙阴、新泰。

烧锅即是制作烧酒的酒厂子。苗家庄的酒很出名，原料是纯小麦和高粱、沂河水。两个酒厂子也培养出一些酿酒的人才，苗家庄当时的兴

1992年春父亲与奥地利留学生傅雅娜交谈

旺是发在酒上，第一个有钱户开酒厂子的邱相廷。邱姓是苗家庄在苗姓之后迁来的另一大姓，传说来自西乡石垃。我父亲考证邱姓的始祖为齐太公封地营丘人的子孙，清朝为尊孔，避“丘”为“邱”，和苗姓不同的是，他们是来自北方的姓氏。

邱姓大多集中居住于苗家庄的村南与西南部，靠近河崖。邱家无胡同，但有梢门，南北两个梢门均有门，实际等于两个胡同，但却不称胡同。我想这些或许与北京有点相同，能住在称作胡同里的人，要么就是有身份的，要么就是有资历的北京人。后来者不管怎么着，要想住进胡同里，或者要想把自己住的地方称作胡同，都得有些周折。

苗家庄从前共有苗邱刘陈徐，张王李高石，郑潘隋三家，水武贺宋皮，共18姓，苗邱两大家之下，刘陈两个姓多一些，且有陈家胡同，大概就是陈家迁来的时间仅次于苗家，而比邱家的资格要老得多。其他各姓均散居各处。但邱家这个后来者,在苗家庄近代史上却有着极其重要的历史地位。

苗家庄的苗姓老祖长公一支,在村东北部一带发展,即地图上东北一个苗家胡同的那一片。二世老祖苗艾的子孙支系有的后来也远迁至临沂、沂水、蒙阴一带发展。在村里发展的只有两大支系,却铺弄了苗家庄西半部以及东苗家胡同这一大片。我们这一支系在我父亲的曾祖父的父亲苗文俊往上,有十二世文恒(文俊堂兄),为清太学生(即从前的大学生,大专或本科一类学衔);十世老五增之独子可新之长子文章(十二世),亦为太学生;文恒子廷相(我老老爷爷苗廷扬的堂兄弟),亦太学生;文恒弟文升子廷杰(苗廷扬的堂兄弟),清授登士郎;我们这一支系再往上在清初还有四世尚弟(传说他是跨明清两朝的人),清授征士郎;五世之实,清授宣德郎;六世庚,清授修职左郎;七世斯侯,称“公”;八世桐,清太学生,妻徐氏为本邑举人徐可建公之女;九世际隆,清授迪功郎。清朝的260多年中苗家庄苗姓仅我们这一支系就延续了这么多荣耀,要是真不种菜,也是应该的。

而苗姓从苗文俊那一辈往下的十四、十五世“霖”、“广”或“玉部”(即偏旁为玉)辈时,即开始出现了衰落迹象。如我的老爷爷苗秀霖、爷爷苗广顺,他们即在此时由中上生活水平降为中中,苗姓中的地主虽仍然比较多,在村中有“西大门”和“东大门”即“大信泰”、“二信泰”,一家兄弟两个大地主,和“信丰永”一家兄弟五个中小地主,论土地“信泰”是苗家庄头号地主,一百七八十亩地。但这时也只是表现为“土财主”,子女读的都是四书五经,没有人在外面做事,虽然也有油坊和酒厂子,却没有具备邱姓地主的那种拓展商贸发展的生动活力。

而邱姓的地主虽然还不如苗姓多,有字号的即开酒厂子邱相廷的“聚丰祥”,一家兄弟五个,一个大地主和四个中地主。这弟兄五个便集居在梢门里的南半截,论土地他们不如苗家多,但钱却远比苗姓地主们多得多。他们已经开始了相当规模和意义的商贸拓展,不仅仅是在苗家庄和周围地带,远至南边郯城县的官湖、码头一带,也打入了他们的商号和烧酒等买卖,子女也读三民主义的洋学堂,到外面甚至到了外国去见识了世界。开拓商贸、宣扬科学、出现共产党员和组织武装,都是后来

1957年村俗

从北方迁来的邱姓人对于苗家庄近代史的杰出贡献。

邱相廷是他们兄弟五人中的老二，我爷爷苗广顺小时候听老人们讲，邱相廷年轻时家里还相当穷，也好赌，因输了钱还不起，才被父亲逼出家门的。看来好赌也是苗家庄的一个传统。赌博当然会使无能者更卑贱无能，但显然也会使有志者更有雄心大志，看到新天新地，创一份儿大家业。

当时邱相廷就只身跑到了郯城官湖，在一家酒厂子里当小工。官湖这地方在临沂市郯城县以南，现在已划归江苏省，当时属山东地界。苗家庄的烧酒酿造技术使邱相廷在官湖的酒厂子中如鱼得水，而后厂子也成了他的，他也发了财。发财后便把兄弟五个都帮富了，还送五弟邱甫廷上了大学。我爷爷苗广顺1934年离家去郯城码头镇祥茂号当店员，就是邱甫廷介绍的。当时邱甫廷在码头镇祥丰号当掌柜的，祥丰号前门头卖酒，后院即是烧锅。

邱相廷他们哥儿五个地都不多，五六十亩七八十亩不等，但邱相廷在苗家庄是第一有钱的人，有“官湖二掌柜的”之称，邱甫廷在庄里亦被人称作“五掌柜的”。他们家在郯城的官湖、码头都有烧锅和商号。

刘鸣銮

苗家庄的酒出名，钱出名，当然是土匪觊觎的大目标。当时刘黑七从他的老家费县率土匪经蒙阴直奔沂水城西，很轻松地打开了杨家城子庄，稍发了一点财。然后便掉回头来，于1928年阴历正月十七白天住进了距苗家庄咫尺之近的徐家沟。在这之前先打的小杜家庄，虽然也没打下来，但因为小杜家庄是个很穷的小庄，刘黑七也没太在意。但在小杜家庄战斗中却杀死了该村指挥战斗的领导者，这人是黄埔军校后期学生、北伐军军官、山东早期的共产党员，也是诗人臧克家年轻时代的好友，同时也是我老爷爷苗秀霖的亲姑表兄弟，即我老老爷爷苗廷扬的亲妹妹所生的第二个儿子刘鸣銮。有关刘鸣銮的历史资料，沂南县党史部门已在中共档案馆和省有关部门查到详细记载。

在正月十七当夜攻打苗家庄的同时，刘黑七还分出一部分人攻进了永胜官庄西北角的回民大成庄。但刘黑七对那些小村庄都不很在意，在进入沂水地界时，刘黑七就曾声言：“在苗家庄抓一个扛活儿的也值300块。”而且在徐家沟刚住下就立即派了人到苗家庄来买酒喝。

刘黑七攻打苗家庄的时间是1928年的阴历正月十七夜里，那一年我爷爷苗广顺是14周岁。他之所以记得这么清楚，是因为每年正月十五乡下各处都有玩耍的去过河对岸的苗家曲，我爷爷跟着去看，晚上回来，又在村里邱家的门前看了一番地台戏，那时也叫盘凳子戏，还是一片很太平的景象。第二天一早就听大人们嚷嚷着土匪到了徐家沟，苗家庄的四座门立即关上，只有我们家门口的西大门开着一扇，六七个庄内的男人都扛着枪，把守在门前。我爷爷听到那门外突然有人吵吵嚷嚷，就跑出去，看到一个四五十岁上下的半老头，正在那儿趴着给把门的人磕头作揖，嘴里连说："我一家人都叫他们抓起来了，这回要是买不回酒去，就得叫他们都杀了！……"

我爷爷只记得把门的人中有一个是村中的邱二木匠，叫什么名他还不知道，只知道人称二酋，爷爷说是外号不是大名儿。我父亲则记得二酋叫邱西须，我大姑夫大名邱西忠，这位邱二木匠或许也就是这一辈上的人了，但年纪肯定比我大姑夫大。在苗家庄我见人差不多都得称"老爷"或"大老爷"，而且"老爷"不带"大"的都不多，我们家的辈儿低。而我大姑家那些表弟表妹们则差不多逢人都能叫上"孙子"，动不动就能逮住一个有胡子的人说："这是我三孙子。""那是我三重孙子。"

我分析二酋的"酋"可能是"球"或某个更不典雅的中国字，但我父亲说不是，"酋"可能是"疙瘩"的意思，这位邱二木匠眉心中有一块疙瘩肉。他不仅没让那老头进大门，还用枪托砸碎了他的"酒嘟噜"，大喝一声："你再敢说给土匪买酒，我枪毙了你！"

我爷爷便看见那老头哭咧咧地走了，其实二酋也没什么武艺，但这句狂言无疑也是激起刘黑七当晚便攻打苗家庄的因由之一，不然估计他对付苗家庄时也不会分兵去打回民大成庄，可能原打算打了大成庄再打苗家庄。

三

在我父亲苗得雨有关童年的记忆和作品中，苗家庄的历史上有三件大事：一次大火，一次大水，一次抗击土匪刘黑七的进攻。

关于大水，他是听我老奶奶高氏讲述的，说那是在我爷爷还小的时候的一年夏天，沂河上游降大雨，河水在夜里漫入苗家庄。老爷爷苗秀霖天亮醒来听见床前叮当响，睁眼一看水已经进了屋。但那水也很快就退了，村子的损失不是很大。

关于大火，即是由邱相廷的三弟邱凤廷家的酒厂子烧起的，村中称"小酒厂子"。邱凤廷外号"三恭敬"，夜里酒厂子的两个工人倒热酒，大概也喝得有些微醉，一不小心弄倒了油灯，引起了大火，烧了一天一夜没有扑灭。

那火蹿上酒厂子的杉木酒杆，燃着的酒杆一节节爆炸，爆到哪里哪里走火，酒厂附近的民房一家家连着烧起来，正赶上刮着西南风，大火蔓延了半个苗家庄，酒厂子内烧死了一个叫“邱大个子”的人。

我们家在村西边，为了不让火蔓延过来，老爷爷和爷爷他们把房上的草都退下来，把木质家具扔进了大西门外的汪里。其时我父亲苗得雨才一岁，抱在我奶奶胡氏的怀里，害怕地叫着：“冒烟！冒烟！”我奶奶一边忙碌一边哄他，说：“不碍！不碍！”等他记事后，曾经好久不明确为什么好端端一个大杌子缺了一条腿，以后才知道是大火那年扔进水汪时摔断的。

关于抗击刘黑七，他当然不是亲历者了。刘黑七攻打苗家庄是1928年，我父亲苗得雨是1932年阴历正月二十九卯时诞生。

父亲20世纪80年代在故乡西门口——当年战土匪之处(1986年照)

刘黑七攻打回民大成庄的战斗没有什么激烈之处，但之前的攻打小杜家庄即杀死刘鸣銮的那场战斗却极其壮烈，传颂甚远，并载入史籍。刘鸣銮的母亲即我老老爷爷苗廷扬的父亲苗文俊所生的三男二女中的二女儿，因为苗文俊这一辈家境尚佳，两个女儿所嫁人家也都是周围村庄中的好户。

我爷爷苗广顺还能记得这几位老姑奶奶的模样，大姑奶奶干瘦，而二姑奶奶也就是刘鸣銮的母亲虽然不太胖，但很富态，一看便是有钱人家妇女的模样。她嫁到门家庵子村一位刘姓中等地主家，我爷爷称她为门家庵子的二姑奶奶。1938年日本鬼子来的时候这位二姑奶奶还带着她的孙女到我家来躲难，我父亲苗得雨7虚岁，记得这位老二姑奶奶的小孙女有15岁上下年纪，学生模样，他和她抢我爷爷的有图的书看，从后院吵到前院，我父亲还拿斧头威胁过她。

刘鸣銮身后也遗下一女，但这个女孩是他哥哥的女儿。我爷爷只记得他哥哥叫乾，爷爷称他乾表叔。我爷爷记得我老老爷爷苗廷扬下葬时，门家庵子二姑奶奶家就是这位乾表叔代表来送的葬，在家林上行完下葬礼，没再进家，就回去了。他是小个儿，团脸儿，白净子。

我爷爷也知道乾表叔的弟弟小名叫举，不知举的大名是刘鸣銮，只知道他确实是叫刘黑七打死的，详细情况也是听二姑奶奶讲的：举表叔当时是北伐军的一个军官，正回家探亲，赶上闹土匪。门家庵子没有围子，二姑奶奶一家躲难小杜家庄。小杜家庄的围墙塌了一个豁口还没来得及堵上，土匪就到了。庄里人都害怕想跑，举表叔便说：“几个蟊贼怕什么？我在这看着这个豁口！”他手提一口铡刀，守在豁口上，土匪来了往里冲，被他连着砍死六七个，后边一个就没再往上来，开枪打死了他，这人使的是一支匣子枪。

爷爷当时对二姑奶奶的讲述表示怀疑，因为他知道土匪都有枪，打小杜家庄又是在白天，举表叔手中的武器只是一口铡刀，土匪如何能叫他砍死六七个才开枪？为什么把举表叔打死了土匪又不进围子了？他认为举表叔不可能砍死了六七个土匪。

7年之后爷爷在邱维周手下当兵时，到了小杜家庄，发现那个小庄原来确实没有多少户人家，还不如苗家庄附近的郑家营富，围子墙也塌得不像样了。他心想可能刘黑七是从这里路过时捎带着打了一下而已，看见老百姓拼命，也就罢了手。而如果没有举表叔来守豁口，小杜家庄不用打也就进去了。

我爷爷的怀疑是正确的。据我父亲查阅的有关资料，刘鸣銮在小杜家庄组织抗匪曾经联合了当地大刀会的力量，史料上记载他当时使大刀而不是铡刀，也证明了他曾联合了大刀会。而刘鸣銮上过军校，在北伐军里参加过战斗，有格斗经验，用大刀连砍六七个土匪当不会有太大问题。但刘鸣銮负伤后土匪并没有停止攻击，而是又连续攻了7次，在刘鸣銮组织的民团和大刀会的奋勇抗击下，才没能打下小杜家庄。

中共沂南党史大事记第一篇即为《刘鸣銮等就读上海大学》，记载刘鸣銮1902年生于沂水县门家庵子村（过去的沂水县战争时期分为：沂源、沂中、沂北、沂南等县，我们为沂南县），父亲刘治，有土地120亩，伯父刘汉为清朝廪生。刘鸣銮12岁上学，小时好穿着一条红缎子裤衩，戴

2006年10月父亲在故乡大西门里街上与乡亲叙话

一顶青缎子红葫芦帽。1924年由临沂五中（即省立五中）考入上海大学，1925年在上海加入共产党，参加了五卅运动。而后奔武汉，到武汉中央军事政治学校学习，该校实际是黄埔军校第四期的继续，校长蒋介石，国民党代表汪精卫，教育长张治中，教员中有共产党员恽代英等。后来从这里参加了讨伐夏斗寅的“中央独立师”，作战英勇，被提升为班长。看来老二姑奶奶说他是军官不准确。他的官职和我在连队担任的最高职务相同，我也曾被提升为班长。

父亲1987年6月在奥地利萨尔茨堡

国共分裂之后，刘鸣銮和武汉军政学校的同学臧克家等偷偷离开队伍，乘船到上海又到青岛，先回到了诸城臧家庄臧克家的老家，并在那儿介绍臧克家入党，臧老因为与直接上级闹意见，三个月之后又退了党。而后来刘鸣銮的党员和烈士身份得以证明和落实，却又有赖于臧老的一篇文章。因为1929年中共山东省委组织部《死难干部同志调查表》中有一栏记载了刘鸣銮的遇难情况，但后来山东省档案馆复制时，将刘鸣銮误抄为“刘鸿鉴”，所以刘鸣銮就被遗忘。他的后代在报纸上看到臧克家一篇文章提到当时与刘鸣銮在一起的姓曹的人是烈士，在臧老的孩子和有关部门帮助下，山东省人民政府1984年追认刘鸣銮为革命烈士，中共沂南县委1983年承认其党籍。

史料记载，刘鸣銮从诸城回到沂水门家庵子村，在这一带组织起300多人的民团武装，自任团副兼总教练，和老二姑奶奶说的回家探亲不一样。

关于那场战斗，史料上是这样说的：1928年春节过后，刘黑七从老家费县东来，正月十五即攻打苗家庄的前两日，逼近门家庵子附近的苏村。刘鸣銮知道小杜家庄的围子墙高壕深，易守难攻，遂决定将民团进驻小杜家庄。

史料说："小杜家庄的炮楼上挂起了火红的战旗。刘鸣銮手执鬼头大刀，臂佩团副符号，他详察了小杜家庄的墙圩，发现尚有几处墙不掩体，立即提出了加固工事的口号。随后他又召开了团丁动员大会。正月十六众匪徒兵临城下，视土围子如弹丸，强令百姓开门献粮献款。刘鸣銮一声令下，早已瞄准了的炮火轰的一声，对着匪徒打去。'好家伙！一个小泥碗碗，竟敢和老子较量！'匪徒们恼羞成怒，向围圩发起了攻击。但是由于墙高人齐，匪徒们攻了几次，无济于事。"

"天黑下来了，刘鸣銮布置加强村东北菜园靠坟地一段工事的防御。并命令围墙各处挂起了马灯，严密监视。半夜，匪徒们在村东北方向大肆呐喊、射击，而于墙西南隅搭起云梯，强行进攻，顷刻之间，十几名

20世纪60年代苗长水和两个弟弟

匪徒业已骑墙。团丁杜相传、宋苗当场身亡。围中安全岌岌可危。值此千钧一发之际，刘鸣銮一个箭步跃上墙去，鬼头大刀左右开弓，嗖嗖几声，匪徒的几颗人头滚下墙来，其余骑墙匪徒，吓得连滚带爬，逃了回去。刘黑七攻不开围子，只好撤走。民团自卫胜利了，广大人民的生命财产受到保护。然而，就在刘鸣銮持刀与敌拼搏的时候，不意暴露了他的指挥者身份，匪徒暗中射击，连中数弹，7处受伤，团丁们把他抢下火线，只见他面色苍白，鲜血直流，口中念念不住地说：'一定要力守围子，舍我生命，能救众生，我愿足矣！'由于刘鸣銮流血过多，终于停止了呼吸，献出了年轻的生命，时为1928年阴历正月十八，刘鸣銮年仅26周岁。"

这段史料出自我们老家沂南县一位写过不少小说的作家之手，写得当然是非常生动的，看来也有很多地方与我爷爷的记忆和我父亲掌握的资料不同。刘鸣銮死后，邻村民众集资立"刘鸣銮纪念碑"。

苗家庄与刘黑七的战斗之所以能够取得胜利，又没有小杜家庄那么惨烈的损失，亦与苗家庄邱姓中一位关键人物的关键作用不可分割。

这个人名邱怀，字汇川，当时的苗家庄围主，即村长。邱怀家当时有地三四十亩，牛两头，酒厂子一座，字号"聚丰"，比邱相廷的"聚丰祥"少一个字。论家产在苗家庄还算不上地主，而他一生的热望，是想在外面的官场中谋点什么事干干，这也得用钱，加上好赌，父子俩还都抽大烟。在我爷爷苗广顺的记忆中，这位邱怀是一个日子过得很累的人。但没有他，就可能没有苗家庄对土匪的胜利。

闹土匪那一年邱怀大约50来岁，我爷爷记得他长得小个儿不高，白净的脸，很有风度。说话有点瓮声瓮气，但口才好极了，不仅在庄里很有威望，在省府县官场上都相当熟络。然而他在外边谋划了一生却也没谋上个官职，只带回家前后两房姨太太。

前房姨太太还是个南方人，我爷爷记得她人品个性极好，和家里人以及庄里邻居都合得来。1927年孙传芳的败兵由苗家曲公路上往北过，有一个兵病了没跟上队伍，到了苗家庄。因为孙传芳的兵都是南方人，说话对于我们那地方人等于英语，没一个听得懂的。有人就把邱怀的大姨太找了去，一搭腔，果然很明白。她还很同情这位败兵老乡，帮着把他安排在南门外边的看场院屋里住下了，天天送吃的喝的去伺候。五六天之后，那兵突然不辞而别，她仍然照常去送饭，到那儿一看，已经人去屋空。闹过刘黑七之后，这位姨太太却病死了，村里人于是都说好人不长寿。

邱怀没有姨太太陪着抽大烟就过不了日子，不多久又出去弄回一位姨太太来。二姨太太显然不如大姨太，人品个性都不如。岁数比大姨太小，除了能陪邱怀抽大烟，还会看纸牌。

我们老家那地方赌博的方式也比较多，这种纸牌是最主要的一种。我父亲查阅过有关资料，也请教过行家，这种纸牌大概起源于唐代，唐代称叶子或叶子戏，明代称为马吊牌，共是108张，分四门："十字"、"万字"、"索字"、"文钱"，前二门画《水浒传》人物，后二门画钱和索，四人同玩，每人八张，余置中央，出牌以大打小；到了清代叫"水浒叶子"，发展又进一步详细，有个收什么名儿的画的图形，却只有三种，"万"画《水浒传》三十六天罡，其他不画，另有两个类似扑克的大王小王的特殊牌："千字"代表水浒中的鼓上蚤时迁，"枝花"代表小李广花荣。和（音"糊"）法有多种，索和，饯和，等等，高妙处也很多。

我觉得这种牌有点像是现在的扑克跟麻将的综合，但又跟麻将更近似。几年前我曾到刘黑七的老家费县的东柱子村去，想找几个老头聊聊天儿，见那些老头儿们看的就是这种纸牌，上瘾得不得了，怎么递烟也不肯回头看你一眼。

我爷爷记得有一次还去陪这位二姨太看过一回牌。那时他常跟一位邱禄廷玩，邱禄廷常上一位小抽烟的邱恩然那里玩，邱恩然和老抽烟的邱怀也有交情。我父亲还熟悉邱恩然，长的跟大虾似的，那肯定是被鸦片烟害的。有一天我爷爷、邱禄廷、邱恩然三人到了一起，这里那里走了一会儿，没什么地方去，邱恩然就说："走，上围主大哥那玩去！"

我爷爷大概有点懒领导，说："我不去。"

邱恩然说："你不去，看纸牌不够手儿。"

这样我爷爷才去了，他们三人加上二姨太，四家看纸牌。邱怀躺在床上讲故事，讲他一生谋官不成的经历，有声有色极其生动。于是他们两个就问："大哥你论口才风度官场上的人际关系，样样都行，可就没谋上个官职，到底为了什么呢？"

故乡大门前街口(四)

我爷爷心里却想：无非是他们老邱家没那官运而已。但嘴里没讲出来。

邱姓人的商贸发展、文化开明和地位上升，在苗家庄是曾经受到历史悠久的苗姓以及其他姓氏人的鄙视和妒忌的，但在后来的抗日和革命战争岁月中，事实证明最早接受了三民主义等洋教育的苗家庄邱姓人，更多地站在了进步和正确的营垒一方，参加革命队伍的人多，愿意掩护和帮助好人的也多，有成就的有用人才也多，在许多方面都仅次于苗家庄历史悠久读四书五经出身的苗姓。

从前在苗家庄还有这么一首有点刻薄的歌谣：

中国有四大水：
江淮河汉——沟；
陆地上有四大走兽：
虎豹犀象——狗；
江海中有四大水兽：
鼋鼍蛟龙——鳅；
沂水县有四大姓：

高刘袁黄——邱!

这首歌谣用我们家乡语音读起来非常动听,它的总体意思是:苗家庄的邱姓人野心是很大的,想成为沂水县高刘袁黄四大姓之下的第五大姓,这怎么可能呢?就好比水沟和大江大河、泥鳅和鼋鼍蛟龙、狗和虎豹犀象,那怎么可以相提并论?!

据我父亲苗得雨分析,这首歌谣的创作者可能不一定是苗家庄苗姓人,可能是一个第三者,但对邱姓人的讽刺嘲笑可谓精湛独到饶有情趣。

我想,按说中国和美国都是同样的大陆,同样的山和土,美国还自然气候恶劣,为什么苗家庄当时就没有一跃而成为拉斯维加斯城或者底特律市?邱姓人中没有最终出现一个邱莱斯勒?苗家庄的酒厂子为什么没能炼出汽油造出凯迪拉克豪华轿车?是不是跟这种精湛独到饶有情趣的最终不可战胜有关?当现在苗家庄为自己的贫困而痛苦的时候,也就该为此而内疚。

邱怀当时在床上抽着大烟,给我爷爷他们三个年轻的讲了康有为的一个故事,说康有为当初屡考不中,但每逢考试他必参加。这次考试完毕,主考官一看到他的考卷就气得扔在地下,解手去了。正打扫考场的老头走来拾起了这张卷子,一看是张考卷便放回桌上。主考回来看见了,心里生疑,怎么刚才扔了的自己又回到桌上?于是就趁上完厕所的轻松劲儿,顺便拿起来又看了一会儿,这才发现是张好卷,虽然字体不像人样儿,但语句高明,朱笔一批,让康有为中了举人。邱怀说他一生没谋上官职的问题跟康有为近似,学问不低,口才不错,但字写得不中看,如此便屡次不能得志。

如果邱怀那时有了计算机,想必就不会不得志,而邱家也会很快就发展起新产业,由酒坊而改为汽车制造厂。还是那句话,不是苗家庄没有英雄,而是苗家庄还没碰上让英雄成为英雄的时势。

邱怀一边让小老婆陪着抽大烟看纸牌,一边当着围主,把苗家庄治理得处处周到,首先在庄内住户编了14个旗,比清朝的八旗还多了近一倍,而不是沿用一般村庄中的闾建制。原先的苗家庄围子墙早已破烂不堪，墙矮，几乎不挡人。这时也因为已经听说南边起了土匪，苗家庄在外边开酒厂子的户多，消息也灵通，围主邱怀才提前下手做准备了。

而围子墙也并非每个村庄都有，有围子墙的村庄一般都是因为有大户。小村庄没有围子，土匪也不抢。有大户的村庄，往往村庄有围子，大户人家自己还有围子，以便自防，这就是围子中套围子的那种村庄，苗家庄亦然。苗姓邱姓的大户们都有这种设施。

从那张地图上便可以看出，邱姓人的梢门即是一种。另外在“大碾”附近和庄内外各处，还有6座炮台，这种设置很接近现代战争中的二线炮兵阵地。围子墙各处设置有“站墙”，即守卫者瞭望和战斗之处。

周围一带村庄中有围子的能和苗家庄相比的村庄屈指可数，从那张地图上可看到的只有往东的望仙庄有，然后就是地图上看不到的西北方向大成庄有，西南方的大庄、石门村有，界湖镇（现在的沂南县城）有，然后沂河西边附近一带的村庄就再没有围子墙了。

故乡村外

而围子墙能比得上苗家庄的围子墙那么坚不可摧完美无瑕的，也更加不多。比如界湖镇的围子墙，就曾经被土匪打破了。苗家庄的围子墙尤其是在庄长邱怀组织整修之后，在当时的沂河西一带，是非常壮观也非常自豪的一座围子墙。

你不要以为地图上这条流过苗家庄的沂河就像感觉的那么窄，其实它非常宽阔。它的水流还非常旺盛时，我童年和成年时代站在渡口的季节桥那儿，向着对岸那边眺望过，一眼望不到边，比我在黄河和长江岸边的眺望还要富有激情。

我小时候也曾站在过家门前大西门围子墙遗址的土墩子上，那是一座很高的土墩，从上边和大西汪里的孩子们说话，胆子一下就变得其大无比。

邱怀在庄里编旗后分段包干，将围子墙加固加高，外面深挖了壕沟，庄内增修了五六座炮楼。用人各旗派工，用钱由几家地主拿，最后由“聚丰祥”包圆儿。我爷爷回忆，这一套工程在苗家庄除了邱怀干，别人是干不了的。打仗离不开钱，其后邱家的后人拉起抗日队伍，我爷爷就参加在其中，队伍受挫也是因为拉不到赞助，答应给钱的地主们反悔了。

土匪正月十七白天到了徐家沟，苗家庄立刻关了西门。我爷爷那年才14岁，从大西门看完热闹，看到庄里大人们在围主邱怀的严厉号令下，按着编旗上了围子墙和各处炮台炮楼。

我家西邻也是近支的苗广春家，当时是个柴草园，紧靠围子墙，墙根下的土台即是站台子。我爷爷就跟着人站到那上面，往远处看。只见土匪的一彪人马从河对岸的郑家营出来，一大溜人当中夹着马队，直奔郭家庄走去，半天没有过完，扬起一溜尘土。

这时河东高李二屯一带的大刀会听说来了土匪，会首带着人过河来到大西门外集合，要约着我们村的大刀会员们一起去打土匪。大刀会在苗家庄有20多名会员，也集合了起来，在西大门的西苗家胡同第一户苗广法家门前，争吵了一顿，却没有出去。

门外的大刀会见此情景，有的就又回了河东。剩下的主要是高李二屯的100多人，念着咒语呐喊着向土匪扑去。他们的咒语非常富有进攻节奏,像古代的进军鼓点一样:太阳出来红似火,天上神灵保佑我。保佑保佑多保佑,保佑枪子两边躲。

我爷爷在站墙上看见这一彪大刀会刚过去官庄,土匪由胡家埠和徐家沟就冲过来了,一下子就把大刀会冲垮了。会首使的匣子枪不知怎么搞的也打不响,被几名骑马的土匪乱刀砍倒在地上。土匪的马队追着这支大刀会,一直撵到官庄这边的杨树林子边上(从地图上可以看到"杨树林"这个位置)。苗家庄围子上的人打了几枪,大白天枪声的威胁性挺大,土匪的马队才站下来。

这几枪就是我爷爷身边的一名门卫刘洪臣打的,是一杆老套筒,他使劲瞄准,头一枪打低了,离土匪还很远,只在地上蹿起一溜土。他又端着枪瞄啊瞄,这时我爷爷已经看到土匪跳下马来,心想这一枪差不多。但枪响了,土匪仍在牵着马,不慌不忙地走着。土匪的战斗经验比较丰富,根本没把这边打的枪放在眼里。刘洪臣又放了一枪,然后才对我爷爷说了一句:"离得太远,老套筒子也不准。"

我爷爷称赞他:"没打着土匪,打了几枪也救了大刀会的人!"

看了一会儿,我爷爷有点害怕,就从站墙子上下来回了家。这时我老爷爷苗秀霖也到围子上去了,老老爷爷苗廷扬和老奶奶高氏在家里,就把家里最后的一点面做了疙瘩汤,但一家人都害怕,也没喝多少。当天有不少逃难的人拥进了苗家庄,我们家也住进了不少人。

是夜,家里人睡觉不敢脱衣服。刘黑七匪部的七八百人,在夜半时分接近了苗家庄的围子墙。史料记载刘黑七的土匪亦喜打夜战近战,集中优势兵力攻打一个围子,捞了油水便走,把根据地建在蒙山最深处山高林密的山神庙中,那个地点现在成了空军雷达站。

我爷爷说,此时苗家庄的枪声和人的喊声连成一片,极其惊人。他在床上坐着,浑身不住地打哆嗦。听到匪徒们呐喊着冲锋,马队在远处奔驰嘶鸣。

这时邱怀指挥深掘的壕沟起到了关键性的作用,使马队难以靠近围子墙,骑手不能抵近围子射击。而苗家庄各炮楼和站墙子上土炮快枪对他们的威胁却极大,一阵阵打得那马队向更远处的树林子和丘壑洼地去了。

在围子墙和各处炮楼火力的交错射击下，越过壕沟的土匪也很难把梯子竖上墙头，沟里虽然没有水，但泥泞得厉害，三四百名土匪冲了下来，挤成一团，行动极其困难。

苗家庄的围子墙经过庄内各旗的责任制式的加固加高，一般高度都在两丈五六尺上，再加上壕沟的深度，便是三四丈之多了。这样的围子墙对于并没有正规攻城作战经验，只擅长人海游击偷袭战术的土匪，阻碍能力极强。他们准备好的梯子根本竖不上围子墙，即便竖上去，那些土匪爬到梯顶也够不到墙头，成群地掉进泥泞中。

当然苗家庄全部武器火力对于刘黑七来说也算不上什么，但他们就是爬不上围子墙。土匪最先在西大门南面竖上了梯子，这一回梯子是用杉杆绑起来的，高度够了。数十名土匪们呐喊着，在一片火力掩护下，顶着站墙和炮楼子的火力，没命地爬了上来。围子墙上并没有人，火力是由一侧站墙和炮楼上夹击，所以这次没能阻住爬墙的土匪。跟上来的土匪手里提着铡刀，准备一旦翻进围子便去劈开西大门。

1956年长水在济南趵突泉院内

关键时刻，守在站墙子上的邱二木匠即“二酋”邱西须不知是用什么办法接近到了那些爬上墙头的土匪，用一只右手死死地摁住了一个还没爬上墙头的土匪的脑袋或者肩膀，阻住了他们的继续攀登。

邱二木匠死死地摁住了那名土匪，大概用的劲非常之大，以至于他右手的二拇指头从这一次摁成了弯的之后，到死也没能直过来。我父亲小时候,这位邱二木匠还活着,人们都知道他那个二拇指头是摁土匪摁弯的。

邱二木匠用一只右手与土匪僵持着的时刻,两侧的站墙子上的守卫者们也发出了一片大喊,这突如其来的大喊吓得梯子上的土匪们下意识地向下回缩,加上邱二木匠右手上的千钧之力,那杉杆绑的梯子便“咔嚓”一声拦腰折断。

据说这一次断梯子使刘黑七感到很意外的情况,让人感到很不吉利。只有两名打头阵的土匪翻过了围子墙头,后边的土匪统统栽回到围子墙底下去了。进来的这两名土匪,一名使一支匣子枪,一名使一长一短:一支马枪一支匣子枪。

西大门南面之所以能竖上梯子,也是因为有一段没有壕沟的地势,围子墙上只有一座孤零零的站墙,且南北不通。这两个贼爬进来,站墙上的守卫者或许在混乱中没能看清,或许是忙着墙外的战斗,没顾得上墙里边的事。

持双枪的贼是第一个爬进来的,他先顺着我家门前往东走去。这时村里苗琨的父亲苗足霖一个人手提马灯从那边过来,走到邱姓一位邱为太家门前,猛丁发现了藏在黑影中的那贼,便大喊:“进来贼了!”

他被贼一枪打死。

打死苗足霖,贼又回来,躲在我家门口。这时外面的战斗稍有间歇。我老爷爷苗秀霖刚从围子上下来回家吃饭,听见外面苗足霖的喊叫和枪声,提了一把铁锨便往外走,一开门,见贼正在门口,抬手一枪,击中我老爷爷的右胸,他倒在门内。

我老老爷爷苗廷扬在屋里听见门口的枪响,急忙出来,已不见贼影。见我老爷爷躺在地上,身上有血,便急忙关了门。老老爷爷和老奶奶一起把老爷爷拖进堂屋里,见是枪伤在他靠右肩膀的地方,血流如注,躺在当门的地上,不住地呻吟。我老奶奶在一边哭泣。

在我童年的记忆中,老奶奶高氏好像是不善于流泪的,她是一张沉着镇定的方形脸孔,两边的嘴角微微向下,她一直是我们家的主心骨。我记得她能毫不客气地训斥那些胆敢欺负我的小孩,并能训得他们老老实实。我的手破了,她便用一张草纸折成三角形状,站在磨盘后边念一会儿咒语，再给我敷上，便很快就好。

当然来土匪这时我老奶奶还年轻呢，负伤的是她的丈夫。我想老老爷爷苗廷扬说不定也是用那种草纸加咒语的方法给老爷爷包的伤口。老爷爷苗秀霖的伤口虽然不久好了，但毕竟伤了元气，此后一直没得到恢复，又活了9年，1937年44岁时早逝。他的灵柩先是放在场院边上，我父亲总以为他还会活过来。

据我父亲和母亲回忆，我老奶奶的那种敷伤口的方法和咒语确实都很灵，这些方法和咒语可能是老奶奶从娘家带来的，但也有可能是我老老爷爷传给她的，因为农村有“秘方传媳妇不传女儿”之说。

老老爷爷苗廷扬自己的儿子苗秀霖和妹妹的儿子刘鸣銮先后伤亡于土匪刘黑七手中，也说明了我们那一带乡下这一段的大事就是民匪之战——老百姓和土匪之间所展开的你死我活的大小战争。

民匪之战，这也是一个混乱时代的特点。但我觉得如果一个政府拿着民众的钱粮，竟然连一群土匪都不能制伏，却让民众自己与土匪浴血战斗；无论有什么官吏腐败帮派相争还是军阀混战之类的借口，都只能说明政府是和土匪串通一气的。官匪串通，生灵涂炭，这才是一个腐败混乱时代的主要特点之一。

老爷爷的伤势挺重，呻吟着说不出话来，外面的喊声和枪声此起彼伏，也听不清楚，我老老爷爷还没想到是被土匪打的，以为是庄里巡夜的嫌我老爷爷守着围子回家，开枪打的。围主邱怀有令：不许庄里人逃出围子。

天亮时枪声和喊声息了，刘黑七的人打了一夜，在围子墙外边扔下了几条断了和没断的梯子，终于撤了下去。据说刘黑七也因为相信了那断梯子给他的暗示，苗家庄不宜再打，才暂时罢手。

早晨我爷爷苗广顺打开了自家大门，走出门外，又想看看外面的热闹。他看到一个死人躺在我们家门前的下沟里，身穿大皮袄，是个大个子，长方脸、白净子，年龄不过二十三四岁。在邻居苗广春家门前的围子墙阳沟那儿，也躺着一个死人，也是一个大个儿，黑红脸膛，团脸，年龄在30岁左右。这两个人的面孔打扮他都没见过，又看到巡夜的人和村里好多人在那儿指指画画。

我爷爷急忙跑回家,告诉老老爷爷说:“外边打死两个贼!”

等我爷爷再出去时，大皮袄已被庄里的大个子隋化盛扒下来穿在身上了。隋化盛是后来在济南铁路局工作的我们家不多的几位省城乡亲中隋文义的二爷爷,我叫隋文义“大老爷”,一般逢年过节隋文义大老爷总要到我家来看看。来往比较密切，退休后在一所小学当传达补差儿,也有1.80米以上的身材,很高,背微驼,待人极其和蔼。现已去世。

原来第一个贼在打伤了我老爷爷之后，就在我家门前放土堆的地方，被庄里巡夜的人砍死的。第二个贼爬进围墙后就在阳沟那地方没动。看到第一个贼被砍死,想从阳沟往外钻,可能没能钻得出去,便又往站墙子上爬，就被大个子隋化盛的哥哥隋化德趁势拽住两条腿猛拖下来,巡夜者们上前一顿乱刀砍在地上。隋化德就是在济南工作的隋文义大老爷的亲爷爷。

21世纪初父子在章丘百脉泉

我父亲说隋化盛、隋化德兄弟的个子，在庄里除了另外一个绰号叫“大刀”的，便是数得着的了。我想那恐怕比隋文义大老爷还要高，我父亲回忆隋化盛兄弟平常也极其和蔼，性格跟他们的孙子隋文义大老爷有些近似，对小孩儿尤其喜欢，还爱笑。郭家庄有个卖豆腐的郭宗廷，唱顺口溜，给隋化盛唱道：“今天豆腐没卖净，进庄碰上隋化盛，隋化盛，你别喜，喜来喜去还是你。”

他们家是苗家庄的小姓，老辈来自西乡山里边的汶河岸边隋家店，在苗家庄当佃户、扛活儿。隋文义大老爷开头在济南铁路上干的就是“扛大个儿的”搬运工，所以背也有点驼。

杀贼的巡夜者的领头的，就是被第一个贼打死的苗足霖的四兄弟苗忠霖，他们一家兄弟五个即是苗姓“信丰永”字号的那五个中小地主。苗忠霖有地八九十亩，一头牛，佃户为本姓苗广利家。苗忠霖个儿不高，红黑脸儿，有胡子，很英武。他在村西北角那儿还开有一座油坊。但他不识字，平时是个极勇而且极有智谋的人，这时他大哥死在那名土匪手中了，当然更加勇不可当。他手提一把单刀——也称大刀巡夜，两个贼都是他砍的第一刀。

两个土匪都身材过人，年轻有力，且有作战经验和三支快枪。第一个在我们家门口开枪打了我老爷爷苗秀霖之后，见在庄里无路可逃，外面的土匪们也进不来，就想往西大门那儿走。这时苗忠霖已经看清他了，正月十七正有月亮。于是苗忠霖从暗处沿着墙根扑了上去，没等他回脸，一刀斜砍在脖子上，也没怎么使大劲儿，苗忠霖勇敢而利落。

大个子隋化德也是相当机智果断，庄里人也说都亏他个子高，眼看那贼已经爬上站墙子了，跑了也就跑了，结果又让他一伸手就给拽下来了。多杀一个贼不说，当时如果叫这名土匪爬上站墙子，他手里还使着一长一短两支枪，掉回头对付一群守夜的，那还是麻烦事儿了。

一般来说，若不是富有战斗经验的士兵，在这种情况下很难有这份机智勇猛，干出这么漂亮而熟练的事情。但隋化德和苗忠霖两人不过是苗家庄的一个农民和一个不识字的小地主，农民和小地主时而显得很愚昧，时而却非常智勇双全。

刘黑七为他这两个打头阵的部下哭了一场，也值得，因为他这两个部下不是死在寻常人手下,而是死在苗家庄两位勇士手里。因此刘黑七撤退了。

发现刘黑七撤走，围主邱怀指挥庄里人把这两名死匪挖了心。只见这两名土匪的心脏一颗像扁柿,一颗像桃。柿子有长形有扁形,扁柿即扁形柿子,这颗心是第一名土匪的,说明他死前心脏已处于高度紧张状态,心脏跳动特别激烈,可能他已听到了苗忠霖扑上来的脚步声或者那瞬间单刀还没落到他脖子上,却已先扑下来的疾风寒气,心脏因而变形。第二名土匪因见第一名土匪被砍,心脏因高度恐惧而收缩,呈桃形。

庄里用这两颗贼心祭奠了被杀死的苗足霖，然后派人带着这两颗心脏当天去沂水县报官请功。村里后来都记得这两颗心是苗廷德挖的,最后又从县里带回来,苗廷德几个人把两颗心切成片,放在瓦罐里煮熟,做了下酒菜。1997年我和父亲、母亲一起回村拍专题片,和乡亲在老家院子里围着一张小桌吃饭。那张小桌还很结实,翻过去的背面,竟然清晰地写着三个毛笔字:苗廷扬。一位我父亲在儿童团的好朋友,我该叫“大老爷”的苗厚,也在这儿说,煮那两颗心时,他父亲也吃了一片。

四

正月十八苗家庄派人到县上，二十就来了五个县的警备队1000多人。据我爷爷分析,可能庄里在刘黑七到了徐家沟时就派出了送信的,所以警备队才来得这么快,虽然是三天之后才赶到,但在那个时代也够快的。据说是五县联防土匪有公约,才来了五个县的警备队。但这时刘黑七已经早跑得没影儿了。

县上同时来了医官,验明了土匪尸身,写好文案回县。沂水县的警备队又在苗家庄驻守了六七天,刘黑七没有再来,警备队就给苗家庄留了一个班守围子。但这一个班刚调回去的第二天,也就是旧历二月初二夜间,土匪“二八连”又袭击了苗家庄。“二八连”也是在南沂蒙一带活动的一支有名匪帮,只是后者的影响没有刘黑七那么大。据说“二八连”原来的匪首是刘天增，刘天增死后部下散了不少，二连和八连合为一支，便称“二八连”。

这一次“二八连”袭击苗家庄是想钻警备队刚撤的空子，给刚刚打完刘黑七的苗家庄来一个措手不及。那天晚上天很冷，刮北风下小雪，在北门西边西北炮楼的东边，当班守围子的是苗姓的一位苗廷高，廷高结实身材，我老老爷爷苗廷扬的廷字辈儿的人。他刚上到站墙子上，突然就看到墙外围壕里也有二三百人，正在竖梯子，便大叫道：“贼！贼！打！打！……”

苗家庄村里的孩子

他这一喊，在北门守围子的苗承禄便首先开了枪。苗承禄这支枪还是拿的被打死的刘黑七那两个土匪的。当时被隋化德拖下来的那个土匪的匣子枪，就被隋化德别在腰上了。皮袄和匣子枪当然都非他兄弟莫属。红脸的苗忠霖只顾砍死土匪，却没顾得拿枪，另外那个贼的两支枪便被苗承禄拿了去，他也是巡夜的，得了枪，这一次还真的救了急。苗承禄是一位有文化的白面书生，后来教过多年私塾，我父亲叫他大爷，到此时也是一员勇将。

这时他的枪一响，“二八连”的土匪们便知偷袭不成，扔下已竖好的三个梯子，向西北方向跑了。

当夜围主邱怀又派了人连夜出庄，到县上报信，第二天沂水县警备队即赶到了，这次只有一百二三十人，一门迫击炮，大队长一支匣子枪，余下均是长枪。赶到后没进庄，在西大门外整了一下队伍，大队长讲了几句话，就向西追去。到了西边土山一带，还真追上了，但也只是打跑了，算完成了任务。

据我爷爷说，两次从县城调兵，而且来得都这么快，并不能说明县里防范土匪的动作有多么利落，而只能看出苗家庄围主邱怀的神通广大。

邱怀在外面的官场中瞎忙了半生。没混上官职，却混熟了人缘儿，熟人多也成了他后半生的一大资本，也成了苗家庄的一大资本。要是没有邱怀的信送上去，警备队绝对也不会来得那么快。苗家庄的人对这一点坚信不疑，当时庄里无论什么事都是邱怀与官府出头露面联系，而人都说邱怀一见了当官的，什么事都好办。当时河对面苗家曲经常住着过往的军队，军队里的头头一定住苗家曲后庄的一位王现龙家，这些军队的要求有时王现龙办不了，就得派人来苗家庄请邱怀。邱怀一到，几句话一说，当官的笑脸就出来了。

当时在邱怀的领导下，苗家庄已经发展得有点像是一座微型的官府衙门，就在邱姓的邱锡爵开杂货铺的院子里成立了“局子”，平常的门卫就有六七个人，多时有七八个，都在“局子”里住着，不通过官府，对于有土匪嫌疑的人即可以逮捕，也可以枪毙。我想庄里为什么称之为“局子”，也许就是觉得并不亚于正式的警察局或衙门。

这个小“局子”当然可以使邱怀不用经过推荐和任免做一回县官，发挥一下他剩余的官场才华。

刘黑七攻打苗家庄那天夜里，全庄没有一个人逃跑。我小时候记得我们家斜对过的西苗家胡同第一个门便是“老歪”家，“老歪”也就是苗广法，刘黑七到了徐家沟那天早晨庄里大刀会争吵的地方。他也是我们家的近支，我得叫“二老爷”。1982年我奶奶去世时，我跟着母亲走到村口时正好碰上他，我还能认得出他，因为他的脸型在我幼年记忆中印象很深，他跟我们打了招呼。我却没叫“二老爷”。因为虽然辈分低，但我毕竟不在庄里住了，偶尔碰上一次不叫也就过去了。再者说，要是我都认真地叫起来，也够麻烦的，大量辈分大的人可能都不比我父亲大多少，有的比我还小得多，而我那些庄里的“小叔叔爷爷们”至今还没出生完毕。

1985年12月父亲去看望“革命母亲”王焕于大娘

刘黑七来的那天夜里，只有“老歪”他父亲苗香林看见土匪爬墙进来害了怕，从西门北面跳出围子墙逃了，他家的院墙也靠着围子墙。早晨回来，门卫把他抓进“局子”里去。

当时庄里人都听说他是因为通匪被抓进去的，我爷爷因为老爷爷被土匪打伤，于是也跟着义愤填膺的人们去看。只见苗香林光着膀子被吊在房梁上，门卫中有个老肖，拿着一排尖头子弹锥着他的肋条骨，正在审问：“你不通匪为什么逃跑？”

苗香林被吊着锥着的样子很痛苦，一锥一叫唤，一个劲哆嗦，过一会儿哼哼出一句：“我害怕呀！……”再过一会儿还是这一句。

于是有的人就为他讲情，说，“你看他那个发愁样儿，能通匪吗？恐怕也就是那么个事儿啦，他家就在门里头一家，一出门还不正看见贼从墙上爬进来？一个庄户人，又听不明白哪里响枪，看见这个情况能不怕吗？饶他这一回吧！”

我记得“老歪”那人挺和气的，嘴歪得不轻，个子也不太高，想必他父亲也是个老实人，那一次没受到严惩。

那一次刘黑七撤走后，庄里连续枪毙了两个人，两个都是在庄西北角的舍林子里枪毙的。

第一个是个小男孩，才16岁，说是土匪的探子，有口供。门卫们牵着他从我们家门前走过去，我爷爷记得他浑身都被绑着，脸上流着泪。

舍林子那地方我小时候常去玩，小伙伴们在那儿挖一种根部像小蒜的草本植物吃。那地方是专门扔小孩子尸骨的，晚上我们绝不敢去。1960年我在老家又待过一段日子，我记得那次回去刚进家门，院子里便聚集了一群破衣烂衫的乡亲，我把饼干什么的一块块像撒喜糖一样扔给他们。叫我老奶奶赶紧给摁住了。这群破衣烂衫中便有我一个小伙伴，名叫“大恒儿”，论辈也是我的“二老爷”，有一天晚上饿死了，第二天就被扔到那里了。不久前我回老家，表弟带着我从那儿走，说：“这就是舍林子。”我一下又认了出来，因为它的外貌很特别，像一片小小的荒坡地，生着矮小的刺槐等植物，好像象征着从这儿走向天国的都是没有长大的孩子。又因为我的小伙伴的遗骨也在其中，我不能忘记这个地方。

当然我知道如果那个土匪的小探子不被枪毙，现在就可能没有我了。我可能是树上的一只知了，地下的一片树叶，田野上的一只兔子，或是河里的一条鱼，思考的也不一定是文学问题。

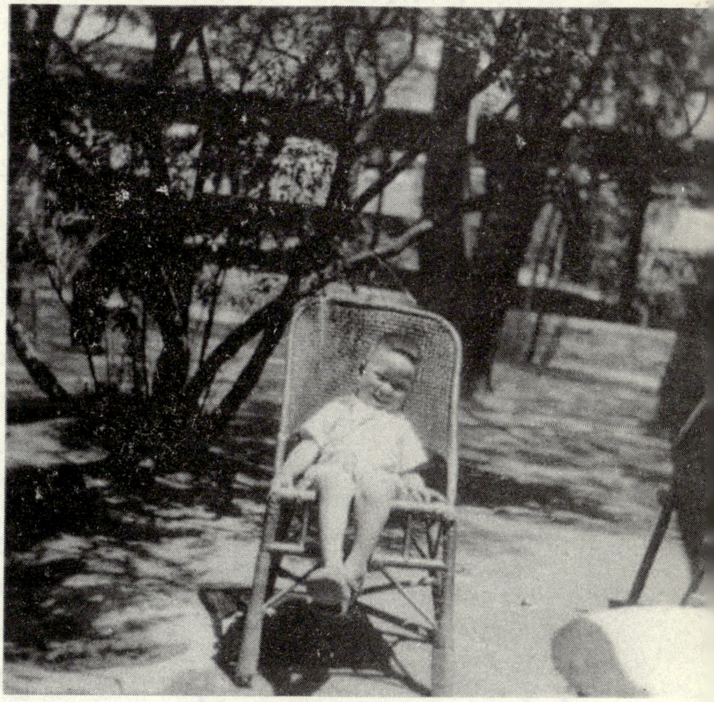

1956年的长水

另一个被枪毙的是一个女乞丐，30岁左右，口供说是土匪派她来察看围墙的什么地方最好安梯子，也被五花大绑着，脸上带着悲伤，从我家门前走向刑场。

生存是严酷的。

和刘黑七的那场战

斗,庄里除了我老爷爷受伤,还有一位邱四木匠即邱二木匠的兄弟手腕上受了轻伤。早晨开围子门时,见土匪扔下的断梯子旁那把铡刀还在,就是准备用来劈围子门的那一把, 那一夜对苗家庄来说是生死存亡的一夜。

我想如果没有邱怀那样高层次的英明围主, 没有苗家庄人的超凡勇气,可能外面的人(当然不是我)就会在有关刘黑七的历史资料中很容易地看到苗家庄了,看到一场土匪洗劫村庄的惨烈情景,看到土匪在打进苗家庄的围子之后,怎样剥邱怀的人皮,砍我老爷爷苗秀霖的人头,把苗家庄奸淫烧杀得只剩下几名老妇和婴儿。

所以说战争的胜负有时候也是奇特的,当非要迎接战争的时候,就必须迎接。大的战争和小的战争都有共性,胜利和失败往往都取决于一些出人意料的因素。

刘黑七从苗家庄撤走,回到老家费县不久又往东去。攻破了江苏的赣榆县城,又往北来攻打莒县。还没攻打,县长就弃城逃跑了。刘黑七他正儿八经地进了莒县县城,正儿八经地当了县长,主持了一段时间的莒县工作。

苗家庄的人闻听此信儿,又不免有几分紧张,怕刘黑七回来报复。有些人就说:“人家现在不叫刘黑七了,大号刘桂堂!”爷爷说在任何时候都是有坏人的。

但不久北伐军胜利,杨虎城将军率部到了临沂,莅莒剿匪,一气把刘黑七追得营长以下人马家眷全数被俘, 刘黑七只带着两个勤务兵逃往胶东,若干年以后才东山再起,和苗家庄这一段冤仇暂时放下。

五

20世纪90年代,当年沂南县闻名的革命先驱葛德甫的女儿葛钧,将一份传记资料交给我父亲苗得雨。这份资料写道:“秦鸿均、葛德甫、邱维周、徐湘南、王光伟、张仁初、张困斋……一个个名字后面都隐含着一个个动听的故事。他们都是中华大地上那阵红色狂飙中最动人的音符,他们无悔地在风雨中携手,走进了历史的丰碑。”

资料中所说的这些名字，都是沂南县人们熟知的名字，也大都是沂南最早的共产党员。秦鸿均是苗家庄隔河对岸辛集镇世和庄人，葛德甫是沂南铜井镇竹园村人，二人家庭都比较穷苦。葛德甫1926年加入共产党，同年介绍在村里带头砸了菩萨庙的16岁学生秦鸿均入党。秦鸿均16岁脸上就生出油黑的胡须，英武绝伦。沂水党组织以王光伟、秦鸿均、葛德甫为中心，成立了沂水南乡区委。开始他们主要也是依靠、争取了大刀会等民间组织，带领民众抗击匪患，打匪保家。葛德甫曾为了夺取一个头上盘辫子的土匪的长枪，从山崖上飞身而下，手起刀落，砍下土匪首级。

邱维周即苗家庄首富“聚丰祥”号老掌柜邱赢三弟邱寻的儿子，也是围主邱怀的堂侄，大学生，据说还到日本留过洋。究竟邱维周这时是否党员、由谁介绍入党，资料没有记载。资料中讲，徐湘南、秦鸿均、葛德甫、邱维周四人是拜过把子的兄弟，这样做也是为了他们的联系不受敌人怀疑，名义上是干兄弟，在党内他们是同志（这样看邱维周似乎已是中共党员）。资料说：1926年，在本地地下党领导人徐湘南策划下，秦鸿均、葛德甫与邱维周、贺伯珍一起组织了沂水县农民协会，他们在世和庄召开了大会并组织游行，他们戴着印有犁样的胸章，肩上扛着的旗徽是一张黄色的犁的会旗，葛德甫用他那粗犷高亢的雄壮嗓音领着喊口号：“农友们团结起来，打倒土豪劣绅，打倒沂水县梁小子！（即当时沂水县国民党县长梁振乾）” 秦鸿均和邱维周轮流鼓动大家唱农民协会会歌：“吾辈这次来革命，打倒奉鲁军，铲除新军阀，钱不爱，死不怕，为民为国家！”

所到之处，神庙被砸得稀巴烂，动员妇女放足，到集市上去剪辫子。地主豪绅被吓得惊慌失措，四处躲藏，贫苦农民列队欢迎，欢欣鼓舞，喜笑颜开。他们用一根根粗麻绳拴着村中最狠毒的地主，像牵牛牵驴牵狗。农会向地主借粮，救济贫苦农民，说多少就是多少，地主们不敢打折扣。葛德甫、秦鸿均这时集中民间大刀长矛，建立了自己的武装。

沂水县农民协会高潮时发展到五万多人。1929年5月3日，为声讨日本人制造的“五三”济南惨案一周年，县农会在沂水城中山林举行“国耻”纪念大会，城乡农会会员、杨虎城部在沂水驻军、在校学生及各界人士万余人与会，举行了浩大的游行示威。当游行队伍经过县税务局和十大区长公所时，群众见到这些一贯吸吮民脂民膏的贪官，顿时激沸，徐湘南带头冲进去，葛德甫挥动大刀跟进，秦鸿均、邱维周等带领会员呼啸而上，砸碎窗子，捣毁机关。税务局的人有的跳墙而出。沂水十大大区区长代表邱怀却被他侄子邱维周带领的农会会员打得头破血流，抱头鼠窜。沂水城内头号封建堡垒刘南宅也吓得紧闭了大门。

民国初年，沂水县设18个区，后改为20个区。邱怀谋了一辈子官，这时总算当上了十大大区的区长代表，虽不是县官，也算个准县级官员了。能当上这个代表，或许与他出色组织苗家庄村民抗匪有关，但没想到才到县里办公没几天，竟被侄子打了。据苗家庄的人说，邱维周这时是县农会会长，资料没有记载，起码应该是领导人。

沂水县农民协会很快遭到国民党县党务指导委员会和县政府镇压，一批共产党人被抓，七人被押往济南，沂水党组织被破坏。曾被农会揪斗过的地主恶霸，伙同十大区长代表邱怀，多次到世和庄去抓秦鸿均。秦鸿均父子二人到青岛去避风头。对徐湘南怀有刻骨仇恨的司马村大地主徐鼎心，以重金收买了杨家官庄的中共叛徒杨春增。1929年11月20日，徐湘南秘密在杨家官庄召集莒、沂两县部分党员开会，因莒县与会人员未到，会后徐湘南连夜去莒县了解情况，叛徒杨春增假装护送，黎明时走到湖头村东南，杨在背后开枪，杀害了年仅20岁的徐湘南。

秦鸿均

葛德甫与邱维周骑马走在他们后边，不一起走是为了防止敌人发现。突然平地间起了一阵旋风，黎明时的松软土地飞沙走石。他俩觉得不好，打马追上去，看到了已经牺牲的年轻战友徐湘南，两人痛不欲生。三个月后，在外面躲避的杨春增悄悄回到杨家官庄家中。葛德甫等四人突然出现在他面前，杨春增被带到村外一间小屋里，没等别人处置，自己用腰带吊死在窗棂上。

秦鸿均在青岛避难回家，与葛德甫等党员失去了与组织的联系，但他们多次商量建立革命武装的问题。秦鸿均家中只有30多亩地，为了筹措建立武装经费，背着父亲卖掉了7亩。葛德甫家没有地可卖，只有向亲戚朋友借贷。1930年秋天一天深夜，他们正在秦鸿均家密谋策划，邱怀带领沂水县警备队来到世和庄，把村庄围住。

秦鸿均先把葛德甫掩护逃走，然后翻墙出去，遇到本村农民杜佃田，背着一个大筐。他喊了一声“大叔”，上去就把筐抢下来背在自己身上。在杜佃田指引下，秦鸿均装成夜里到村北涝洼割草喂牲口，混过警备队的两个放哨的，逃走了。

邱怀抓不到秦鸿均和葛德甫，不肯罢手，百般折磨、恫吓、威逼、利诱秦鸿均的父母。才40多岁的父亲被吓出一场大病，不久就去世了。

这年秦鸿均19岁。逃走后先去了青岛、大连，在大连遇到一位老乡给了他10块银元路费，又逃到哈尔滨，终于找到家乡的党员贺伯珍和党组织。组织上派他到苏联“第三国际”学习报务技术。1939年回到上海，与曾与李大钊一起从事学生运动的河北保定省立第二女子师范学生韩慧芝的妹妹韩慧如结婚，组织上同时也是为他找一位协助做情报工作的伴侣。1949年春，淮海战役已经胜利，解放大军正准备渡江，秦鸿均不幸被捕遇害。解放后，党组织在浦东戚家庙旁挖出12具烈士遗体，秦鸿均、张困斋在其中，捆绑绳子紧紧勒进他们的肉体。据称，临刑之前，敌人给他们喝酒，他们一起举起酒碗高呼：“让我们为革命胜利而干杯！为毛主席的健康而干杯！”热血豪情使执行的刽子手不敢开枪，只好另外调来一批人执刑。据中共沂南党史大事记载：秦鸿均是电影《永不消逝的电波》的主要原型人物之一。

六

1930年,16岁的我爷爷苗广顺走三姑家,在那儿见到了美丽动人的我奶奶胡梅兰。有点亲戚瓜葛,我爷爷又是自己相中了,很快就结了婚。婚后第二年生了我父亲,而后读了两年三民主义新学堂,接着去南乡码头镇祥茂皮货店当了一年学徒店员。与我奶奶在一起的八年间又接连生下我大姑、二姑。

这期间,生活的疲累加上负伤,使我好赌的老爷爷苗秀霖英年早逝。

老老爷爷苗廷扬在他的儿子苗秀霖去世后的第二年秋天才去世。他留给我父亲的印象是严厉而不慈祥的,他藏在枕头后边瓢头里的山楂和柿饼不肯拿出来给我父亲吃,我父亲偷吃了,他便追着要打。父亲从院子里跑到屋里床上角落里,老老爷爷一只胳膊短,够不着他了。有一次他让父亲到院子里看看天气,是晴天还是阴天。父亲不知道什么是晴天阴天,看了看,也说不出,便胡乱说:"晴天!"

但老老爷爷苗廷扬身为教书先生,为我父亲苗得雨读私塾的每年5块大洋和对整个家庭的经济支撑,功不可没。他也是个脾气很好的人。爷爷苗广顺10多岁时,赌博欠了债,年跟前人家都跑到家里要。爷爷跑出去躲。老老爷爷却沉不住气了,和老奶奶高氏商量替爷爷还债。爷爷说:"不用你们管,再有来家要的,把他撵出去就行了,就说谁该你的找谁要去!"老爷爷苗秀霖因输钱三次下关东,输的钱都是东苗家胡同那个三木匠,把他弄去糊弄输的,这种欠钱大可以不必还,老老爷爷就给还了。爷爷苗广顺说他:"现成的理却不敢讲,他来要钱,你还得向他们要儿子呢,他们把他糊弄跑了,咱家的地没人种,他们来给种地是了!如果第一次和那个苗三木匠弄翻了脸,也不至于再三地糊弄!"

丈夫和公公相继去世,47岁的老奶奶高秀英承担起这个家庭的重担。爷爷苗广顺说,老奶奶的性格有点像老高家,好和人斗,她常说她的丈夫也就是我老爷爷苗秀霖:"说句话比堑磨还费劲!"老老爷爷苗廷扬的妻子也姓高，家谱上说，高姓是沂水县高刘袁黄四大姓氏之一。高姓来自齐国，具有开拓精神。苗廷扬与高氏生有一子三女，三个女儿出嫁后，都是丈夫听她们的。大女儿嫁到郑家营，二女儿嫁到枣林庄，三女儿嫁到河对岸苗家曲后面望仙庄王家，我爷爷印象深的是这位望仙庄的三姑。三姑出嫁时他扶着轿杆送到前河崖。三姑夫是家里老四，叫王怀举，对家里的事从不过问。三姑凡事都要计较，有一次和老公公打起来了，扯着老公公的衣服说："我铍你的破网！"老公公小名叫网儿，农村人很忌讳叫小名，这下火了，来找老老爷爷苗廷扬说："你的闺女这么厉害，这还了得，有点家教没有？"老老爷爷只是赔不是，后来批评三女儿说："你也太无礼了，竟敢叫起你老公公小名来了。"爷爷的三姑说："我哪知道他叫什么名字，只看他那大褂就和破网一样！"老奶奶高秀英和人打架，有一次让前街上邱匣拿着棍子，从前街一直撵到我们家。但是她的丈夫身材高大的我老爷爷苗秀霖，却躲到外面不管不问。

苗家庄老围主邱怀大约死于1937年底或1938年初。他死后，他的儿子邱洞廷就把那位会抽烟看牌的二姨太赶出家门。二姨太到沂水城里又嫁了一个小官。1941年邱洞廷在河对岸辛集当了汉奸乡长时，这位二姨太就把他告了，弄到沂水去枪毙了。所以他儿子又死在二姨太手里。

邱怀死了，日本鬼子也来了。邱相廷在官湖、码头和苗家庄内的烧锅也都完了。

而这时邱怀的那位亲堂侄子，也就是留过洋、和徐湘南、葛德甫、秦鸿均一起搞过县农民协会的邱维周，也回来了。在南京失陷后，他带着几头奶牛回到了苗家庄。然后他又把苗家庄一支参差不齐的队伍带出了苗家庄，最终带进了抗日武装。

第十一章
爷爷第一次参军

爷爷的自述——

这样在山里走了三天，到了匣石庄，即八路军鲁南动委会驻地。来到庄前，已有人来接我们，见面先问我们“辛苦了！”对我们很热情，到了庄里天就黑了，头一顿饭吃的馒头，比荞麦面稍白一点的馒头，感到那样好吃。

一

爷爷苗广顺从1953年1月6日起，直到2004年他90岁去世之前不多久，一直都通过写信，向父亲和我们讲述他在邱维周手下第一次从军以及后来的经历，他在许多来信中这样讲述——

邱相廷的父亲邱赢，兄弟四人，邱赢是老大，就是苗家庄聚丰祥号老掌柜的，是庄里首富。地主兼商号，加他五个儿子算在一起，也不过300亩地，因为在南乡做生意多，大都是烧锅酒店，土地虽不多，钱多。所以在苗家庄有钱有名。老二邱滋及两个儿子都无所作为，一直是穷人。老三邱寻即邱维周的父亲。邱维周是字，大号邱祯廷。大学毕业，据说还到日本留过洋，日语很好。他父亲邱寻七八十亩地，全是卖酒挣的。七八十亩地在苗家庄就是地主了。听老人们讲，邱寻年轻时挑着两个酒篓，起早贪黑地赶四场逢集，卖酒。那时冬天沂河里没有桥，早起过河把小腿肚子都冻起了疙瘩，叹口气和邻居说："我想给维周挣几亩地真不容易呀！"

邱寻不识字，五个女儿，只有邱维周这么一个儿子。不但给儿子挣了七八十亩地，还供儿子上了大学。苗家庄的小学校，刚成立时叫洋学堂，也是他创办的，不识字也成了小学校董事。不过学校的校规章程请示县上办的一切全凭邱怀，邱寻只是顶名出钱。当时苗家庄的洋学堂办的很不错，在沂水县农村来说，是最先办起的洋学堂。当时县长还来参观过，大约在我六七岁的时候，我记得爷爷领着我说："到洋学堂看县官去！"那时一个县官到农村来是很了不起的事，所以老百姓都去看。到了学校门口，我看见排了许多人，学生在前面，老百姓在后面。不一会儿来了一乘轿子，我也没看清县官什么样，就回家了。事后听我爷爷和邻居说："县官个子不高，下了轿子，把帽子一戴，就走进了学堂。"

学堂最兴盛时，学生有二三十人，出门排成两队，头前两个队头吹着洋号，后面就是一对洋鼓。我那时10岁左右，两个洋号吹成一个点，很好听。一对洋鼓虽打一个点，声音婆啦婆啦的，好像在敲破锣，样子也和平常鼓不一样。有的小孩说这对鼓不少的钱，头一次看到洋玩意。不过后来听常了，这种声音也好听。洋学堂，是我们庄兴旺的标志。

听老人们讲，邱寻虽不识字，却会用袖里吞金算术，比算盘还快还准。看来他确实有点算计。他哥四个就他的个小，红黑面皮，黄胡须，有点红黄眼珠。我结婚后在小学里念书时，他还是校董，也常到学校了解情况，脸上从没个笑模样，但对我们庄兴旺先进起了一定作用。

邱维周个头不高，和他父亲相仿黄黑面皮，还有点闹台胡，貌不压人，语不惊众，没有军事常识，但他有一个想做一番事业的心。不抽大烟，不好女人，不谋私利。他的言谈较差，声音低，讲话时得用很大的劲，举止很正派，不好活动，不扯闲话，不狂言闲语。那时苗家庄有三个大学生，邱维周、邱甫廷、苗仁甫。邱甫廷就是在码头祥丰号当过掌柜的，在庄里当过一段庄长，其他没干过什么。苗仁甫据说大学还没毕业，在家待着，天天在邱树果那里抽大烟看女人，后来是“还乡团”的头。

苗仁甫即前面我父亲提到外号“五小鬼”的地主，在附近铜井鬼子据点当过汉奸，因他个头高，脸特长而瘦，抽大烟抽得像瘦黑鬼，人送这

爷爷于2002年在哈尔滨

外号。我父亲苗得雨第一次想去抗日小学而不敢去，就是见他害怕。苗仁甫在"反奸诉苦"中挨斗，记下了仇，去了南方。在国民党军队进攻解放区时，当了还乡团乡长，成了这一带激烈的阶级斗争中代表敌人营垒的头子。作恶多端，有人命数条。国民党撤退时，又逃往南方，后由在我军工作的内部关系——他本家一个侄儿做"军属"介绍，下了东北，隐姓埋名多年，但终于暴露，"文革"中被抓回，后来死于监狱中。

爷爷信上说——

1937年末日本鬼子攻克南京，我记得有几头奶牛被牵回家来，拴在邱维周家大门口。邱维周还在庄里当过一段庄长，办事认真，庄里的开支拉清单公布出来，贴在西大门口。但老邱家有些人不服，有一次邱木匠哥三个把他父亲邱寻也打了。邱禄廷也和他吵过。

因为邱维周上学时我还不记事，他去日本留学也是我后来参加独立团时听别人说的，这些说法很可能别人替他吹嘘。可是我从来没听到他说日本话，他与别人闲谈时也从没谈到过去日本留学。根据可能的估计，他的确去过日本，时间不会长，最多不超过一年，也或者几个月。他的大学毕业是可靠的，因为大学不毕业就不可能出外留洋。上大学可能在济南。去南京当牧场经理前，在县警备队当大队长，时间也不过一年。以前再无正当职业，时而在家时而在外。去南京开牧场资金是靠的在县里当过几个月的税务科长，捞的钱，我记得许多大小油坊、烧锅都为他捐了钱，每捐100元，捞了不少钱，因此才把科长革掉的，或者是钱粮科长。南京失陷牧场全部覆没，回家落了个人财两空，所以还想轰轰烈烈干一场。

1938年3月日本鬼子攻占临沂，年底陷徐州，1939年处在紊乱无头的状态。国民党李宗仁指挥鲁南台儿庄大战，不少散兵和武器散到民间，到处起游击队。邱维周看有机可乘，于1939年初开始站人（站人：土语"组织队伍"的意思），成立抗日游击队。当时国民党山东省政府也在沂水东里店成立了，他就以省府委任的名义招兵买马，究竟是个什么官什么长，他自己也不知道。招兵的第一个目的，自然也是升官发财，兵招多了官就大，他也不过想轰轰烈烈干一场，官越大越威风。不过从他行动上看不是抱着死命发财观点，还是想在社会上做一些事情，和苗仁甫比起来是相反的。他没抽上大烟，没有坏的嗜好，当时来说是比较进步的知识分子了。他对抗战有民族观点，招兵也讲中国人要争气，有钱出钱，有枪出枪是对的。和邱甫廷那样的坏家伙不能同流合污。从阶级上讲他是地主，不过他对地主劣绅社会上的腐朽是持反对的态度。从他大学毕业回来开始，没买房子买地，所对付的都是地主劣绅，捐了油坊酒坊的钱，当时能开起油坊酒坊的无疑都是有钱的。他没有把钱拿回家置地买房，到南京开牧场是不是想发财？这得两点看，发财是一方面，另一方面拿了封建地主的钱，去开办中国新的企业，应该说有他进步的一面。招兵，捐的是封建地主的钱，起的是地主的枪，把这些用到抗战上，能说不对吗？另一方面，当然没有枪没有钱，就升不了官。他和汉奸没有勾搭，是比较有骨气的人。

1939年阴历三月第一次招兵，地点就是苗家庄、河对岸苗家曲，首先把咱庄上所有的枪收去，因为当时说是省政府委任，老百姓不敢不把枪交给他，再加上四外庄的，不到一个来月的光景，就有六七十支枪，人员在名的不过一二百人。从阶级分析的观点，他依靠哪个阶级？应当说他无依无靠，没有后台，没有人支持他。我感到他最突出的一点是对三亲六故毫不留情，他捐过的地主，哪家与邱家不沾亲？如捐邱华廷他岳父家，不拿出钱来就把邱华廷他大舅子孙花嘴捆去吊起来。像苗霑霖那样的封建地主，与邱家都亲连亲。但是开始打击的目标，有些也是和他自己私人有成见的那些人，如地主苗霑霖的儿子苗琴等人，被他弄去严刑拷打。开始招收和联络的几个主要人物，可以说是几个地痞流氓和兵痞。如有一位副团长张朋非，我没看见他走路怎样，大概非打晃不可，我看见过几次总是躺着吸大烟，此人就是邱维周当时的主要支柱，全凭他到省政府去联络关系，也是本团的大军事家，但也没待好久就溜走了。此外有几个都是他的营长、参谋，这些人在地方上都是没有正业的。

部队拉起来，军费就成了问题。到省府去，混乱局面难去，省府也是两手空拳，他就眼看远水不解近渴。就跑到七县专员张里元那接了头，拿到一部分经费。张里元从临沂失陷后跑到沂南青驼、垛庄一带也招了一万余人。张也不白给钱，人得归他管。这时他手下有三五个团的兵力，也委任邱维周一个团长。这一次招兵，本来邱维周是含而不露的司令。邱回来就在苗家庄南门外招集点名，向大家说：“我们暂时归张里元，随着就给大家发符号，部队暂时是一个团的名义，张里元给我们的名义叫邱团。”大家一听不是归省府，你邱维周才是一个团长，我们这官就当不成了，所以都戗戗：“归张里元不干！”有的当时就把符号扔的扔，扯的扯。邱维周一看没办法，就马上向大家宣布：“无论如何不归张里元，借的经费以后可还给他。”

这时他手下的人是按住了，可是没过两个小时，张里元的部队把咱庄包围，郑家营、官庄、北庙都支上了迫击炮，就待命令要开火。邱维周也命令把四门都掩上，准备抵抗。你想邱维周新成立的人，都是新站起来的老百姓，又没受过军事训练，如何能打仗？又加上邱维周的长辈邱浩干涉说：“无论如何不许你在咱庄上打。”邱没了主意，被迫只得派人出去讲和。来包围的是一个团，团部在庙上。据说团长姓郑，讲和的条件是交给他40支枪，就算完事。邱维周应许交枪了，可第二天早晨天刚亮郑的部队就冲进庄来了，声言说：“我们一面取枪，也得见见邱团长。”

这时我记得是1939年初夏，小麦已黄梢。那一早晨我一出门就看到从西大门进来一群兵，约有20来人，领头的小个约有40岁，手里拿着匣子枪向我喊道：“回家，不要在街上！”攻进咱庄就把四门都把起来，把邱维周的人也都抓起来。咱庄的人都躲藏起来没抓着。邱维周就在他对门

1938年8月，黎玉、张经武率军政干部160人，从延安出发，11月底到达边区省委驻地沂南岸堤

邱璞家秫秸垛里藏了一天，第二天早晨邱璞给找了一件旧衣服，破草帽，挑着一副水桶，说到东门外菜园子浇地。守门兵把他当成一个庄稼老头放出去了。其余人和武装都被人家带走，算是全军覆灭。

邱维周只身逃走后到了流亡省政府，诉了一通冤。省政府还允许他再回来招兵，考虑他也是留洋学生，要问官大小还得看招的兵多少。不久又回来联络站人，这回仗着省政府的名义，经费先由本邱家开始借，很快把队伍成立起来。像宋秉济、王怀成、朱成仁、葛德甫等，有的拿自己的枪，有的带十多人，总的站起来也不足百人[①]。虽是按团组织的，但没有名称。只是手下安了三个营长，但只有葛德甫是固定营长，别的没固定。还有苗仁甫的营席位，他只去过一次。于是在庙岭为据点，左五右六的庄，有钱的捐钱，有枪的起枪，向四外庄起枪捐款，结果把宋家官庄、埠口一带地主得罪了。向宋家官庄李天乐要枪，李是宋家官庄头号的地主，不给。邱就把李家抄了，不但枪，连钱都抢了。到南神墩去捉苗琴，也有抢的行为。这些地主们联合了孟现元、孟庆余、马连升三股游击队和邱维周为敌，那三股游击队各有100多人，在庙岭东北角沽渣汪把邱维周包围起来，打了两天。葛德甫带着20多人在庙岭住着，想去解围，因人少，没敢往上攻，只打了几枪，就回来了。孟庆元他们把邱维周缴了械，本人也被捉住，没杀他，就把他送到了省政府。

据中共沂南党史大事记载，葛德甫在沂水县委第一次被破坏后，与组织失掉联系，1938年7月参加革命工作，1942年4月重新加入中国共产党。所以，这时他应该还不是我党派到地方武装中的人员，邱维周亦不是接受中共指示的行动。他们俩只是过去的同志和结拜兄弟。1930年葛德甫曾经想与秦鸿均等党员一起组织武装，被邱怀带领县警备队最后破坏了以后，或者因为与组织失去联系，或者因为经济能力等诸因素，此时只能应邱维周之约，助一臂之力。

二

爷爷信上说——

当时邱维周那样强捐硬要的做法，大概国民党省政府也不大满意。

邱维周又从省府回来后，他的官衔明确下来：暂编独立师独立团长，并给派来了一位副团长，就是只会抽大烟的那个张朋非。

这次官衔虽有，枪和经费就成了大问题。因为对地主们采取的不是捐而是“请”，可是那些地主们越“请”越不会给他经费。团部就设在河对岸的苗家曲，这时已是1939年的秋天了，我和祖母吵嘴后砸了一口缸从家里出来，就是这一次招兵参加了他的队伍。人虽还有，枪支却不多了，只剩下葛德甫一股不足20多人，10多支枪。

邱这第三次招兵，虽处在极困难的情况下，招的兵有六七十人，质量较前两次好得多。有大部分学生和农民参加，那些地痞流氓看到没有什么油水，都不干了。我参军后当传达兵，就在苗家曲街南面一个小车店里住着，有四五个人，传达长是咱庄的邱简廷，也不经常在。团部就在街北面，设一门岗，我们传达兵轮流站岗，只有一支枪，谁上岗谁背着。当时我看到邱维周时，他已是瘦得不像样了，穿一件蓝大褂，只一个人在屋里。此房就是原先王怀成的糕点铺子。王怀成开始当供给处长，后来换成杜副官。开始在苗家曲住了些时间，又到郑家营、彭家庄来回住。在郑家营住的时间比较多。在郑家营时人多了枪也多了，我能固定有一支枪。我记得宋秉济也常到邱维周这里，听他们说：“他是特务连长。”还有一个经常在的排长是郑家营的王汲深，此人后来到鲁南动委会，即到八路军抗大学校学习去了。队伍在郑家营、彭家庄来回住，最后到了杜家庄，这时已进入冬天，大家还都穿着单衣。那时葛德甫也带了些人，有六七十人、40来支枪，可是活动地点只能从杜家庄到彭家庄，十多里地。那时咱们那里游击队多，如临沂县长柴子敬、莒县县长赵保元，沂水的就有三股上边说的。杜家庄以北是鬼子

联合大会胜利开幕
复选山东出席国大正式代表
成立省参议会·战时委员会
建立省动委会·各界救国会
成立工农青妇文各救国总会

《大众日报》关于联合大会的报道

1978 年父亲(二排中)与县上的文友们

汉奸队,彭家庄河西是张里元,杜家庄河西铜井,鬼子安了据点。我们在杜家庄可以说到了绝境。

冷的时候由六七十人减到四五十人,都没穿上军衣。就是给养也没有人给了,曾有几次向老百姓要,没要到给养,是自己花钱买的。邱维周为筹钱,把自己家的地都卖了。这时邱维周到处请客,求地主帮助军装,但始终没人给。软的欺硬的怕,毫无办法。在于家驼沟头吊打了一个庄户人,罚了两支枪。另外还查过日货,实际等于抢劫。但对有钱有势的人毫无办法,请客求帮助人家都不帮助。这时对鬼子汉奸,如有条件的话,一定要躲的远点,鬼子兵最好别去打他。因为那种部队一打就溃,官也当不成了。当时,当地的土匪是和当地的游击队分不开的,游击队被打散时就是土匪,有的今天游击队明天就当土匪,白天是游击队,夜间即是土匪,即是兵匪不分的时代,邱的游击队也不能例外,倒霉的就是庄户老百姓,差不多天天要给养,月月要捐钱的。我参加邱的队伍,也因为觉得当老百姓太受气了。

实在维持不下去了,头头们有的回家不干了,如宋秉济、王怀成,还有杜副官也不见了。我们当兵的也不知道,还有些走不了的头头大概也在合计。流亡省政府连信儿也没有,邱维周站人说在东里店,据说被鬼子轰炸了一气,也就连人也找不到了。北边最大的一股游击队是国民党的秦启荣,有一天来了两个客人,说是秦启荣那里来接头的,当时给了

300元钱。这时邱维周手下还有两个顶事的人，一个是武善举，另一个就是葛德甫。邱维周和手下头头们一合计，顶替宋秉济当特务连长的武善举，主张往北去投秦启荣，因为武是北边的人。葛德甫说："往北去得经过鬼子的好几个据点，我们过不去。不如往西去投八路军。只经过铜井一个鬼子据点，是山区，可以绕过去。此路我熟。"葛是那块儿人。[②]

我们每人发了5元钱，只说是出发，没说到哪里去。大家估计可能是往北去。当出发走时，说是过沂河往西去。两个秦启荣的接头人一看不对，就溜了。到河西就进入了山区，在杜家庄出发时天就快黑了，苗家庄的邱谦这时来参加了，可能是邱维周把他约去的。原来杜副官管后勤这一摊，杜一听我们上八路军那边去就溜了，邱谦去接了杜这一摊。邱谦的父亲邱树芬在外谋官多年，刚谋上一个官职，还没等到上任就去世了。所以邱谦也是一个没上任的官少爷吧。听说他小时候上学最聪明，老师给他正书，他也不念。到了背书时一样都背过了。他接杜副官这一摊，一开始我看他工作很老练，什么账目头头是道，好像是把老手，比杜副官不差。解放后我回家，听说他已转业，是个营级干部[③]。

邱谦来了后，我们在山里走了一夜，第二天到了一个叫树荫里的庄，两山夹一条河沟子。我从小头一次看着这样高的山，天都晌午了，还看不到太阳。在树荫里买不到什么菜，邱谦去买了一只活羊宰了，炖的萝卜，少油无盐的，吃的小米饭还有高粱煎饼。总之自我参军两个多月里，除在苗家曲吃两顿锅饼外，再没吃着面饭。

1940年7月山东省联合大会和山东省战工会成立大会在沂南青驼寺召开

这样在山里走了三天，到了匣石庄，即八路军鲁南动委会驻地。来到庄前，已有人来接我们，见面先问我们“辛苦了！”对我们很热情，到了庄里天就黑了，头一顿饭吃的馒头，比荞麦面稍白一点的馒头，感到那样好吃。

“动委会”即鲁南民众抗日总动员委员会，是共产党领导的山东省政府前身“战工会”成立前，最大的民众抗日团体。匣石庄在今沂南县青驼镇附近，离苗家庄30多里路，他们这支队伍走了三天才到达，估计主要是躲避鬼子据点。但在葛德甫的建议下，这30多里的小长征，决定了他们这支队伍后来的基本走向和命运。

爷爷在他的多封长信上说——

当时邱对八路军和中央军的态度，他当然是崇拜中央军的。为什么却被动委会收编了呢，那是洋鬼子吃高粱米，实在没办法了。不然的话自己就没有处身之地了，再者招兵以来得罪了不少人，也吃了不少亏，借着动委会的力量，也好挽回自己的名誉。当然，虽说出于不得已而为之，总之还有他的进步思想。

到达匣石庄第二天，第一个对我们讲话的是动委会主任李澄之，首先介绍了他个人和动委会的情况，他个人原是北大教授，无党派民主人士。动委会就是动员鲁南人民起来抗日。

1964年我在济南上小学四年级时，家从济南老城区趵突泉旁的文化局大院，搬到市中心纬五路一座德国建筑小楼，与《铁道游击队》作者刘知侠伯伯家共住这座楼。这座小楼即是当时已经去世的副省长李澄之的原住宅。刘知侠伯伯是从青岛搬来。他家六个孩子，四男二女。我家五个孩子，三男二女。最大的都还没上中学。两家的孩子都素质不错，也调皮得翻天。我们两家在那座小楼和绿树环绕的院子里，度过了“文革”前最后的幸福时光。院子花园中的一座平房中，还住着一位国民党部队起义的师长，斯时任省建设厅副厅长，姓林，他们老两口只有一个比我们年龄都大的已上中学的漂亮女儿。1966年春天树木已发芽时，又来了一场寒流，树叶和花都结了冰。刘伯伯家的上海保姆一脚把楼梯地板踩翻了。然后就是河北邢台地震，然后就是“文革”，“红卫兵”和“造反派”不断地光顾。现在我的小学同学聚会，都常回忆起我家小楼的地下室，那里可以给我们写作业，打架，杀狗，油印毛主席诗词和传单，甚至挖地道。我们1968年搬走时，小楼的天花板都被我们踩漏了。现在那座小楼已被拆除，济南有许多这种非常漂亮完美的德式建筑，都被拆掉了。

爷爷信中说——

到达匣石，第二个给我们讲话的是司令员梁竹航，他原来是莱芜县长、国民党员。动委会的武装是抗敌自卫军，在八路军山东纵队领导下，主张国共合作。④当时八路军山东纵队就在咱县孙祖庄，是个山区小镇，离匣石不远，在西南面，我记得与匣石不隔村庄。我们到了匣石时，剩下不足40人，所谓邱团，改为大队，因邱维周有病，大队长让葛德甫当。当时邱确实病得不像样了，既不能讲话，走路都打晃。不过咱们庄里人一听到这样讲，以邱姓为首的都哭了，先是流泪，后来有的哭出声来。李澄之一看这个样子，就说："好吧，大队长还是让邱当！"

以后就以我们三四十人为基础，加以补充，编为三个小分队。葛德

20世纪60年代四兄妹

甫仍当连长，宋秉济后面的特务连长武善举在收编后第三天就被开除回家了，赵连祥在邱第二次失败就不干了。王怀成是苗家曲人，是挂名的参谋，常住在家里，收编时他就没去，以后也就退头除名，我估计此人很难走到进步方面来。我被任命为二小分队长。没几天军装也发下来了，大家都穿上了军装，都很高兴。我记得头一个月发饷，小队长以上直到司令员，每人3元。战士每人1元。伙食一律高粱煎饼。不久即改为排、连、营编制，我为一连二排长。这时是1940年春，铜井的鬼子又加新调来的一部分，共三四百人，进沂蒙山区扫荡，直奔八路军司令部孙祖。我们没有参战，只是躲着敌人走。八路军在孙祖南山打退了敌人的进攻，鬼子狼狈逃回了铜井。八路军取得一个大胜利。因为八路军山东纵队也成立不久，队伍还不甚整齐。据说挑出较好的三个团参战的。司令员徐向前亲自指挥打的。

孙祖大捷是徐向前指挥山东纵队二支队也称山纵二旅打的，旅长孙继先，红军长征抢渡大渡河的18勇士之一、营长。孙祖战斗具体指挥者还有山东纵队参谋处长罗舜初将军。战斗由九子峰固守到孙祖夜袭歼敌，共毙敌120余人，击伤70余人，其中有敌指挥官小林及炮兵中尉队长1人，翻译官3人。孙祖附近民众自动组织起来参战，铁峪村有个叫田大的农民，在小山上看到三个八路军战士顽强阻击着十几名鬼子，跑下来从牺牲的战士身上取下枪，装满子弹，递给战士。鬼子冲上来，他和三个战士一起躲在一道土墙下，猛力一推，土墙压死两个鬼子。敌人溃逃了，田大却由于过度紧张，得了精神分裂症，到处奔走呼喊“杀鬼子”、“打敌人”，不久去世。孙祖一带民众为纪念孙祖战斗和田大，编了一首歌谣：

三月里来麦青青，
八路军大战九子峰，
英勇的田大也参了战，
铁峪的南山显了威风，
拼命流血战日寇，
为人民解放壮烈牺牲。

三

爷爷在信中说——

鬼子逃走后，我们又回匣石。动委会干校结束，学员都分配到各连队。一名干校教练员调我们那当副营长，他原是八路军抗大派来的干部，名叫张金良，当时24岁，比我还小两岁。他说：九一八事变，日本进攻沈阳北大营时，他是北大营里一个小勤务兵。他亲眼看到了日本鬼子进攻北大营。抗敌自卫军的干部大都是八路军派来的，如连刘指导员、营杨教导员、团长王寅东、政委陈晋，还有政治部赵主任。凡八路军派来的干部，都是共产党员。动委会的组织叫抗协会员。我曾和同事说："我们是暗八路。"却受到梁司令员在大会上的批评，说："八路军是公开的，正大光明的，何必暗着呢？我们不是八路军，我们是鲁南人民在八路军协助下组织起来的抗日军队。"

邱维周到动委会后，虽然还担任营长，总算是把身上的担子放下了，安定下来。经过一段时间，身体才恢复了健康。军事的事情大都由张副营长来抓。连有指导员，营有教导员，上有团长、政委，还有政治部主任。孙祖胜利后，我们开始配合八路军过沂河往东南开展行动，这是1940年春季。我们这个营，实际也就是我们这一个连还像个队伍，在咱庄南面大庄过河，顺河沿到满家店子住下，开动员会。这次会主要是邱维周讲话，讲了很长时间，简直是向大会诉苦，控诉孟现元、马连升对他的无礼。邱这时还是想借着动委会的力量报点私仇。开完会就到了苗家曲后庄，说是去抓孟现元，现在还有20来人在他家。我记得从苗家曲后庄往东去，很快就到了黄山沟子，也不过七八里地。到这个庄西面打了一阵枪就攻进去了，到了孟现元家，一个人也没有。邱维周气呼呼地把他家里家具好一顿砸。教导员说："你这是干什么？"邱说："你不知道，此人太坏！"没抓到人，砸家具也算出了一口气吧。

我们在苗家曲没住，又在彭家庄住几天，邱维周就把苗琴抓去了。我们投奔动委会后，铜井的鬼子放火烧了邱维周家的宅子。在头一次被张里元的部队缴械时，没抓到邱维周，把他母亲捉去，要人要不到，打了一棍子。邱维周一口咬定说，铜井的鬼子烧了他的宅子，是苗琴领来的。那时苗琴还当庄长，但此人很胆小，在村里是很朴实的一个地主，领鬼子烧他宅子是没有可能的。邱维周让人把他一顿好揍，罪名是汉奸嫌疑。实际上也由私人仇恨所引起。邱维周在彭家庄军民大会上说："我过去没有找上方向，吃了很多亏。今后有了一定方向和目标。"这也就是说，在过去没有依靠没有力量吃了很多亏，今后是有力量了。

这时我们内部的矛盾是，有的人看不起邱维周，说他可野，可是这人对他还有帮助，就是葛德甫⑤。有的人太盲目拥护，这就是一帮卫兵，有的人不辞而退，王怀成、苗仁甫。邱维周对本庄的和卫兵总是高看一眼，对我的看法是忠实可靠，私人间没有什么大摩擦。不过我当时认为邱维周一口咬定他的房子被鬼子烧了是苗琴领的意思，我认为那种说法是借口报复。咱庄苗士信，我参加了邱维周部队，到抗敌自卫军时，他已参加了，当时才12岁，小个不高，生得很魁实，出操真是个军人姿态，大人们都很夸奖他。在政治方面立场坚定，敢说敢道。我当时对邱维周揍苗琴很有反感，背后发牢骚说："苗琴也姓苗，怎么能当汉奸呢？"苗士信马上向团部汇报了。因此我受到团政委好一顿批评，说我的政治立场还不如一个小孩子。事后我想了想，可不是，军事方面、政治方面都不如一个孩子。听说到1947年孟良崮战役时，苗士信还不到20岁，已是团长，牺牲了。虽不到20岁，我很相信他是团长，我觉得他确实是个军事人才，即使不是团长的话，起码是个营级。

我也多次向邱维周要求到抗大去学习，他总不允许我去，因为这些综合原因，我接二连三受到团部的批评，所以自感到干得没劲。后来知道邱维周因为苗琴的事也受了陈晋政委的批评，但当时不知道。

我们经过汤头、小湖、莒南板泉崖、十字路，直到莒南山区。小湖在刘家河以南，刘家河流向沂河。我记得小湖是产蒜区，曾属边联县，后属沂南。老百姓有民谣说："仰脸老婆低头汉，狗吊椒子小湖的蒜。"八路军打莒城良水，我们这个连只担任一方面警戒。良水在莒县城西，是赵保元的人。这时我们这个营由张金良副营长领着，以后就看不到邱维周了。可能是邱和张也产生了矛盾。张金良是个立场坚决非常勇敢的干部，从抗大毕业派到邱维周营（一团一营），实际是监视和帮助邱的，但

山东抗日军政大学政委李培南在校党代会上讲话

两人思想上不合。我们听说邱维周对张金良看法是文化低、年轻。张金良也认为邱维周不如他们懂得革命道理，军事经验也不如他们当兵过来的。

张金良这个副营长紧紧抓住我们这一个连。我们这个连是抗敌自卫军的主力。在配合八路军反扫荡中，曾袭击了一个汉奸据点，打跑了从临沂来增援的汉奸队，并捉了三个俘虏。这个连在张副营长的领导下，后来锻炼得很有战斗力，至此也算是邱维周成立抗日游击队的功绩吧。

我们又回到沂河西在灰窝驻过一个时期。这时是1940年夏天，高粱出穗的时候。灰窝在后来沂南县城界湖西南，汶河西面。在此驻防主要是让我们监视铜井的敌人。白天看来很太平，还经常到河里洗澡。夜间特别警惕。庄四外都有岗哨，尤其东面，是我们二排的岗哨，战士站岗班长带班。我这个当排长的一夜得出去查两次岗。出了庄是羊肠小路，有的地方两边都是高粱地，我一个人顺着小道，直走到河边看看，听听河东有没有情况。回来到庄头上再嘱咐岗哨注意。我记得有一夜下雨，道上泥水，雨点打得高粱叶刷刷响。我走在小道上，前面黑糊糊的什么也看不见，真有点害怕。不是怕狼，是怕鬼子摸上来。

在这驻了一个时期，很安静。铜井的鬼子自从在孙祖吃了一个大亏后，一直没动静。但我们到哪里也不敢放松警惕。自从离开匣石后，平常每天只能睡两个小时的觉。有战斗任务时那就更提不到睡觉了。从那时当兵起，我就不习惯睡午觉，直到老年还是如此，就是躺着也睡不着。

夏秋之间，我们经过汤头到小湖一带开展工作。这时汤头鬼子还没安据点，我们在小湖一带收编了一小股土匪队，二三十人，还有一挺捷克式机枪，编为一个排。可是这些人土匪成性，不久也就都逃走了。这一带有许多土匪队和三五成群的小土匪，到处绑票抢劫，闹得百姓不得安生，我们大力进行清剿抓捕。

我记得我们收编的这小股匪中，有个姓苗的。他逃走后伙同别人，把人家一个4岁的小男孩弄去，藏在他未婚妻家炕洞子里。那天夜里张副营长和我带着我们排一个班去抓的。据说他未婚妻家有枪支，我们到这庄对这一家进行包围，我和二班长，另外还有两个战士，把大门踹开冲了进去。可是这一家中只有一个50岁左右的老妈妈，和一个20岁左右的姑娘、一个二十四五岁的儿子。没有抓到老头和姓苗的坏小子。这个坏小子是后来抓到的。我们在这搜了一气，没搜到枪支，只把一个小孩从炕洞里扒出来。小孩没有上衣，只穿一条单裤，脸上抹得灰模狼神的。

我们在这一地区共抓到了6个这样的匪徒，其中包括姓苗的和一个我们收编这股匪徒中的副排长。在一块荒地里枪毙了。我记得在枪毙时，这位副排长瞪着两个可怜的眼睛，向我要水喝，说："快死了也得给点水喝。"我向前一指："沟里有水，喝去吧！"因手倒背捆着，他到沟边跪趴着，嘴插在水里喝了水。枪毙完了，副营长领我们挨个检查一遍，我记得有一个遇到炸子，脑袋炸为两半。脑袋没炸的，副营长用刀把他的脚脖都砍断了。

我们听说还有一小股土匪队，20多人，在一个庄里住着。我们大约在夜间11点左右，摸进庄里，包围了匪队住的宅院。我和一个战士把住了大门。彭连长带人冲进了院内，却扑了一个空，只剩下两个病号没走了。这个匪队在我们没进庄以前就跑了。

还有一次在我们活动的地区最南面的一个庄，刚黑天，我们这个连打算在这个庄里住下。张副营长带我们连、排干部到庄北看了紧急集合点。回庄后还没休息，副营长说：“今夜这里可能要发生情况，通知各排马上集合出发！”这一夜天黑得很，我们走在路上，真是伸手不见掌。前面不住地往后传口令：“脚步要轻，不要咳嗽！”我记得邱为正小声咳了一声，他跟在我后面，我回身给了他一拳头。我们走了不到十里，回头就看见那个庄里有火光。事后听说，我们走了不多一会儿，我们出庄往北走，王洪九的人就从西面摸进了庄。据说来的人很多，光机枪就有六七挺。王洪九是费县人，手下有数千人，也叫抗日游击队，但和八路军为敌，这支顽固军最后还是叫八路军消灭了。这次幸亏张副营长，后来他说：“在查看紧急集合地点时，就感到在此庄住不安全，在回庄的路上就下了决心，不能在这住。”

我们在这一带到秋后或初冬时，整个部队大约有七八百人，从莒东南出发，往回走，奔沂蒙山区。天刚黑的时候出发，司令部在前面，我们连在后面。一夜急行军，准备天亮时越过汤头，这时鬼子大扫荡后在汤头安了据点。天亮时，司令部住进黄泥堰或黄疃，记不清了。我们连住在司令部东面一个庄。还没安排好房子，西边小岭上发现了敌人，朝司令部包抄下去，枪声大作。张副营长说：“司令部受包围了！”他带着几个人冲上了小岭，我在后面赶着战士往上冲。他到岭上朝司令部方面打了一梭子机枪，就跑回来说：“敌人向我们包围来了，赶快撤！”我们顺着一条沟，向东一气跑出20多里，才脱离了敌人的包围。

我们到了一个庄，庄里一个人也没有，老百姓都跑了。我到了一个老百姓家，锅里煮的地瓜刚拿出来，锅还没盖。地瓜还热乎。我的肚子太饿了，一夜急行军，早饭没吃上，又跑了20多里，天已过午了，实在禁不了地瓜香的诱惑，只拿了一个半大的吃了。因大的太热，一半时吃不完，还恐怕别人看见，是违反军纪。吃了这个地瓜，马上就离开这个院子。

我们和司令部失去了联系，司令部存在不存在也不知道。但不管司令部有无，我们也得到河西目的地。于是找到一个有人的庄，动员老百姓，吃了一顿饭。天已黑，就出发再往西，奔沂河西目的地。那时在老百姓中也流传着一句话：“八路军不害臊，一身虱子两脚泡，吃饭光说动员不说要。”

天黑出发时，我的雀盲眼(夜盲症)犯了，两眼发黑看不清道。开始有两个人架着走。这哪能行，如果发生敌情怎么办？张副营长也很着急，问：“这离你家多远？”那时我估计就在南左泉那块儿，到苗家庄也不过20里左右。只有这样办了。副营长告诉我以后归队到沂河西哪个庄，等我摸索到家时，天也放亮了。

1998年回老家时，我问一位苗师斌大老爷：“你知道我爷爷那时候打仗怎么样？还勇敢吧？”师斌大老爷开口就说：“你爷爷头一回打仗，眼就糊迷了。”我问：“什么是糊迷了？”他说：“就是眼看不清了呢！”我以为爷爷一上战场就吓得眼睛看不清了呢。看了爷爷的信才知道原因。苗师斌大姥爷和我父亲同龄，那时也是小孩子，大概只是知道我爷爷这时因夜盲症回家了。

爷爷回忆道——

在家住了十多天，归队时没到连队，在司令部住着。听同志们讲：在黄泥堰司令部被打散了，只有陈政委也就是我们一团政委，带领四五十人冲出了包围，撤到了河西。可是敌人也跟踪到了河西。陈政委带着四五十人在一个小山顶上躲过敌人。跟踪的敌人就在山前山后两路过去的。陈晋政委，比我小一两岁的样子，虽年轻，军人资历很长。据说在韩复榘那里当过兵，八路军抗大毕业即被派到动委会，任抗敌自卫团政委。有着一种很严肃的军人风度，尤其体格极其相称，个头1.80米左右，细高挑儿，两膀窄。我个头和他差不多，但在军事动作上，我是才穿上军装一年来的农民，根本没法比。他在平常看上去好像微笑着，但微笑得严肃，很少讲话，我平常看见他就有点懔。团长王寅东我不懔，那时王团长40多岁，个不高，胶东人，平常笑呵呵的使人容易接近。我们在莒南一带活动时，有一个老乡拿着一个手榴弹当玩物，被我们没收了。这个老乡找来一个八路军连长，往回要。王寅东和他说很多道理，这个连长不服。陈晋几句话就把这个连长训老实了。但王寅东在黄泥堰被敌人包围后不见了。

四

爷爷信中说——

鬼子经过这次扫荡，安了许多新据点。我们这时正在做反扫荡的准备。这时我看到司令部的人也寥寥无几，梁竹航司令员和陈晋政委都在一起，司令部也是团部，算是抗敌自卫军的指挥部。我被分配做临时侦察员，发给我一支三号匣子枪，枪很老，只有6发子弹，连枪套也没有。

这是1940年大约初冬的一天，抗敌自卫军配合八路军去袭击敌人的两个据点：李官庄和许家屯。此屯紧靠茶山西面，就是葛沟河西那座孤零零的小山，我们叫它茶叶山。第二天早晨，部队攻进了许家屯汉奸据点。我随司令部几个人也来到了这里，只还有一个炮楼没拿下来，正计划要挖洞攻进去。据说这一夜先攻的李官庄，夜间摸到墙根下，只听扑通从墙内扔出一件东西，一连三排长拿起一看，是个没拉弦的手榴弹。三排长把弦拉出又扔了进去，轰一声手榴弹响，这个庄的汉奸队没还枪，向南跑了。当时在敌军中有这样一个传说，夜间只要听到手榴弹响，就知道是八路军摸到跟前了，就得赶快跑，所以李官庄没用打。接着去打许家屯，我到了一个院子里，扒夹道墙看了看那个没拿下来的炮楼。司令部就派我到西南方向，与八路军二团取得联系。我从家里归队来，身上穿的是便衣，只在老百姓家找了一个破草帽。虽然是初冬，天还很暖，大约走了七八里地，到了闵墩，也是一个汉奸据点，已被二团攻破。有些军人正在扒围墙，我就向他们说明来意，问他们团部在哪？他们指着西南方向大约三四里远一个小岭说："团部在那。"

我走上小岭，见到了团长，他40来岁，大个，团脸，赤红面。我向他讲了打许家屯的情况。他接着说："我们在这是阻击半程来的敌人，现在敌人正向这来。"接着有人向他报告："前面已发现敌人。"他说："我们在这坚决堵住，你赶快回去吧！"

我还没走下小岭，岭上枪就响了。我急着往回赶，走到半道上，经过一个庄，看到几个老百姓很慌张，不像我去的情景。问他们发生了什么事情，他们说，临沂的汉奸队来了，已到许家屯去了。我心里很疑惑，去时许家屯是我们部队在那，没听枪响，汉奸队怎么进了许家屯呢？脑子里画了问号，就没直接奔许家屯，而是奔许家屯南边的那庄，到庄里再了解一下情况。我往前走着，就看见许家屯出来一个老乡，向这个屯走来。我走到后面，正堵上这个老乡。我从腰里拿出匣子枪指他问道："你是不是给汉奸队带路的？"他哆哆嗦嗦说："是、是！"我接着问："许家屯的八路军哪去了？"他说："八路军都到河北去了。"

许家屯后面有条小河。我让他走了。这时我就慢慢朝许家屯走着。东面山上有些人，好像也是汉奸队。这时又看到许家屯出来三个汉奸队员，是黄军装，军装整齐。我们军装是草绿色，也不整齐。这三个家伙朝我走来。我向四外一看，也没有个藏身的地方，只有东边有条土沟，就朝土沟跑去。我想到了沟里就不怕了，不管从哪方向来，我都能对付，反正不能叫你抓活的。那三个汉奸没来追，向我打了三枪。头一枪，我连子弹的声音也没听见。第二枪子弹打在我前面四五米处，蹿了一溜尘土。第三枪也没听到吱溜声。我很快到了沟里，沟很深，我顺着沟子朝东北方直奔河崖。小河不宽，有水的地方也不过十多米，最深处没到腿肚。到了河北才想起我的匣子枪，机头张开着，幸亏没走了火，要是走火还不打到自己的大腿上！

在不远处一个庄里，我找到了我们的队伍，司令部也在。我向梁司令员和陈政委汇报了侦察情况。这时天已黑下来。陈政委告诉我说："你赶快吃饭，还有重要任务。"我吃完饭天已大黑，陈政委给了一张地图，在灯光下指给我看："顺着这条道直到沂河边，侦察葛沟的敌人有没有动向，马上出发，越快越好。"

到沂河边是去葛沟的渡口，我进了庄却有点迷路。我敲一家门想找个带路的，怎么敲也没人吱声，只有一条狗唔唔的。我一看院墙不高，

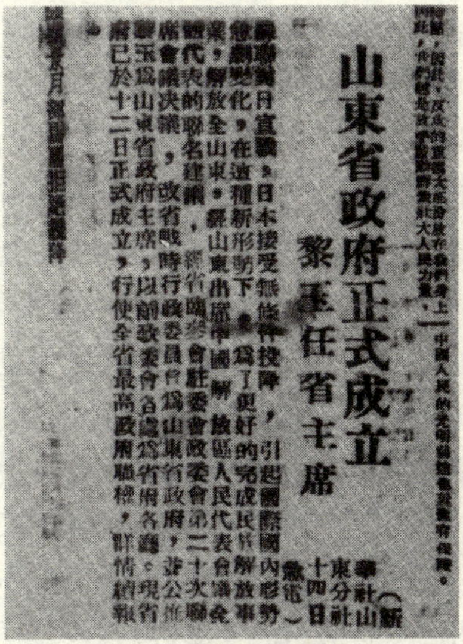
山東省政府正式成立
黎玉任省主席

新华社报道山东省政府成立

爬进去吧。当我跳进院时，狗不但没来咬，反而哼的一声跑了。我拿着手电筒直奔房门，门开着，屋里只有老妈妈和女人孩子，我说："你们不要怕，我是找人带路的。"老妈妈说："家里没有男人，不信你到屋里看看。"我在屋右边找到一个牛棚，用手电一照，黄牛肚皮底下有两只人脚。我就喊了声："你出来吧，不要怕，是让你带路。"他从牛后面出来，是一个50多岁的老头。我们到了渡口，大约是夜间10点多的时候，让他先回家。我个人在那看了看河对面的葛沟，黑糊糊的一点动静也没有，也没有灯光。我待了一会儿，听听四外也没有动静，就急着往回赶。到了司令部大约将近半夜，队伍已集合待命。我报告完情况，陈政委告诉我："你马上还顺着那条道返回，在队伍前面探道，如发现情况，赶快回来给队伍送信，如来不及可以鸣枪报警。"

我在前面走，部队跟着也出发了。我必须快走，才拉开队伍一段距离。这时部队是向茶山后面运动。原来许家屯的部队夜间都集合到茶叶山上去了。我在前面走了一段路，到路边隐下身子，听到前面毫无动静，后面的队伍有些影影绰绰在行动。当我回到司令部时，司令部的人也没睡觉。天可能快亮了，这时茶叶山上的枪也响了。司令部只有梁司令员和三五个后勤人员，枪一响，梁司令员带我们几个人朝茶叶山方向奔去。在离茶叶山三四里地的时候，天就大亮。我就看到山上的汉奸队顺着山梁不成队形地向南逃跑。梁司令员说："追。"带领我们几个人从荒地里追去。哪里跟得上汉奸队跑得快，等我们离山不远的时候，汉奸队已逃得很远了。发现山上好像是我们的队伍，梁司令员拿起一面小白旗联系，那边也摇起了一面白旗。我们就往回走。等我们到了一个庄里，部队在我们前头胜利而归了，捉来了三个活汉奸。我记得有一个被绑在敞棚柱子上。战士们说："这家伙是李春迎把他捉住的，我们队伍冲上山时，这家伙刚爬起来，慌里慌张地端起枪，李春迎一把就抓住了他的枪杆，一脚就把他蹬倒了，枪也夺过来。"

另外两个，一个是负伤没跑了，一个是伙夫，也跑得慢点儿被逮住。三个都是20岁左右的小伙子。李春迎够不上傻大个儿，比我矮，比我魁梧些，也是20上下岁数，有点傻样子，不知底的，外观上看不出来。我在二排当排长，他是战士，现在还是二排的战士。在班里不管干什么都是跑在前面，干活毛头毛脑的，顾头不顾腚。别人的衣服还是新的，他的衣服袖口先坏了，因为他有这些特点，多少年他的音容和名字没有忘记。他这次战斗夺得的一支枪，归他使，比原先的土造枪好些。他扛着自己得的枪很高兴。当时得到武器太难了。我当排长时使一支三八大盖，老不说，还有点别栓病。现在使的匣子枪上面锈得坑坑疤疤的。我们在莒南一带活动得来的那挺捷克式轻机枪，张副营扛着就没撒把，这次战斗这挺机枪起了很主要的作用。据说副营长带一连摸到了半山腰。一连实际也不过七八十人。汉奸队说是一个大队也不过百多人。一顿机枪，打得滚的滚爬的爬，连枪都没还就跑了。所以我们部队连一个轻伤都没有。第二天我和一个排长到现场查看，还有两具汉奸弃尸。

梁司令员在会上说："临沂的鬼子费了很大的力气成立了两个大队，被我们击垮了一个，逃跑的道上弃尸十来具！"这样说话，我想是为了鼓励部队的士气。经过这次战斗，的确也安定了一个时期。拔掉了几个据点，我军的活动范围也拓宽了些。接着团部成立了警卫排，我为排长，人员也不齐，20来人，是各连队凑上来的，也叫警通排，没有副排长也没有工作人员。团部只有陈晋政委加警通排。捉来的那三个汉奸，李春迎捉的那个后来枪毙了。那个负伤的好了，就来警通排，因他是俘虏兵，我一直记得他的名字，叫赵景科，小个，赤红脸。刚来时他的腰伤还疼，出操时还得照顾他。那个伙夫在司令部当马号。

这不久后一天，一连抓到一个可疑的人，认为是敌人的探子，交给团部。陈政委命令警卫排审问口供。我们把他吊在房梁上，审问了一通，也没审问出什么结果。他只说："是57军掉队的。"夜间押在警卫排，虽然也吊在房梁上，还得搞上一个岗哨看守。这样整了两天仍没有承认是探子。57军是东北军进关后，1938年春参加台儿庄会战后，就到咱们那块驻防。57军大都是东北人，远离家乡到关内还能打鬼子，所以老百姓对他们都很同情。我也不例外，对这个人有点同情。白天吊在梁上揍，夜间也绑得紧紧的。这天晚上，他向我求情说："能不能给我松松绑，让我也好睡一会儿，咱们都是当兵的！"有的战士也讲情，我虽然没表态，心里有点同意，就去向政委请示说："那个在押的人是否给他松松绑，让他睡会儿觉？"政委一听就火了："你太麻痹了，他是临沂鬼子派出来的探子！

你这个当排长的连起码的警惕性也没有！晚间站岗的战士在岗位上脱了棉袄拿虱子，你这个排长是干什么的？你看你早晨出操时你那个姿态，还像个军人吗？……”当着战士们的面这顿批评，直批得我难以接受，把平常的缺点通通搬出来了。最后他命令说：“你回去要把他吊起来！”

我回去也气呼呼地执行政委命令，这一吊，他哭咧咧地说：“苗排长啊，咱们是否有仇？我过去在哪里得罪了你？……”这样折腾了半宿，我回去躺在床上哪能睡得着？因我一个人住在一个小房里，翻来覆去地想，批评得对不对？我的确有这些缺点，可这种方式使我太难堪了，以后我有什么脸再带领战士？确实有个姓苏的战士在岗上脱了棉袄捉虱子，我也批评了他，也同情他。那时当兵的身上虱子太多了，平常哪有时间捉它？有点时间睡觉，管它咬不咬。我有缺点，为什么平常不讲？如带人出操时，陈政委到那看看，一言不发就走了。我越想越难过，干不下去了，把枪往床上一放，披着棉大衣就走了。在东南方向，离咱庄四五十里路的样子，我身上还带着侦察时的路条，离开驻地不一会儿天就亮了。我就这样脱离了我参加一年零两个月的抗日部队，即是开了小差。

位于沂南岩岸堤的抗大一分校学员正在上课

我爷爷苗广顺第一次参军的经历即到此为止。与他一起参加抗敌自卫团的这批人，最后也都七零八落，没有混成大干部的。开小差的占相当一部分。据中共沂南党史大事记载：葛德甫在建国后曾在山东嘉祥县水利局工作，已病故。

邱维周在队伍被动委会收编后不久，转到沂南界湖镇做企业工作，因为他留学日本学过纺织。济南解放后，在省实业厅，随部队到济南接收西郊机场，接着又去了济南“五大牧场”，牧场由五位资本家合资，邱维周作为政府方一股，去担任牧场经理。1951年“三反五反”运动中被批斗得很厉害，原来即有严重胃病，被抬上会场批斗。1952年55岁去世。

副营长张金良死于开小差的朱成仁之手，但是我爷爷那时他已去了东北，不知道张金良的死是怎么回事。朱成仁是在邱维周第一次招兵就参加的。我爷爷说：“我参加后只见过朱成仁一次，我记得邱维周对朱成仁印象不怎么好，但邱维周对好坏人分不清。”朱成仁后来当过汉奸，又在解放战争中当了国民党“还乡团”，苗家庄的反动地主“五小鬼”苗仁甫是“还乡团”乡长，朱成仁是他手下一个队长，是沂南县很有名的还乡团骨干。

注释：

① 1987年我回沂南老家，县委统战部的领导们正在处理从台湾回来探亲的原国民党军队老兵宋秉济先生的事情。宋秉济先生留在家中的妻儿都在，他想此行就不再回台湾了，长期留在老家居住。但当时政策还不太好办这样的事，统战部领导也担心当时村里生活艰苦，他住久了再想回去影响也不好，还是动员他回台湾，以后再按有关政策规定办理。当时我还不知道他曾是爷爷的老战友。

② 应该说葛德甫此时虽然还没有恢复党籍，但却暗中为党做着工作。这些我爷爷始终不知道。

③ 后任某康复医院院长。

④ 1939年7月，山东国民抗敌协会成立，李澄之任会长，梁竹航任组织部长，该会是山东省文化教育界的国民党爱国人士在共产党的赞助下组织起来的。

⑤ 看来葛德甫对邱维周还是有不同看法的。

第十二章
爷爷第二次参军

爷爷的回记——

我们到沈阳住了一宿就出发了。从沈阳往西，一路上有些民夫车队往回走，一个车夫在那吵吵巴哄地讲：“这仗打的，真了不起，太神了，竟消灭了国民党47万！”老百姓这话意味着这个仗打得太神奇了，这个胜利使人难以相信，可事实又摆在眼前。

爷爷苗广顺在1940年冬天从抗敌自卫军开小差离开部队，没有回苗家庄家中，而是去了蔡家驼沟头，他的岳母也就是我奶奶胡梅兰的娘家，在那儿只住了一夜。当天娘家人送了信来，奶奶带着只有8岁的我父亲苗得雨和两个妹妹去了蔡家驼沟头，看了他。当晚我父亲记得我爷爷睡觉时发了癔症，直说梦话。这说明他离开了部队，内心还是非常痛苦的。爷爷当兵这一年多的时间，家里经常听到他的消息，我父亲听到人说，你爷又当了什么长了。因为年景混乱，父亲已经不上私塾了。

第二天，爷爷苗广顺即跟着闯关东的人走了，那时经常有人约着下关东。头一两年，爷爷还不断有信来家。那时是由邮差送信来，我父亲记得我爷爷的信上，开头总是"母亲大人万福金安，膝下敬禀者儿广顺……"爷爷下关东先后去过大连、沙河子、奉天（沈阳）等地，拉过人力车，扛过大包。后来信就断了。爷爷后来给家里解释，是因为战争荒乱，开头看到日本鬼子重点扫荡沂蒙山区很残酷，而后又是国民党军队重点进攻沂蒙山根据地，不知道家里发生了什么事情，不敢往家写信。他于1948年从部队写回家的第一封信，也是先寄给邻居转的。

他于1945年8月15日日本宣布投降之后，再次参军到了萧华将军的特种兵团。进军东北的部队大都是从山东根据地去的，他在部队也曾遇到过以前抗敌自卫军里的战友。父亲苗得雨也想让他写写二次参军前在东北下苦力的事情，但爷爷说："说那些干什么，那是开小差！"

关于他的二次参军，他这样写——

第一部分：参军前后

在1945年8月15日，日本宣布投降时，我在辽宁安东（现丹东）盖平县卧龙泉矿山当建房工人。工头是日本人叫下东是助。工地把头是邱义廷，也是苗家庄前街邱家，他比我大一岁，从十来岁就随叔叔们下关东到了安东，现在跟日本人来矿山当了工地把头。在工地工作的大都是从安东来的。咱庄里除邱义廷的两个叔叔外，有苗涛、苗福哥儿俩。苗涛比我大一岁，苗福比我小两岁，是咱庄苗现林的儿子，也是荒乱年头到东北来的，也在安东住家。当时听到日本投降的消息，很高兴，可有了回家的希望了。日本鬼子投降矿山即停工，工人们散伙，各奔自己的家乡。日本人回了安东。邱义廷和他两个叔叔及老婆孩子赶着一挂马车，去盖平城里租了房子。他临走时，因我没地方去，就安排我和苗福，在工地看家底。还有一辆胶轮大车，等收拾完了，也去盖平。

盖平是沈大铁路线的一个大站，南通大连，北通沈阳。卧龙泉矿山在盖平东60里，是个山沟子。山东边就属庄河县境内。盖平到矿山，中间有个万福庄伪满警察署，这个署长野心勃勃，竟去接收了矿山。矿山矿务局虽大，毕竟在一个山沟子里。苏联红军只占领了一些城市和铁路线。八路军从胶东龙口乘帆船到安东，顺着铁路线到了沈阳，所以这个矿务局的日本人希望马上交给中国人，离开这地方。警察署长就很顺利地接收了矿山。

这时我和苗福把工人应领的粮食和马料，领出一部分，还有些砖瓦模型等，收拾了一车，也没什么值钱东西，最值钱的是一匹大青骡子和一挂胶轮车。苗福赶着马车，我们俩就离开了矿山去盖平。可是到了万福庄就被警察署扣下了，说什么："矿山的东西都叫你们拉走啦！"把苗福放走，到盖平去送信。把我关进了笆篱子(监狱)。

32岁了，头一回坐笆篱子。屋里虽黑，倒比我们工棚还好些。里边就我一个人，坐卧随便，一天两顿高粱米粥。午间有人看着出去放风，大小便。这样待了四五天。邱义廷来看我，把我放了，邱义廷自己反被关进了笆篱子。邱义廷是骑自行车来的，我只得骑他的自行车去盖平送信。到了盖平，找到了邱义廷的住地，他老婆小孩三叔四叔都在那，这时苗福已回安东。和他们一商量怎么办？他俩叔还不如我在矿山认识几个人。我只好骑车子回矿山找人说情。矿山下面有个胡家屯，屯长与邱义廷很熟，我也认识。此人对官方面很吃得开。我首先托他去说情。再一个就是矿山一个记账先生朱大也。我离开矿山前，此人已被国民党地下人员吸收为国民党员，他对邱义廷很好，也曾和我谈到国民党如何接收。我曾问过他："对共产党八路军怎么办？"他说："蒋委员长说，让共产党八路军上台湾去。”

我托这两个人来回跑了四五天，也没得到回音。盖平到矿山来回120里，中间还有一条河，得扛车子过河。有一天到了河边我累得满头是汗，又饥又渴，手捧河水喝了一顿，回到盖平什么毛病也没发生。这时邱义廷家里的还闹起毛病来，他两个叔叔干发愁没办法。我在这也待不下去了，看看天也快要冷了，回关里无望，街上苏联兵来回乱串，只有一条道，去安东了。苗福临走时，给我留了地址。东北的火车，因都是苏联接管，还是畅通的。坐火车很顺利到了安东，找到了苗涛。

他们家住了个小土房，也不过有六七平方米那么大，还分里外间。外间一个锅台，剩下只能走人。里间可屋是土炕。他们一家五口，苗现林大伯已70来岁，身体还硬实。大娘50来岁，双目失明多年，天天坐在炕上。苗涛、苗福还有个十七八岁的妹妹叫小桃，数她岁数小，可10来岁就当家做饭，穷人的孩子早当家，确实是这样。

在我去以前，苗涛在锅台上和借走人的空地，搭两块木板睡觉。我去占了这地方。他们五口都挤在了小炕上。我看他们五口人都坐在炕上就把炕坐满了，我不知道他们是怎样睡的。天冷了，没看到有蚊蝇活动。我想虱子、臭虫是很多的，我的身上也有了虱子，夜间也常遇到臭虫的袭击。我最怕臭虫，刚到东北时，臭虫一咬就起个核桃大的疙瘩，长了只能起豆子大的疙瘩。土房虽然很脏乱，但没有蟑螂、老鼠，因人太多，没有它们生存的地方了。

街上一切重要地点、军事仓库都有苏联兵把着，天天枪声不断，不是这里被抢就是那里被偷，苏联兵急了就开枪，天天有被打死的人。苗涛和现林大伯爷儿俩天天出去，倒腾点破烂买卖，不敢去抢，一家生活很难维持。尽管这样，苗涛还领我去看了一回京剧，是李万春演的《走麦城》。李万春是名演员，《走麦城》是他的拿手戏，我们俩去看的。这时八路军萧华支队已驻进了八道沟。在街上，三五成群的八路军战士进行演讲宣传，捎带招兵。有一天苗涛回家告诉我说：“八道沟那地方八路军真厉害，一个骑自行车的人，往军营那里边走，岗哨上喊他两声，让他站住，因离得很远没听见，仍骑车往前走，一声枪响就把他打下来了。八路军枪打得真准。像你，耳朵聋聋哈哈的千万别到那地方去。我小时候右

东北解放纪念章(1950年)

耳就生耳底子,把右耳生聋了。当兵的来说,我的眼和耳朵都不够格,不过那个时代,也就凑合了。人活着总得要吃饭,像苗涛这个家,我能待下去吗?天也要冷了,我把身上仅有的几十元钱买了一件毛衣、一个毛线帽子,去报名参加了八路军。暂时找地方吃饭要紧。

我是找到一个团部报的名。政委问我:“你当兵不怕死吗?当兵要打仗要死人的。”我心里话:怕饿死才来当兵的。嘴里却说:“不怕死。”我又问他:“你们不是成立干校招收学员吗?”他说:“乱乱糟糟的成立什么学校!”就把我交给一个麻子排长,说是侦通排,很简单地又当上了兵。无论如何也没想到,八道沟打死骑自行车的那个岗哨,两年半后却是我入党介绍人,此是后话。

我们是怎样走在一起的?我参加的这个部队是华支队一团。据说在关里是一个营,到了安东就成了一个团,大都是胶东人。即使在安东参加的,也大部分是胶东人。在侦通排,新参加的有两个人的名字还记得,一个王学明,21岁,大个;一个丛子宾,二十三四岁,中等个。我那年32岁。我们的班长迟玉廷,19岁,中等个。副班长小张,个小,18岁。因都叫他小张,所以名字没记住。麻子排长,因相处时间太短,连姓也没记住。他们都是关里来的。我参加6天,这个部队就出发往北去。出发时都发给了棉衣、大衣、小黄棉被。我们侦通排的人每人都带有两支匣子枪,坐的是苏联拉煤的敞车,都坐在煤堆上。到哈尔滨足足走了6天。

我记得到长春,还有20多里时,长枪放在车上,短枪别在腰里,都下了火车。说是长春是国民党不让过。苏联人说车上是些俘虏兵,送到北满去。国民党要检查,我们只得晚上偷偷过长春。腊七腊八,冻掉下巴。这时虽还没到腊七腊八,可是和关里比起来要比腊七腊八还冷得多。当然不管怎样冷,下巴还是冻不掉的,可冻得厉害能使你张不开嘴说不出话来。我们在夜间偷偷过长春时,走到一个铁道口时,大概是半夜的时候。有一个人站在一边向我问道:“你们是哪一部分的?”我想说,可是下巴不动,只哼哼两声就过去了。他又向我旁边的人问:“你们是哪一部分的?”得到的回答同样是哼哼。不知接连问了几个,后来才知道问话的人是王奎先司令员,他火了,跳起来大声问:“你们是哪一部分的?”可能就问到团部那块了,因处境不同受到冷冻程度不同,也有能说话的了。我想这位司令员决不是在外面冻了好几天才来问话的。

到了哈尔滨住进了兆麟小学校,那时恐怕还不叫兆麟小学。虽然睡在地板上,但屋里有暖气,一宿睡得很舒服。第二宿暖气就撤了,早晨既无洗脸水也没有喝的开水,只草草做的大米饭吃的,连菜也没有。吃完饭就准备出发。我个人却到道东一个日本人住户中找了点热水洗脸,又喝了点热水,就随部队出发了。这时我们团分为两个团,即七团八团。我们侦通排在七团,东去滨县,还是原来的团长刘登法、政委王良。到了滨县休整了半个月,就进行繁重的剿匪战斗任务。

在滨县部队发的棉衣、棉鞋,我又领了一条棉裤。我总怕冷,穿两条棉裤,只把小腿下边棉花撕掉,因下边打裹腿。上身有毛衣,加上发的棉袄,再冷了还有棉大衣。狗皮帽子再加上我的毛线帽。尽管这样,有时还冻得脑袋疼。脚上公家发的毛线袜,我整了一双日本人的棉胶鞋,可以穿两双袜子。棉胶鞋有点沉,从关里来的棉鞋既轻便又好看,大家都抢着要,我就要这双棉胶鞋。

我们团部离哈到了蜚克图时,八连派人来报说:在滨县与胡匪打上了。哈尔滨到滨县120里,蜚克图是哈至滨县的中间站,是一个镇。在此镇只弄到一台汽车,满载只能装七八十人,可是一下子挤上去100来人,还要司机快开,去支援八连。可能司机既害怕又发慌,在平道上将车开大翻了个儿,一下子伤亡40多人。待我们到了滨县时,八连已经占领了滨县,七八百中央胡子已被八连赶出了滨县。滨县有个日本人的火药库,这些胡子连火药也没顾得搬,就狼狈逃跑了。

所谓中央胡子,他们都是叫中央先遣军。当时的人们都知道有“中央军”,即国民党军队。当地的地主警察特务汉奸伪满官府人员以及土匪等。成立的军队都打着中央先遣军的旗号,大家都叫他中央胡子。八连100多人,怎样占领的滨县?城西门外有个澡堂,胡子在这驻了一个连。八连一个冲锋就把他们冲垮了，纷纷往城里跑，城门还没顾得关上。八连紧跟着冲进去了，占领了西门里滨县小学校。澡堂子、小学校各安排了一个排。连长带领一个排往街里冲去，冲到东门又冲回来，把胡子冲得七零八落，纷纷只顾逃跑。事后我们驻老百姓家，听那些老乡反映说："你们那个'记脸子'连长真了不起，把胡子打得就和赶羊群一样，只顾逃跑，哪里还顾得上还枪！"八连连长是个"记脸子"，脸上有好几块紫胎记，简直像个花脸。我在滨县才看见他，据班长说，他身上有18处伤，在关里就是个英雄人物。

我们在滨县出发时每人都发一个棉手闷子，机枪都做棉枪套。麻子排长在安东出发时或在半道上就闹病了，没来滨县。这时迟玉廷班长升为排长，小张升为副排长。班长是个姓沈的老兵，据说他还在蔡廷锴部队里当过兵。

第二部分：进入剿匪阶段

我们到了滨县，侦通排就有带枪逃跑的。所以把匣子枪缴去都换上了马枪。我们出发时除滨县城里，四外都是中央胡子占领着。我记得出了滨县南门不远处一个屯子就有胡匪岗哨，不过看我们是正规部队，也没抵抗，就听从我们的编制，到了晚间在旷野里开了一个动员大会，讲话的是司令员聂鹤亭，十足的山西口音说："日本投降了，中国解放了，可这地方还有些中央胡子骑在老百姓的头上，还继续压迫人民……"政委李寿轩好像四川人，配合我们七团行动的有九团、一团，都是在松哈地区新成立的部队，没有战斗力。第一仗打的八家子，属五常县内，是中央先遣军的总司令部。

这一天下午三四点钟的时候，冬天短，就将要黑天了。我们驻进了梨树镇，进行对外封锁，老百姓只许进不许出。命令赶快做饭吃饭，吃完饭要睡两小时觉。在我来说是难以入睡的，不睡也得睡。两个小时迷迷糊糊过去了，一声令下起床，其实睡的是地上铺的草，反正叫起床就是。这里离八家子20里，队伍集合后，命令大家把棉衣都翻过来穿着，黄棉袄白里子，一个个都成了白衣战士。大地白茫茫，雪盖地。团长要侦通排

20世纪70年代全家与爷爷

两个大个儿跟着他，我的个儿最高，另一个就是王学明。出发时交给我一个任务，一个老乡扛着一口铡刀，交给我带着。这20里足足走了一宿，开始走的还是路，走着走着走到一个屯子墙根下，净树毛子（小树），没了道。队伍又退了回来。以后净绕着屯子，走的都是荒地。东北地垄沟大，又盖着一层雪。天又冷，还走走停停，尤其停下来更冷。即使打脚走，也起不了多少暖和作用。我穿着棉胶皮靰鞡，两双毛袜，还有些脚冷，穿关里棉鞋可想而知了。打完了八家子，光冻坏脚的就有100多人。

在枪响的时候，天有些亮了。只听子弹在身边嗖嗖叫。这时老乡把着铡刀已趴在地上，我也蹲下来看着老乡。团长到一个小草垛后面稍一停，迟玉廷排长已跑向前面回头喊："打进去了，老苗还不往前冲？你在后边等着捡弹头啊？"我说："还有老乡铡刀怎办？"他说："已经冲进去了，不要铡刀了！"团长在迟玉廷喊我时，也跑到前面去了。我跟上来，他们都从一个墙豁子口爬进了屯子，这里还有一个岗哨，抱着上了刺刀的枪。我跟着也往上爬，又冷又滑，刚爬上去又滑下来了，差点碰到岗哨的刺刀上。这个岗哨说："你这老头真笨！"其实这时人人都成了白胡子老头了，不但胡子是白的，连眉毛都是白的。

我重新爬进了墙豁子,也是围墙大门里一个小学校。团长、政委都在。团长说:“你赶快到西大门外,把五连调进来!”我出了西门走了还不到半里地, 就看到一大溜人还都趴在那里。我就向他们喊:“你们是几连?”答:“五连!”我说:“团长要你们赶快进屯子,我们已经打进去了!”这时天已大亮,我一看,他们个个都是白胡子白眉毛,反穿棉袄也是白的。狗皮帽子本不是白的,可是下了一层霜也是白的了。

我回到团部,向团长报告:“五连已进屯子。”团长说:“好,你再上里边看看,部队打到什么地方了。”因这时屯里边的枪声还不断。八家子是大围子套小围子,小围子是一个烧锅大院建成,四角四所炮楼。围墙高而坚固。围外冲着大街有暗碉堡。我们团部这个小学校好像在屯子的西北角,向里边去得经过一条大街,我就猛跑过去。当听到枪声时,我已跑过去了。到了东南角这地方,找到了部队,有三营营长,还有于参谋也在。我向他们问了战斗情况, 他们说:“敌人只剩了这个烧锅大院没解决,屯子外面好像有个小山包上有伙敌人,不住地向我们射机枪,不敢在院里待,只得都躲到屋里。我们虽然包围了烧锅大院,可是又受到外面的敌人包围。”

当我回团部时,就没敢从我去的街口过来,而是绕到西门口那过来的。我回到团部,就看到我过街那地方倒在地上一个同志,团部叫老乡去把遗体拽过来。这个牺牲的战士,正是在我跑过去的那地方,可能是他跑得慢了一点,或者敌人打第一个没打着,有了经验了。

我到团部向团长报告了战斗情况。接着军医难过地向团长汇报说:“现在伤亡已有40多人!”当时我们的武器只有重机枪,还没有大炮,攻了一天也没有攻进去,还里外受敌。到了夜间,院里的敌人及外围敌人都跑掉了。八家子没有久住,开完了追悼会,掩埋了同志的遗体。死者22人,其中一名连长,名字范配友,也是胶东人。其他名字不知道了。埋了挺长一溜土崮堆,连长在头前。军医说他40多岁。伤者也有20多人。除此外,冻坏脚的100多人。

紧接着第二场战斗打的张家油坊。张家油坊可能是五常、阿城交界处,在这一块左右打过好几个屯子,名字都记不清了。只记得打完张家油坊第三次战斗时,头一天政委作战斗动员时说:“明天过年了,过年都要放鞭炮，我们也要放放枪炮。”枪响过年应是1946年开始，天气也到了最寒冷季节。紧接着打了几个屯子后，最后进攻到柳氏明屯。在进攻时，敌人还派人送来一封信，大意说：“战争还是要流血死人的，请你们不要打了，你们撤出柳氏明屯，我们也往回撤到××屯。”我在团长跟前，看到了信。团长对来人说：“你回去告诉他们，要打就打嘛，不打叫他们放下武器！”来人刚走，团长说：“敌人要逃跑，命令机枪连赶快插过去阻住他的去路！”估计来人可能刚到敌人那，机枪连也跟着赶到。任凭机枪扫射，敌人只顾逃跑。这一仗敌人没逃走多少。

这场战斗结束，也就结束了张家油坊一带数个屯子的战斗。我记得每个屯子都是外围墙好攻，里边大院费劲。我记得在攻一个大院时，我们攻进了前屋，敌人在后屋还坚决抵抗。我看到一个战士刚冲到后屋门口，左边窗里伸出枪把他打倒了。接着又一个战士冲到了窗下，歪躺着身子，一个手榴弹从窗子扔进去，轰隆一声。团长和警卫员及我也跟着冲了过去，可敌人从那屋后头后门逃走了。有一个30岁左右的妇女坐在北炕上，炕下边地上坐着一个光屁股小男孩，眼球崩出来，还吊在脸上荡啷着。我就把这小男孩抱到炕上去，南炕上躺着一个十六七岁的姑娘，一条腿从膝盖下小腿肚子炸开了花，血淋淋的，让我们目不忍睹。这三个妇幼没有一个哭叫的，都痴呆而面无表情地坐着躺着。

在每一次攻打一个屯子时，都是拂晓攻击午间结束。有一次到了午间还没有攻进去，团长也急了，让我去告诉二营营长：“叫他们赶快攻下来！”我走到半道上，遇到一个同志，问我：“你是不是团部的？”我说是。他说：“我们连到哪去？”我一看这一面正没有部队把守，顺口说：“你们就在这面挡着，不让敌人从这里跑掉就行了。”到了二营，见到营长，他正在那忙忙活活地包炸药包，戴着一顶狗皮帽子，如果不是穿着一身军装，简直就是一个农民车老板。我说：“团长命令你们赶快攻进去！”他说：“有围墙挡着不好攻！”我说：“让你们爬墙进去！”他说：“墙挺高能爬吗？我们这不是正好有炸药，炸掉炮楼就攻进去了。你回去告诉团长，我们马上解决问题！”我走出不多远，就听得轰隆一声响。我回头一看，烟尘弥漫，炮楼倒了半拉，队伍冲向了炮楼。我还没到团部，大概团部听到炸药声也往前来了。我随团部进了屯子时，战斗已结束，来到了一个大院，那里还有几个俘虏。王学明去弄了一顶狐皮帽子戴头上，看团长来了，他把帽子摘下来说："团长你看这顶帽子好不好？"团长接在手里说："你这帽子哪来的？"王学明说："土匪头上的。"团长把自己的狗皮帽子拿下来，把狐皮帽子戴在头上，正合适，把狗皮帽子递给王学明说："换换吧！"学明咧嘴一笑，把团长的狗皮帽子戴到自己头上。我们两个大个儿一直跟着团长，看来他是有意把这好帽子留给团长的。

在柳氏明屯战斗结束后，紧接着到松花江北打张家糖坊、木兰县城。攻下木兰县城，在此过的春节。正月初五由木兰出发，去攻打通河县。在江北往张家糖坊进发时，当时可能已到阴历腊月，我觉得很冷，过松花江时，看不出江的模样。夜间只看到雪茫茫一片。大车马匹就像在平地上行军。过了江往西去，张家糖坊属木兰县，在木兰西，巴彦县东。在离张家糖坊不远时，大约午夜已过，在道边屯子里找来一个向导。团长问他："张家糖坊外围有没有人家？" 向导说："东面小岭上有一户人家。"团长说："好，你就带我们到那户人家！"向导说："那围子里不开枪打吗？"团长说："我们打他，他打什么？少啰唆，走，就到那里去！"

团部到达那户人家时，天已亮了。部队已经攻进了围子里。我站到这，能看到屯子那面有些人，像是屯子里逃跑的土匪。团部进了屯子，连队正在围攻一个大院，由前屋攻到后屋。敌人没剩几个人，还在顽强地抵抗。后屋的后面，靠外围墙处一个夹道，通向围墙西北角的炮楼。敌人节节抵抗，最后退到进了炮楼，仍不投降。天快要黑了，炮楼里向外喊话："你们别打啦，这里就剩我一个人啦，副司令他们都跳墙跑了，我投降行不行？"我们说："行，你把枪扔出来吧。"他把枪扔了出来。我们说："你出来吧。"他哆哆嗦嗦出来了，原来是一个十四五岁的半大孩子，他说："我是副司令的勤务员，他们都跳墙跑了，我不敢跳。"

这一次正头儿是捉住了，据俘虏讲，正的不起作用，全是副司令张罗的。这个司令小个儿，50多岁，白净子，留着日本胡。部队出发时，到离屯子不远，就把他枪毙了。回头又去攻打木兰县。木兰县有一个有名的匪首李华堂。配合我们的一团九团没有什么战斗力，我只去过一团送过两次信，大麻子副团长，是姓傅还是副职不清楚，也没见到过正团长。据说他是抗联时的干部，吸用废报纸卷的烟卷，有一次还给了我一支。我一看,是机器卷的扁条烟。那时部队什么烟都没有。我吸着比伪满时次一点的烟还好抽。我们团长、政委都不吸烟,这种烟我只见他一人有。我们当兵的很少有人吸烟,像我这岁数大的吸烟,只有向老乡要点旱烟,用纸卷着吸。我就是那时学会用纸卷烟的。记得在一户朝鲜人家,一个朝鲜人教我用纸卷烟。我们侦通排也就我一个人吸烟。

长水于1956年

木兰县周围屯子也有小股土匪,只有一个一个地收拾掉。这时我感到身体不行了,我向团长提出:“我这个通信员干不了啦,要求上炊事班。”张四参谋找我谈:“现下战斗任务紧急,正在用战斗人员的时候,不能调动,等打下木兰县再说。”我的气管炎就是这一时期中得的。我哪受得了那个天气,毛线帽子外加狗皮帽子还冻得脑袋生疼。打木兰时,我们部队已有了几门大炮,三八野炮和重型迫击炮,开始先用大炮轰,配合一团攻城。迫击炮弹能落在城里,野炮打在城墙上只能打个窟窿,炸不倒城墙。实际都起不到多大作用,只能给攻城部队助威。一团攻了一天也没攻进去。第二天我们七团围城查看攻城地点,一上午也没找着合适地点。这时我看到一个马车装着几具遗体跟着部队,专等拉遗体的。马车上的遗体是一团进攻牺牲的。

我们团部来到了一个高冈上,看到木兰城墙森严,上面岗哨还向这面打枪。这时团长派我到城西面那个屯子联系一下,邢参谋长带一个连在那里。政委又对我说:"你告诉老邢别傻拉咕唧的把部队拿上去下不来!"

我就下了岗子顺着一个小河湾圈儿,奔城西那个屯子。在离那个屯子不远的地方,发现有一条大沟,我就顺着沟往里去。拐弯后直冲着一个炮楼不到百米远,我就趴在地上,探头看到炮楼里的机枪口了。我缩回头爬了起来,出了沟到了这个屯子,问了岗哨,找到了邢参谋长。他侧卧在一个老乡家土炕上,根本就没有攻城的打算。还有一个老乡在恳求他给点药,说:"我妈出屋拿柴,被城里开枪打伤了。"邢参谋长说:"这会儿我们队伍负伤都没有药,哪来药给你?等等我让人想办法!"我向他传达团长、政委意见:"没有有利地形不要进攻。"他说:"知道了!"

我顺着原路回到团部,报告了邢参谋长的情况,又说那块有条大沟,能通到城墙根。团长急得问:"这条沟能装多少人?"我说:"能装1500人。"团长说:"从这里到那条沟部队能不能暴露目标?"我稍思考了一下说:"从这高冈下面进入小河沟,再通过一个大桥底下,仍顺着小沟,往右拐就进入大沟,不能暴露目标。"团长说:"好,你头前带路。"一方面集合队伍出发,又派人报告司令部,让炮队打炮。

在部队还没进沟时,来了一个通信员,对团长说:"司令部命令你们马上进攻,攻不下来要你团长的脑袋!"团长说:"好,好,我马上进攻,你回去告诉司令部,看我们发出信号弹时,即停止打炮。"

要团长脑袋这话,我当时听着有点刺耳,然而这是上级命令,就得听从。部队进入大沟,正在组织冲锋队伍时,一个炮弹落在沟崖上边,只离沟几米远。我头一回听到炮弹的响声这么大,心里话:差这么点,要是落在沟里,我们这个冲锋队如何?可是看到乌乌泱泱的队伍,却无人注意这炮弹的响声。

这次组织两路冲锋,首攻是警卫连,由一个副连长带领冲锋,预备队也是一个连,由一个犯错误的排长,才从笆篱子出来的,带领冲锋,他扛了一挺机枪。

大沟头上右边有个小沟,出了沟到城墙下有一段平川地,由十连在这冲锋,带领冲锋的干部,临时由团部王政治干事担任,大概团部觉得十连长不能胜任吧。

团长用喊哑了的嗓子做了临时动员，这时邢参谋长也来到沟内。天有点黑了，信号弹打了，有5挺重机枪掩护冲锋。大炮一停，只有机枪响成一片。我看到有一挺机枪跑到沟子那边，射手和续子弹的占了有利地形。那个背子弹的趴到射手下面，却不大得力。敌人射来的子弹直打得他脚下尘土飞扬。他不住地往上蜷腿缩脚。

警卫连冲上去了，预备队这个犯错误的排长扛着机枪没动。邢参谋长跑过来喊："警卫连都冲去了，他妈的你怎么还不冲！"这位排长也不示弱，说道："他妈的你下命令了吗？"这个时候参谋长才喊："命令你们冲！"警卫连副连长在内冲到炮楼下的只有五个人，扔进去一个手榴弹，敌人已下墙子逃跑了。预备队冲锋时，敌人已逃。十连上来小沟，虽然经过一段平川地才到城墙根，没有伤亡。这时团长在大沟小沟之间的三角地带喊："敌人跑了，快冲啊！"后续部队都冲进了城里。后边紧跟着来了担架队。我看到冲锋的沟里横三竖四地躺着不少人，就告诉担架队："要先抢活的。"

1951年爷爷于哈尔滨市

天已黑了。一个躺在那里的战士嗓子还嘿儿喽嘿儿喽的。我招呼担架："这里还有个活的。"我想这次究竟伤亡多少人？一个连冲到炮楼根下的只有5个人，是不是其余都伤亡了呢？我看在沟里躺着的不超过20人。我想冲到半道卧倒的一定有。一个连在冲锋时少说也有七八十人。据说敌人在炮楼里有3挺机枪守着这条沟子，总之这一个连伤亡是惨重的。我给担架队说完话，也就随着团长他们在炮楼一边一个墙豁口子爬进了城里。

我们从西南角攻进了城，敌人从东北角逃跑了。我们进了木兰的第二天或第三天就过春节了。进了木兰我就被调到炊事班，当副班长。张四参谋说："到炊事班，生命保险点，不过我们战斗任务繁重，有时炊事员也要参加战斗的。"

炊事班住在一家姓陈的家里，他们正忙着贴春联，准备过年。正月初五，我们团由木兰出发，往东去打通河县城。木兰到通河县100多里。在半道上几乎所有屯子、镇子都有土匪，都得经过战斗。我们炊事班总随团部行动。到了做饭时，即开始做饭。在行军时，扛起枪成了团后勤的警卫班。我记得在攻打一个屯子时，团部刚进屯子，一个连长手提着匣子枪，火不愣登地找团长来了："团长！我们连很好的两个战士被咱们的人炸死了，你得马上给我找出这个人来！我枪毙了他！我们这两个战士已攻进了院内，后来的人不分青红皂白就往院里扔手榴弹，就把两个战士炸死了！"团长说："同志，不要急，我马上给找！你回去照顾好你的部队！"他硬要团长马上找出来："我要亲自枪毙！"团长说："好，好，我马上就找，你得赶快回去带领你的队伍，前面还有敌人等着我们！"他只得服从走了。

我们这次攻通河县城是东西两面夹击的。东面是合江地区剿匪部队，我们是松江地区剿匪部队。在离城不远时，已经看到通河县城墙了。正准备攻，得到来信儿，说通河敌人已经逃跑了，东面部队已经进城，我们就不进城了。由此我们拐向北去攻打东兴县。

在这一道上没遇到敌人。离东兴不远时，得到的信息是：东兴的敌人向我们投降了。东兴的敌人都是马队，有300多匹马。我们进城后改编了一个骑兵团。他们原班人马没有动，我军只派去一个副团长。这个骑兵团在1946年末或1947年初，我军三下江南时，他们打死了副团长，投降了长春国民党，这是后话。当时东兴解决得很顺利，到此松江地区的土匪都集中到五常县的小山子镇。我们团在东兴住了四五天就往回返，经过木兰、巴彦，过了松花江，直扑向小山子。

小山子是在长白山后面，这时骑兵团也跟我们一起参加了攻打小山子战斗。另外还有九团一团，还有炮兵。在行军的路上，看起来是支很壮观的队伍了。小山子也不过几百个土匪，还不一把抓。天快要黑时，到达小山子，进行了包围。开完了饭，也没休息，就开始进攻。足足攻了半宿也没攻进去。事后我听团部的工作队员讲这次进攻情形，因当时工作队带领担架队紧跟在冲锋连队的后面，这个冲锋的是四连，刚往前运动，连长就牺牲了。这个连冲上去后，只下来了三五个人。接着又把五连拿上去。五连大部分是新兵，冲到墙根也没冲进去，退下来20多人，有一部分没死的趴在墙根下也不敢动了。以后土匪们看我们不攻了，把这10多个活的擒到围墙内做了俘虏。这个工作队员说："土匪喊他们说：用绳子把他们滑到墙内……我们在外边听的清清楚楚，真惨呀！"

停止进攻时也不过午夜时间，没有攻下来，只得进行围困，天天往里打炮。小山子周围屯子很少，有屯子也很小。这个山沟子地方，人十有八九大骨节病，曾有人形容小山子人，走道跩落跩落和鸭子走一样。问他一天能走多远？回答一天还不得30多里地？我们团部七八十人驻了一个小屯子，七八户人家，没有水井，一个小泉子，天天淘得干干的。我们炊事班只得上野地里打扫雪做饭。吃饭更难，没有筷子，只得弄些草棒子。没有碗，瓢、盆、笊篱、勺子都当碗用。我们团部如此，其他连队可想而知了。晚间我们七八个人挤在一个小草棚里。足足围了五天，敌人有两次突围都被打回去。

这一天刚黑，有几个连队在团部集合，进行第二次进攻。这时我看到战士们个个眼睛红红的。这次是警卫连从东面攻，七连从西面攻。这两个连可算是七团的硬连。四连没了，五连垮了，打了这么多战斗，没看到八连，可能是留守滨县了吧。这次进攻，团部后勤人员包括炊事员、马号在内，组成了第二冲锋队，倾巢而出，紧紧跟在七连的后面。当冲锋的枪声打响时，我们都趴在地上，只听子弹在我的头上身边呼啸。我们炊事班左边有一头牛，一个饲养员坐在牛的后面。他没有趴，大概认为有牛挡着吧。可是牛没有被打倒，他却被打倒了。

子弹呼啸不多一会儿，就听不到了。我抬头往前看了一看，既看不到人影，也听不到动静。我站起来向一旁的管理排长说："我们冲进去了，赶快往前去吧！"他说："不忙，等一等！"我又说："人家都冲进去了，我们还等什么？"

我说这话时，镇东南方向，机枪响成一片。当时我估计这是骑兵团在打逃跑的敌人。我想枪响得这么密，敌人能逃掉多少？我们进了村里，战斗已结束。我们班住进了一户人家，准备做饭。天也要亮了，可这户人家只有一个中年妇女坐在炕头上，炕中间有一个炮弹洞。她说："我当时坐在这炕上，只觉得炕一震动，轰隆一声，房上尘土纷纷下落，屋笆蹽了个窟窿，炮弹落到街那边房顶上炸了。这颗炮弹是由围墙房墙蹽进了炕洞，由炕洞上蹽房顶，又前去过街房顶炸的。好家伙，炮弹遇到硬的也会拐弯前进！"

1957年爷爷与父亲

这次战斗伤者不知，死者72人。不过几百土匪，我们为什么伤亡这么惨重？主要是任务紧急，部队走了一天，没有休息就开始进攻。据俘虏讲，我们正攻在土匪重机枪口上，这挺机枪射手又是一个有战斗经验的日本人。当他们下了墙子要逃时，我们损失了两个连却不敢再攻了。当政治部主任审问五连被俘人员时，因政治部和我们炊事班住在一个院子里，我看到这10多个被俘者的狼狈景象，真使人心酸。政治部主任问他们："国家发给你们枪支，为什么阵前被俘？"被俘代表（班长）答："我们冲到围墙下，墙高，爬不上去，看同志们都倒下了，我们趴在地上，机枪打得我们抬不起头来，就这样被俘了。"政治部主任问："土匪对你们讲了些什么？"这个班长说："土匪头头说：说我们是土匪？你们看看我们是土匪吗？我们是中央先遣军……"以后问了些什么，我也不知道了，我得忙做饭去。

死者就地掩埋，连追悼会也没开，就急忙往哈尔滨进发。这时已得到消息,李兆麟将军在哈被害(李兆麟为“抗联”领导,1946年3月在哈尔滨任松江省副省长时遭国民党特务杀害)。部队再不进哈尔滨是不行了。离哈尔滨三四十里时,又遇到“地主大排”的抵抗。我1970年下放到红旗公社旭光大队搞运动,八家子先遣军三军六路总司令就是旭光那屯子人,姓关的,名字忘记了。他儿子关永胜是旭光大队二队社员。还有个女的关淑秋,是团长。还有个关吉昌,也是团长。这些人我们打八家子都没捉住。后来跑到长春国民党那去了。这是我在旭光大队搞运动,在大队查档案上又看到的。我们进哈尔滨前,在这和“地主大排”打了一天一宿。大排的迫击炮弹不住地落到我们阵地上。我趴在一个柴草垛下面,看到炮弹都打过了,稍再近点,就落到我们身边了。进攻的部队还在我前面,离炮弹太远。到了夜间,部队一进攻,就听到枪声大作。迫击炮不响了,已被我们缴获。

进哈尔滨是1946年的4月间,我们在夜间进入偏乡烧锅大院,命令部队白天不准上街,出去办事都要换便衣。我这炊事班长有时出去整粮或买菜时,换上便衣,混在老百姓当中,听他们讲,还不公开讲,用手比画一个“八”字说:“这个点子!周围40万包围了哈尔滨!”我听了心里感到,我们的部队有这么多!了不起!

在烧锅大院住了四五天,我天天忙活着做饭、蒸包米面窝窝头。在这里我学会了做窝窝头。有时也煮高粱米饭。可是人家烧锅工人天天吃白面馒头。管理排长告诉我们说:“烧锅上大米白面有的是,让我们吃,我们不能吃,这是政策!我们必须吃自己带来的粮!”

有40万八路军①包围了哈尔滨,国民党接收大员听了这个风声,虽然他们对政权进行了组织,但没有正式武装部队,也就逃走了。

我们的队伍正式开进市里。我们七团首先占领了南岗市中心北方大厦。当时来说这是哈尔滨的制高点,也是哈尔滨最大最高的一所楼房。连我们炊事班也住进了这里。我记得我还登上了五楼顶看了看,心里想在这里住下倒不错。

可惜只住了两天,就到道里去了。我们进哈尔滨不像老乡讲的那样:40万。我看连4万也没有。七团仍是主力部队,我没看到有什么其他的部队。在道里住时,国民党已占领了长春,在长春撤下来的八路军部队，都是在关里来的。他们到了哈尔滨，看样子疲惫不堪，一进房子在屋地上铺点草倒头就睡，好像到了自己家一样。有的人和我们炊事班争房子，一个同志拿着个草帘子铺在我们灶前就要睡，我说："不行，你在这睡，我没法做饭！"他拿着草帘子上别处去，我说："这草帘子是我铺着睡觉的，你不能拿！"我就从他手里夺下来。

又过来一个像是小头头，指着我鼻子说："没有你这一护的！"我听他"这一护"（这一类的意思）的口语和口音，百分之百是我们沂南近乡人。无疑这是山东来的部队。但是我说："这一护的怎么了？我得做饭，我也得睡觉！"他生气地走了。在院子里我们七团有个老会计大吵大嚷地说："哈尔滨是我们打出来的！"这意思也是说，在这里住，我们是有优先权的。

是的，哈尔滨没有我们七团艰苦剿匪战斗，不会顺利地到我们手中。七团八团其实是一个团。八团带领一个营去双城一带也进行了很多战斗，后来我知道八团就是《林海雪原》中打坐山雕的那个部队，进哈后又和我们七团合在了一起。一个团对全军来说，是一个很小的部队。在剿匪战斗中，人数伤亡过半，拿下哈尔滨即成了东北后方根据地，也是解放东北的资本。

我们进了哈尔滨，才有了派两万干部下乡发动群众参军，兵员有了补充，才有力量三下江南（松花江）。三下江南时，七团已编入独立四师，

母亲与长水 1956 年 9 月在济南青年桥边

三次过江，这个团都是主攻团。尤其攻打德惠。德惠是国民党新六军，我们这个团是由南面攻进城里，打到中心街时，由西面攻的一个团才刚攻进城下。这时国民党指挥部退到车站一个火车头上，对城里居高临下，对攻进城里的我军很不利。正在这时，一个命令撤退，往城外撤时伤亡很多。王政委也负了重伤。新调来的团长姚克，政委进了城，他却没进城，事后姚被撤职。这是我们医院留用的一个伤员张志强讲的，他就是在德惠往外撤时负的伤。他说往城外跑时，一个小60炮盯上了他，他趴下往外爬，小60炮盯住他不放。他说："一个炮弹落在跟前，把我炸翻了，我也迷糊了，苏醒过来时，棉袄也炸开了花，腰间血淋淋的，只得一点一点地往外爬。"

打德惠的战斗，当时报纸上是这样说的："是攻城打援消灭国民党88师。"张志强伤愈留用医院当会计，后升管理员。我当时在医院当司务长，后当给养员，与张同事两三年。他还讲第一次过江，林彪的战术是大步前进大步后退，第一次过江是打其搭木，消灭国民党一个团，结束战斗赶快撤退。可是国民党把吉林小丰满的水闸打开了，他们退到江南岸时，江里的水已来了。部队只得蹚水往北撤，那是最冷的时候，水在冰上面流。他说："他过来时，水已到腰间，棉鞋棉裤都湿透。"那是1947年1月间，松花江里冰冻三尺的时候。三下江南在这个严寒的气候下进行，国民党的兵员都是南方人，当时我军的兵员都是北方人和当地人，又加当地人民的支援，所以国民党这个仗即使能打得了，也难逃灭亡的命运。

我们在道里住了不几天，就搬到南岗住下来。那时苗廷修三爷爷②，也就是广信的亲爷爷，还在哈尔滨道外住，我曾两次去看他。三爷爷也来部队看我一次。三爷爷那还有我们本家的两个小姑姑，三爷爷就和小三姑家住在一起。小三姑大约比我小10岁左右，她又比她男人大五六岁。她婆妈我看比我大不了几岁，却在奶奶辈儿上。当然我也没叫她奶奶，她也毫无怪我的意思。她们是开饺子馆的，有名的老独一处。我去时已停业，还是包饺子给我吃的。三爷爷说："你当这个兵不危险吗？再上前方打仗时，别干了，到我这里来！"我说："看情况吧。"他一个亲戚说："你们打不过中央军，中央军有飞机大炮坦克，反正你们八路军不怕死就是了。"我第二次又遇到了他，他说："你们八路军真尿性，硬阻住中央军打不过来。”

我们进哈尔滨无疑首先发动群众。不到两个月时间，就开群众大会,枪毙了哈尔滨有名的两个大恶霸姚锡九、李九成。老百姓反映说:张作霖时期没治了他们,日本人来了也没治了他们,八路军来,敢把这两个人枪毙了,真行!”自此取得了哈尔滨人的信任,在这以后哈尔滨参军的人很多,我们炊事班还来了两个新参军的炊事员。上边说的张志强,就是这一时期参军的。

第三部分:到松江军区医院随军南下进关

在哈尔滨,1946年9月，七团抽出一部分连排干部到通河干校受训。七八十人集中一起,也临时成立了一个伙食单位。各连队抽来了6个炊事员,我被抽去当司务员,带着6个炊事员,随这个受训队,到了通河干校。

兵马未动粮草先行,80多人吃饭,我得忙活在前面,整粮买菜。当我们到干校时,校的各种组织还不健全。校部只有校长一人。我先整粮,再要钱。粮,校长写条到某处要。钱是校长从他睡觉的床被下拿给我的。

10多天以后才开学,我们的学员编为二中队。以后有了校务处,我才由司务员改为司务长。司务员不是干部,司务长是干部。受训的连排干部一律称学员,中队长是校方派的,属营级干部。一个中队就中队长和司务长是干部,进出门岗都敬礼。

我常到校长那办事,有一个常到校部串门的军人,他就是王奎先,就是我们从安东往北来,过长春那晚上,跳起来问我们是哪一部分的那个首长。在三下江南时,他就是独立四师师长,有时在路上遇到时,总是先给我打敬礼,我只得马上还礼。

干校是师级单位，校长陈欣是个师级干部。校务处处长是团级干部,在检查我们这些司务长的账目时说:“你们这样记不行。”因为我们都是按现在的记法,自上而下横写。他说:“你们这样记容易改。记账得自右向左大写。”还写了两行叫我们看。我心里话,这是过去的老记账法。事后我们仍按我们的记法,他也再没有检查。

学校开学编了四个中队,一二三队是军队来的学员,四队是地方来

爷爷苗广顺(左二)1949年11月摄于长沙

的学员。我们二队学员都是七团的，七团八团合编在一起仍称七团，在编入独立四师以后称什么团，我就不知道了。由此看来，1946年进哈尔滨的，也就是七团为首的几个团，并没有其他大部队。

1946年末第一批学员结业，在第二批学员没来之前，我们这些司务人员集训了一个月。在开学不久，我仍在二中队当司务长。不久我们有三个司务长被调往尚志县松江军区医院。

我调走时，有个姓齐的司务长接班。他是由哈尔滨军区调来，说起七团情况，他很熟，说：在东兴投降过来的那个骑兵团，在三下江南开始时，把我们派去的副团长打死，投降了长春国民党。还有七团那个邢参谋长，带着两个女的往长春逃跑，被抓回枪毙了。据说邢过去也是国民党57军过来的。

我到了尚志县，是新成立的医院，四个所。我在二所当司务长。1947年3月份，三下江南的大批伤员下来了，各所都塞得满满的。不久四个司务长被伤员打跑了三个。因我是部队来的，没地方跑，也不能跑，对伤员无理取闹打人时，我的态度也很硬，理直气壮地和他们讲。有时真顶住了，也没有挨他们打。可是所长背后告诉我说:"你对伤员态度不能那么硬。"

可是不久这个所长也受不了,带领七八个护理员,跑到院部不干了。由于伤员难管理,就在伤员中留用伤员当干部。在大量接收伤员时,曾见到我们七团军医到医院慰问伤员,他问我在这干什么?我说当司务长。他说:"伤员在尚志医院两个所里有,在一面坡医院也有。"就忙忙活活走了。看来三下江南中,这个团伤亡是很多的。

我记得在通河干校时因公回过哈尔滨一次,在街上遇到过原七团刘团长。他一个人在街上溜达,看样儿情绪不高。他问我到哪里去了,我也问他现在哪里,他说:"已调到九团。"这是我离开七团后第一次见到团长,以后再也没见到他。

在尚志医院,由三月到六七月间,伤员基本上没有多少了。医院由四个所并为一个所,从一面坡医院排下来,称为三所。我也被并到三所,仍当司务长。其他解役或调走。

三所由伤员留用的所长姓李,在部队是个连长。我和他闲说起来,他在山东参军时,就是参加的鲁南抗敌自卫军。他说参加不久就并到八路军了。我问他梁司令员哪去了?他说被送回家了。提到邱维周,他也不认识。

我到尚志就听说,城关区来了个区长,叫赵国栋。因医院常和城区有联系,我曾因事和区长打过电话,听他说话口音,像我认识的那个赵国栋。在鲁南抗敌自卫军时,我是一连二排长,他是三排长。因他岁数较大,不久即调到后勤去了。我又问李所长:"赵国栋是否也是抗敌自卫军的?"他说:"是,老同志。"可是我一直没好意思去见人家。

这位李所长知道了我也曾参加过抗敌自卫军,以后对我很亲近。

不久这个所准备随军南下。在离开尚志后,人员进行了补充。新调来一个协理员,随协理员来的伙食管理员潘殿臣也是伤员中留用人员。医护人员也补充了一些。原来的所是连的单位,现在为营的单位,也叫随军医院。1947年末或1948年初,到了江南(松花江)。这时我军对长春已经包围。我们医院归松前指挥部也叫围城司令部领导。

这时我和罗连长,带着十多个医护人员和三个炊事员,到德惠接收一批伤员。这部分伤员是在吉林国民党60军往长春逃跑时,我军阻击战中负伤的，有七八十人，都分散住在老百姓家中。看到我们也是部队的，都像见了亲人一样，向我们诉起苦来说："我们负了伤，也没人照顾，天天吃不饱。伤员不是病号，每人一天1.6斤大米，老乡做时还有锅巴，哪能够吃！"

德惠刚解放不久，我们和县政府联系，首先把伤员集中一起，吃的问题，要发动群众，对伤员进行慰问。可是县里有些行不通，这也难办，那也不行。我们去了，伤员也有了本事，就把县长打了。县里没有办法，才答应发动群众慰问伤员，大米由1.6斤改为1.8斤。不过我们工作人员还是1.6斤高粱米。

当伤员们集中，我们开始做饭时，伤员问我是否分着吃？我说："不用分，要吃饱。"

刚开始我就告诉炊事员："按数量要多下点米。"

开始还真有点不够吃，过了几天就够了。我在登记伤员，发负伤费时，有一个小伙子，问他哪一部分的，怎么问也不吱声。旁边一个伤员说："他不是我们军队的，是国民党60军的，这小子可尿性啦，他枪里没有子弹，被我们包围，他也不缴枪，用枪托子砸伤了两个同志。后来朝他大腿打了一枪，才捉住他！"

国民党60军是云南龙云的部队，出国到缅甸作过战，到了东北，我们都叫他"60熊"。在长春起义，撤到九台时，我们医院也在九台，还演节目慰问他们。正演着，他们队伍里吵吵嚷嚷一阵子，据说一个连长总是不服，说："凭我们，来投降他们这样的军队！"后来据说这个连长自杀了，是真是假不知。总之，他们是看不起我们这个军队。

我们在德惠，接收这批伤员，很快完成了任务，即回到了前方医院，九台县二道沟。因完成任务好，我在这入党。负责向我谈话的就是罗连长，介绍人是"摔子"潘殿臣、"歪把子"李清林。他们都是伤员中留用人员，潘殿臣是管理员，因他是左臂负伤，不好使，大家叫他"摔子"。说起来，我在丹东时，八道沟里打死一个骑自行车的人，就是他打的。那时胳膊还没负伤，枪打得准。李清林是指导员，手腕负伤，愈后手歪歪着，就像日本人的歪把子机枪一样，大家叫他"歪把子"。这时是1948年6月③。

这时正准备打长春，松前指挥部开会，我还去参加一次会，司令员

全国人民慰问人民解放军代表团赠
1954年2月17日

陈光(抗战时期115师代师长,与罗荣桓率115师一部进入山东,抗战胜利后率部队去东北)讲的话,大意是说:长春打不打?一定要打!什么时候打?时机成熟了就打,我们一定要做好充分准备!长春围困时间很长,由1948年初直到1948年10月,长春没打,先来了打锦州的信号。60军起义,长春解放。我们医院仅仅到了长春东郊,正准备南下时,又接到了辽沈战役下来的一批伤员,有七八十人。我们负责很快把这批伤员转移到吉林去。七八十人,担架队30来人,一个司药,两名护士,我这个司务长是总负责人。用了五个车皮,火车初次通行,一路老停,走的慢,心里干着急,又怕伤员闹。

到了离吉林不远的时候,一个重伤员,吵吵巴哄地喊我说:“司务长,你姓苗我也姓苗,你过来!我使皮带抽你两下子!”护士说:“那个重伤员是苗连长。”我对他说:“为什么要抽我?”他说:“你为什么不给我弄水喝?”我说:“准备的水喝没了,在这车上无处弄水。”他大喊:“你过来!我使皮带抽你呀!”我说:“你抽也抽不出水来,快到吉林了,我也不过去让你抽!”他只干号了一阵,也没办法。

干这工作真是提心吊胆,对伤员必须打不还手骂不还口。到了吉林,如果交接时出问题,那就更糟心了。

好容易盼到了吉林,向院方交了介绍信和伤员花名册,就恐怕对方审核时提出问题。可是很顺利,对方接收了下来,开了回条。我的心才放下来。

在去沈阳的路上,遇到了一帮俘虏兵,有四五十人。我们往西南去沈阳,他们往东南去抚顺。押送俘虏的是朝鲜人,那个疲惫样子,几乎分不清俘虏和押解者。不过扛枪的押解者,他们的衣服还不如俘虏兵的新鲜。

因那时我们东北解放军的衣服都是再生布的，在战场上一滚爬，就不像样，有的破了露出棉花。再加睡眠不足，个个无精打采。我们后方人员和他们比较，简直是些少爷兵了。因为我们的棉衣发的较晚点，又没有在战场上滚爬，较新。可是在通河干校时，1946年末到1947年刚转过年来，我的棉裤膝盖已破得露出棉花，上街上买菜，觉得很不好意思。调往尚志医院时，还穿着开花棉裤，身上的虱子就更不用说了。伤员一来，就动员妇女给伤员洗补衣服，我这当司务长的才沾个光，让她们洗补洗补。不像在电影上看到的，胜利的军队雄赳赳气昂昂的样子了，实际战场上的士兵，不管是胜者败者，当然败者更惨，真是人不像人，鬼不像鬼的。

在离沈阳不远的地方，遇到了七团的老许同志。我在七团当炊事班长，他在团后勤当马号，我们很熟。他现在也挎上了王八匣子，也就是日本人的手枪，带着一帮大胶轮车南下。那时我们后勤人员，排级干部都使用王八匣子，也叫匣撸子，它的枪套就和王八盖一样。他奔沈阳城西，说："部队参加了大虎山战役，也就是辽沈战役。迟玉廷排长和小张排长都牺牲了。"我问："迟排长是在哪牺牲的？"他说："打九台时牺牲的。那时已是连长。九台县西南角有一个小山包，上面有地堡。战士送了几次炸药包没送上去，大家在研究如何送时，他却背起炸药包冲了上去，半道上牺牲了。"他接着说了迟玉廷的许多英雄事迹。迟玉廷在长春外围搞侦察工作时，能和国民党的侦察员混在一起吃吃喝喝，对长春国民党的情况都能了解到。在未打九台前，他通过一个女人到九台城内侦察。九台车站是长春去吉林的中间大站。因这个女人看中了迟玉廷这个小伙。迟也利用这个女人进出九台了解情况。1947年，迟玉廷21岁，由侦察排长升为侦察连长。小伙长得很帅，小白脸子，细高挑儿，1.70米左右。待他把侦察情况搞到后，这个女人向他求爱，他从腰上抽下皮带，把女人一顿好揍。女人到团部把他告了，连长撤职，关了半月禁闭。打九台时放出来，仍当连长。就在九台西南小山包牺牲了。小张排长是在攻城时从城楼上掉下来摔死的。

我们到沈阳住了一宿就出发了。从沈阳往西，一路上有些民夫车队往回走，一个车夫在那吵吵巴哄地讲："这仗打的，真了不起，太神了，竟消灭了国民党47万！"老百姓这话意味着这个仗打得太神奇了，这个胜利使人难以相信，可事实又摆在眼前。”

我们医院跟随着大军进关。1948年底来到天津城西杨村住下。这时正处在对北平天津已经包围，1949年1月1日打的天津，天津解放，北平和平解放，我们医院进天津接收了国民党的一个医院。医护人员都已散了，只剩下几个无家可归的人。伤病员也寥寥无几，但接收了一批医疗设备。④

在天津住了5个月，到了河南驻马店、郑县、漯河，正是天气最热的时候。有些人受不了热，老在河里洗澡。有的晚间还到河里去洗。有一个叫石秀峰的日本护士，就是在河里洗澡淹死了。小伙子水性很好，身体也很棒，不知怎么就淹死了。他有个对象，叫小池的日本护士，虽未结婚，但哭得很伤心。以后我再到河里洗澡，就不敢再向对岸游去。

在河南这三个地方住了三四个月，直到中华人民共和国成立。然后到了武汉，再到长沙。自进关以来，直到长沙，一路上也没接收伤员，只有零散的几个病号。进关一路也没遇到我们七团的人。我们到长沙时，部队已解放海南岛。在长沙接收了一个美国的协和医院，还有十多个医护人员，所以在医疗设备上，给后来的哈尔滨211医院打下了基础。1950年，我们由武汉又回

1958年父亲母亲和孩子们

1950年华北解放纪念章

到了哈尔滨。在哈36医院，归第五医管局领导。有一次汪浩局长在大会上说："从关里来到东北时，看到我们的部队，哪来的那么大的力量?!"我真有些想不通，局长师级干部老同志，都弄不清我们的力量是哪里来的?

八路军到东北哪来的那么大的力量?日本投降，国共两党抢占东北这块生荒地，八路军抢先了一步，尤其这支胶东部队。百万日军的装备几乎全落到了八路军手里。已到东北的军队迅速扩大。拿我们七团为例，在胶东一个营，到安东就成了一个团，到哈尔滨分成两个团。在七团剿匪中，外带一团九团，后又加一个骑兵团，还增加了一个炮队。剿匪完了，到哈尔滨以后，七团为基础，成立了独立四师。我刚参军时老同志讲(其实都是十八九岁、20来岁的小同志，因为他们是在关里参军，我就称老同志)：有一个排与部队失散，走到了沈阳，正赶上苏军缴获了日本人的一车皮武器，就给了这个排。这个排就地招兵成了一个团。我在盖平去安东时，火车上押车的都是新参军的兵。派两万干部下乡发动群众土改、参军和剿匪同时进行的。到国民党攻占长春时，我军既完成了剿匪任务，土改参军运动也发动起来了。兵员有了补充，又有了支援前线的民夫和物资，才有三下江南和四保临江之战，我军由退却、相持转为反攻。抢先一步既得到了日本的武器又得到了东北的人民。

我记得我们七团刚到滨县时，我们房东的儿子就被动员参军去了。八连攻下滨县不仅仅得到这个县城，也得到了日本人的火药库和滨县的人民。八连仅仅一百二三十人，就把七八百胡匪赶羊群一样赶出了滨县，听起来像神话一样。胡匪是没有战斗力的，可是他们也是打着中央先遣军的旗号的。在辽沈战役中，可以说那是战斗力很强的国民党正规军了，也落了个就和羊群一样做了俘虏。有一个担架队遇到一帮四五十人的国民党兵，这个担架队长大喊说："你们跑不了啦，这四外都是八路军，趁早投降，我领你们去见八路去！"就这样被领着交给了部队。当时参加辽沈战役部队，可以说80%是东北人民新参军的兵，支援前线的担架民夫也是东北人民，这些东北人民中有百分之多少咱山东人、沂蒙人？恐怕不在少数。军民融为一体，消灭国民党一定是成群成帮的，47万也不算什么。

写这些东西，写写停停，有时不想写了，或是不写总在脑子里翻来覆去不能忘掉。80多岁了，个人这段经历如不写它，死后就无人知道了。我也想让人们知道七团的战斗历程，不仅打胡匪敢打敢冲，就是三下江南这样大的战斗中也是敢打敢冲，成为主攻团。继三下江南又参加了辽沈、平津两大战役，直打到海南岛。两大战役、打海南岛，参加兵员有百万，一个团就微不足道了。不过我这一个兵是在下边往上看的，就写这么多了。

关于这一次当兵的复员问题，反正是服从组织决定吧，要我回家时我就走，不要我走时就不走。那时我总是对自己的身体发愁，考虑回家恐怕干不了什么工作，另一方面，我又不愿在家门口工作。⑤

注释:

① 那个时候北方的老百姓仍然习惯把我们的部队称作"八路军"。

② 前面有关苗家庄闻名的人和事的歌谣中有一句：苗廷修的牛，角大脖子长。苗廷修是我老老爷爷苗廷扬的亲弟，排行老三，歌谣主要是说他农业不在行，喂的牛瘦。这位老人闯东北多年，最后又回到故乡，我父亲苗得雨离家时，他还健在。

③ 我父亲苗得雨在沂南家乡也是1948年6月入党，父子俩同年同月入党。但这时爷爷还没跟家里联系上。

④ 此时爷爷已和家中联系上了，前面说过，我父亲苗得雨1949年4月出席全国团代会时，会议代表一起到天津观看了四野特种兵团表演。但爷爷已经南下，没有见到面。

⑤ 我爷爷苗广顺1954年10月由驻哈尔滨陆军36医院转业，到哈尔滨木材公司工作，第二次当兵九年时间。

第十三章
我有一棵榆树

苗长水说——

其实那时我自己根本不记得什么时候种了棵榆树了，大概是我一两岁在老家时，从外边刨回来，种在院子里的。奶奶和老奶奶却记得这是我种的，可以说费尽千辛万苦把这棵小树保存下来。

1982年奶奶病危时，是我和母亲先回去的。那是改革开放之初的年代，那时常常看到有些人重新继承遗产，感到一种不由自主的羡慕。因为像我们这样的人家是不会有太大的金银财宝遗产可以继承的，这毫无可疑之处。祖籍沂蒙山的人，从民国往这，很少有发大财的。所以母亲在“文革”后第一次回老家，回来后对我说：“你小时候种的那棵榆树，现在都长成棵大树了。”当然心里就突然有点继承了什么财产的感觉。

其实那时我自己根本不记得什么时候种了棵榆树了，大概是我一两岁在老家时，从外边刨回来，种在院子里的。奶奶和老奶奶却记得这是我种的，可以说费尽千辛万苦把这棵小榆树保存下来。

我记得小时候在老家，老奶奶（高氏秀英）对我特别疼爱。我现在还能清晰地记得，她站在磨盘后面，在阳光下对着一张草纸念咒，然后把它有规则地叠成三角形，包在我手指的伤口上，这伤口立刻就好了。像我二姑说的那样，真是神奇得要命。老奶奶还能用小铁勺给我煎一种叫“沙里拽”的小鱼，这鱼沂河里很多，洗净把肚子一掐，裹上面糊，用一点油一煎，香得很。要不是20世纪60年代的灾荒，老奶奶一定能活到90岁。

我小时候的记忆中，奶奶（胡氏梅兰）对我则不怎么特别疼爱，当然这是一种比较，她的那种“老太太疼外孙”的脾气似乎也是突出的，特别喜欢我大姑家的那些孩子。大概也因为大姑家就在本村吧，奶奶常把我那些小画书小匣子什么的，悄悄地送给表兄弟们，我和他们打过不少仗。因此我记得我当兵第一年，从津贴中攒了10块钱（那时士兵津贴每月6元），寄给奶奶，听说奶奶非常感动。“文革”运动渐渐平息，父母陆续回老家看望，每回带回来的，都有我那棵小榆树的消息，说那棵榆树长得怎么高大，怎么茂盛。我们老家场院和宅院里从前有楸树，有桃树，有香椿。先是1958年“大炼钢铁”楸树被村里借走了，借条我奶奶始终保留着。后来又经历灾荒，经历“文革”，那些树渐次消失，惟独保留下这棵榆树。

1982年接到奶奶病危的电报，父亲工作忙不能马上离开，我在军区报社工作，请假和母亲先赶回。那时从济南乘长途客车去沂南要走一天，我和母亲坐车到沂水，天很冷，下来吃了点热饭，回到车站却看不到车了。只好在旅馆住了一夜。第二天到沂南，在县城借了自行车，我带着母亲，县文化馆李一咏馆长骑车子带路，向家乡的村子奔去。从孩提时离开，眼中所有的沂南村子都差不多，看到每个村子都像是老家，所以一路上总是问李馆长："快到了吧？快到了吧？"这一段17里路，一直到了能望到苗家庄的时候，李馆长说："这就是了。"

渐渐地我也认出来，那沂河岸边沙滩上的杨柳树林，那村前我们家旁边的大西汪。在记忆中它们都很大，现在却感到它们都不太大，村子也不大，土地也显得很窄小，也许这是因为在我心里怀有一种默默的亲情之感。一到大西汪边，我就看见了那棵榆树，它伞盖如云，在村子中间非常醒目，浓密的细枝在冬天的高空中摇动。

我们家的院子是村西第二个门，童年的印象还保留着，但确实没想到现在它在我的面前那么小，那么低矮，全部是土墙，房顶是麦秸苫的。院子的门开在北屋东侧小夹道里，这个门还是我小时候的门，因为前院半处宅子在当年典出去了，门只能开在这儿。这个门旁边有个放钥匙的小洞，过去家里人回来都在那儿摸出钥匙。

院子里的一切仍与旧时相同，正屋的门内还有个半门，那仍是我小时候记得的。从底到顶的土墙上留着风雨痕迹。这房子此时已有150多年的历史了。

奶奶躺在西侧的床上，大姑的女儿香莲在这儿守着她，这时香莲马上就要出嫁了。奶奶听说我们到了，从床上欠起身。香莲说她吃了几服中药略有好转。我和母亲坐到床边和奶奶说话，我发现奶奶的面皮还是极为洁白的，而且白里透红，并不像70多岁的年纪。她还是樱桃小口，唇红齿白，总之，我发现奶奶原来还是生得很美。

奶奶拉住我的手看清楚之后，便先急急地侧起了身，透过糊窗纸中间的一小块玻璃，使劲地往外看，仿佛害怕有件什么东西在她生病中间丢了似的。待她那迷迷蒙蒙的眼睛向外看定之后，才对我说："那，你望望，你小时候种的那棵小榆树……"

我拉着奶奶的手说："我都看见了，奶奶！我进院子的时候就看见

奶奶(右)与邻居在榆树下

了,在庄外头老远就看见了!……”

“我的孙子哟,种那棵小榆树的时候,你才那么高!”奶奶用手比量了一下,然后又仔细看着我,“现在你都长成这么大个子了,不过还没你爸爸高!……”

奶奶说得很对,我们家的孩子没有比我父亲高的。而且我感到奶奶那迷蒙的目光中有一种透视的力量,就是说不管我长多高了也好,不管我现在穿着军装,在奶奶面前,我一点也不用装腔作势。她一眼就能从我身上看出我们这个已经遗传了十几代的家族所有人的优点与缺点:有勇气、想象力丰富,但又不缺乏孤傲、脆弱……

在奶奶身边,我又仔细观察了那棵由我植下的榆树,它已经完全是棵大树了,榆皮细致,像鱼的鳞皮,有一搂之粗,数丈之高,孤独地耸立在我们家的小院中。

“你走的那年才6岁。”奶奶说。

“对。”我点点头,奶奶说的是虚岁。

“你使了把剜泥的小铲,把那棵小榆树剜回家来,还记得吧?”奶奶问。

“不记得了。”我说。

“唉!那时候你老奶奶还在,现在你奶奶也不行喽,一夏天我都听着棺材板子咚咚响,这是你老奶奶来叫我啦!”奶奶几乎一辈子都是和老奶奶艰难生活在一起，她们像母女俩，感情非常之深。奶奶说："一夏天我都搬个小板凳在门口望，我那儿子、媳妇怎么还不来呀，我那孙子、孙女怎么还不来呀！……"

那副棺材就在奶奶床头上摆着，农村人的生命瞬间是短暂的，从年轻时就准备好了棺材。我记得小时候就看见它摆在那儿了，那时候是并排的两口，还有我老奶奶的一口。

我说："奶奶，你脸色挺好！你身体结实着呢，还能活大年纪，没问题！"

妈妈也说："明天他爸爸就回来了，把东西都搬上去，一块坐车回济南！"

"喊……"奶奶笑了，大概那时候感觉到是去不了了。"唉，不行喽！"奶奶叹口气，突然又侧了身去看那棵榆树，仿佛怕这一会儿又丢了似

1972年母亲到部队看望儿子

20 世纪 70 年代五兄妹

的。“婊子儿！生产队那些人瞅这棵树瞅了不知多少回了，有点事就来问问我，这棵树杀了吧？还留着它做什么？河滩里那一大片树叫他们才卖了60块钱，这些婊子儿败家子，我连串榆钱也不叫他撸，我能看着这棵树，就看见孙子喽……”

可以想象，在那么多孤独艰难的岁月中，这棵榆树对奶奶的确是一种心灵的寄托。老奶奶1961年去世，奶奶一个人在这个老宅子已孤独生活了21年。

奶奶说：“那一年不是你还给我寄了10块钱？”

“对。”

“你还当着个小兵，还想着你奶奶！”

奶奶的夸奖使我脸红，大概我一共就给奶奶寄过10块钱。

我们的回去的确使奶奶显得好了不少，差一点就能下床走路了。她还挂念着养的那几只鸡，也同样老是从窗口上去看看它们。

父亲第二天回去了。我和父母挤在一张用秫秸加宽的床上，奶奶和香莲睡那个床。香莲和奶奶睡一个被窝，盖着我和妈妈从集上买的新布新棉做的被子，奶奶晚上直叹气："唉，暖和了啊！……"

香莲是个脾气很好的表妹，她出嫁以后，可能大姑家也没有孩子这样照顾奶奶，晚上给奶奶暖脚了，奶奶也在为这个问题叹气。父亲、母亲和我一起跟奶奶唠到很晚，也商量给香莲买点什么嫁妆。奶奶对这个事情很关心，还说到香莲的对象怎么样，香莲的哥哥们媳妇娶的怎么样，她挂念的事很多。

屋里很冷，奶奶生了个煤炉，既不舍得放煤，又不舍得放烟，把烟筒道用铁片挡住，所以屋里的煤气味很大。可能她已经习惯了，再者农村的房子也不像我们城里的房子封闭的那么严密。我觉得在屋里受不了，父母在那儿说话，我就一个人走出来，在沂河边的沙滩上走走，穿着军大衣，躺在阳光下的河滩上，望着家乡的天空看一会儿。

这次我们走后10多天，奶奶突然病情转重，去世了。父亲和母亲一起回去处理的后事，我就没有再回去。奶奶被埋在老奶奶和老爷爷苗秀霖的坟墓旁。

爷爷是1979年从哈尔滨木材公司离休。在奶奶去世后不久，爷爷带着他在建国后在东北找的妻子，也就是我的另一位奶奶，回到老家，想最后在老家定居。这位奶奶李连荣，是一位烈士的遗孀，前夫牺牲在战场上，两个女儿都享受烈士子女待遇。爷爷回家后，把老家的房上的麦秸换了瓦，抹了石灰墙皮和水泥地面，但是却把那棵大榆树也伐了。

爷爷最终没能在老家定居下去。那时候他70多岁了，还能骑自行车，有一天去买粮，从河沿上下来，摔了一跤，以后就不能骑车了。很多事情不方便，又回济南住，再往后又回到哈尔滨。

在济南时，这位奶奶性格比较开朗，对我们说："我整天看见一只花脸小黄鼠，从房梁上冲我眨眼。那个小花脸儿不让我在那儿住，它陪了你奶奶一辈子了，跟你奶奶有感情，能让我在那儿住吗？跟我眨眼，老吓唬我，我可不敢在那儿住了……"

真的有那么一只花脸儿的小黄鼠吗？它一定目睹了这个家庭许多来来往往的故事。

第十四章
爷爷回到沂河岸边

苗长水说——

我们在济南的一家人和凤云姑姑一起，从济南开车，走京沪高速公路，回沂南老家。京沪高速公路这一段，经典故事中那些曾经非常神秘的地名：孟良崮、蒙山、沂河、汶河。高速公路像一条书的脊线，把深深封闭着的蒙山沂水变成一本打开的书，让人们纵情饱览。

2004年5月18日凌晨3点10分，爷爷苗广顺在哈尔滨的医院中去世，享年90岁。他是患肝癌，时间比较久了，自己也很痛苦，最后时刻自己执意硬把输液针头拔掉，不肯治疗而去世。作为经过无数枪林弹雨的人，他还是有些军人作风的。去世的时候，体温是慢慢地变凉的。这是守在他身边的我东北的大姑姑翟凤云告诉我的。

父亲和母亲在爷爷病重时去住过一些天。他们安排我这个长孙做代表，接爷爷回来，当天上午即飞到哈尔滨，下午就和凤云姑姑一家一起送爷爷的遗体去殡仪馆火化。凤云姑姑对爷爷的后事办得很隆重，选在哈尔滨最好的殡仪馆，爷爷的遗体躺在鲜花丛中。我们与哈尔滨木材公司爷爷的故旧朋友一起举行了告别仪式。遗体火化是用的德国进口的火化炉，亲属们可以在火化炉前看着。爷爷遗体火化后，我和凤云姑姑一起最后把爷爷的骨灰装入骨灰盒，然后与之前去世的李连荣奶奶的骨灰盒一起，带回山东。

爷爷去世前曾对我父亲讲："你婶儿也得跟我一起回去吧！"

父亲说："行，继母也是娘啊！"

让李连荣奶奶跟他一起回家乡，是爷爷的心愿。父亲答应了，也就了了爷爷最后的心愿。

5月20日，我们在济南的一家人和凤云姑姑一起，从济南开车，走京沪高速公路，回沂南老家。京沪高速公路这一段，经莱芜，过蒙阴，横穿沂蒙山革命老区腹地，路两边都是人们熟知的红色经典故事中那些曾经非常神秘的地名：孟良崮、蒙山、沂河、汶河。高速公路像一条书的脊线，把深深封闭着的蒙山沂水变成一本打开的书，让人们纵情饱览。路上穿梭着大都市中的现代车辆和现代的人。我们现在从济南家门口出发，不到3小时就回到苗家庄老家的小院子里了。奶奶和老奶奶她们，肯定是从来就不曾想象过，会有一条这样宽这样快的公路，从家门口一直通到济南。但是，实际上她们的离去，离这一切并不多远。她们刚走，这一切就到来了。她们距离这物质极其丰富、生活极其方便的幸福时光，并不久远。也许生活好一点，不那样饥饿、惊恐、孤独，她们都会活到现在。智慧过人的老奶奶能活百岁出头，她是能活到这么高寿的。奶奶也应该能活到90多岁。但她们都在这幸福生活到来之前离开了。

苗家庄的族人和大姑、二姑一家已经把所有的事情都准备好了。

生活的改变也让这一切的准备，变得十分便捷。二姑在《父亲风风光光地走了》一文中，详尽地记录下许多细节——

……4月12日哥哥从济南打电话告诉在潍坊的我说，东北的老父亲病重，据医生说让家人准备后事，要我先带点钱回苗家庄操办些琐碎事。再看看有关棺材和修坟的问题落实得如何，这些大事哥哥早就委托了大叔苗广春。

5月12日，我从潍坊带上采购的一大包东西，到诸城的外甥女香莲家住了一夜，第二天和香莲一起，带上香莲准备的一大包棉花及衣服类，坐出租车，疾奔沂南县苗家庄而来。回到庄里，到姐姐得云家里住下后，再去家里的老宅。老宅院子里还有母亲曾经住过的三间旧堂屋，以前是草房子，母亲去世后几年，父亲从东北回来住，修缮了一下，后来由哥哥出资，本族中苗广春大叔操心换成红瓦，大门口原朝北，现在朝西。

母亲的房子很矮，20世纪五六十年代在农村还算不错的，现在看就大大落伍了，伸手就能触着房檐，高个儿人进屋还要低头弓腰方可安全。还有个不大不小的四四方方的院落，约100多平方米吧。院子里有苗广春大叔和大婶栽的桃树、杏树、柿子树、香椿树。青青的小杏已有鸽子蛋大小。用尼龙网拦着的几只母鸡每天生几个蛋，那是农村的不小的收获。

姐姐家在庄西头。在她家的堂屋里，外甥女香莲在屋正中铺好大席子，姐姐拿来尺、剪，还有二外甥女邱淑兰、三外甥女邱雪莲一起，为老人缝制寿衣被。父亲和继母都是火化，这些其实都是后辈的心意而已了。嫂子矫永在电话里指导说，给老人家只做夹衣，不做棉衣，不知又是什么讲究，是否又是姓“苗”的缘故。我和外甥女急急地缝，眼里打转着泪水，心里充满了悲伤。触景伤怀，想起母亲去世时，自己在外教学，没给母亲缝上一针一线，全是姐姐和小姨忙活的，小姨也已作古，想起慈眉善目的母亲和小姨的诸多好处，怎不叫人伤痛呢？

2003 年 8 月父母与爷爷在哈尔滨

又去县城界湖的超市买上了许多供品，计算着连同奶奶、爷爷、老爷爷，要供五六桌，也买了满满一大提篮，回来放在母亲的堂屋里。苗广春大叔把院子、屋里打扫得干干净净。屋里空空荡荡，正中是一张三屉桌，那是土改时，哥哥在村里带头斗地主、分田地，村里分给哥哥写字用的。还有一把红漆椅子也不错，年长日久，已经失去了原有的光泽。小饭桌也旧得掉了横掌，桌背面用毛笔写着“苗廷扬”三个字，那是老爷爷的名字，看到后觉得非常亲切。

5月18日，哥哥打电话告知苗广春大叔说，老父亲在凌晨3点10分去世，告诉父亲病故的情况，告诉苗广春大叔该着手办哪些事。紧接着苗广春大叔急急忙忙跑到姐姐家，眼眶里闪着泪花，告诉我们姐妹俩这些情况。虽说父亲高龄，病危期间也很受罪，可当我们听到父亲病逝的噩耗后还是悲痛万分。半天缓不过神来，任凭泪水流满双颊。姐姐也几乎哭出声来。

5月20日，济南的哥哥一家和凤云妹妹一起，来了三辆车，把父亲、继母的骨灰盒送回来。当晚暂时安放在老宅堂屋里正面桌上。还摆了父亲的两张放大的遗像，一张是年轻时候的，凤云从工作证上翻拍的。一张是老年时期的，哥哥去看望时，照了放大的。父亲年轻时英俊潇洒，上了年纪也还有些精神，那遗像似向人们目视微笑，你走到哪里，他的眼神仿佛就跟到哪里。心有灵犀一点通，那是亲切，那是关怀，那是回到老宅的心满意足。

随哥哥、嫂嫂来的有大侄苗长水及媳妇谢艺、二侄苗长伦及媳妇谷静、三侄苗洪峰及媳妇周凰和他们3岁的儿子苗山泉，山泉活泼爱动，走在湾边也不知道危险。三个侄儿的名字：长水、长伦、洪峰，有的是他们的老奶奶起的，他们对爷爷、奶奶和老奶奶都有深刻的记忆。难得的是三个漂亮的侄媳妇，她们都是第一次踏上故乡苗家庄的土地，踏进苗家的老宅门。

忙里忙外的族人及帮忙的人进进出出，苗广信大叔拿来了一包蜡烛，苗泽林叔爷爷一直指导着我们该干什么，还在院子里坐着小马扎记账。苗宗林大老爷、苗迎大叔、苗广华二叔、隋本友二叔、苗师斌大叔家的弟弟、苗全叔叔家的弟弟、苗广玉二叔及许多人忙得不得闲。苗得宇是苗泽林叔爷爷之子，也是叔辈了，在写挽联。还有坐着马扎，戴着礼帽、墨镜的苗厚，在村里是哥哥青年时期的好伙伴，那青年时期的乡情、友情、伙伴之情是不会磨灭的。他还很健康，精神状态不错。

当晚，哥哥一家回到县城界湖住下。晚上10点钟，二侄苗长伦又从界湖坐了一辆出租车，好不容易找到苗家庄。他还是五岁时在家和奶奶、老奶奶度过一段艰苦的日月，他记得村西有个大水湾，以这标志找到了老宅。他对我和姐姐说："大姑，二姑，你们也都年纪大了，明天的事更多，还得早起忙活，这里我和本家几个男士就可以了，我为奶奶、爷爷上香、烧纸也是一样的，你们二老回去休息，别累垮了身体！"二侄一席话，使我和姐姐备受感动，原以为在城市长大的孩子娇嫩，可侄儿不是那娇生惯养的孩子……

爷爷和李连荣奶奶的葬礼在5月22日（阴历四月初四）下午举行。坟墓是修了两座，爷爷的坟与他的原配夫人——奶奶胡氏梅兰的原坟墓并排，李连荣奶奶的坟在他们的南边前边，我不知道家乡是什么规矩，但也许是只能就着那儿的地势。因为坟地另一侧已是村中的道路了。这片坟地是我家的祖坟地。我爷爷曾在信中谈到祖茔地，说先祖们首先是把坟茔地选在这里，才修的围子墙。祖茔风水好，苗家才能兴旺。周围村子除了苗家的祖坟地外，就没有一片像样的坟茔地。他曾在小时候看到碑文写着他的名字是苗广舜，后来上学时觉得舜字不好写，就改为顺字了。现在他说的这个碑文已经找不到了。坟茔地也已经被扩大的村庄围在里边。这里埋着老爷爷、老奶奶以及更老辈的许多位老祖。

给我印象最深刻的是葬礼的执事人苗化祥老人，我以前不认识他老人家，据称他是我们族中健在的辈分最高者，比我高出四五辈还多。年龄大约与我父亲差不多，70多岁。他干瘦结实，不太高的身材，却嗓音高亢，办事有章有法。给我爷爷往棺材里放骨灰盒和衣物时，他用手往

苗晓霞与姥爷矫西玉

里摆放了一些东西，还撒了一把茶叶，说了一声："广顺儿哩，给你撒点茶儿喝喝！"

据二姑在文章中讲：借"茶"的谐音，是让已故者自己"查对查对"。

亲朋好友送来的许多花圈在坟地四周排列。

所有仪式都由这位苗化祥老老老爷宣布进行。来吊唁的后人、亲友由他逐一安排行礼，中间我听到他特别高亢而有韵律地喊了一声："驼沟头的兄弟们！……"

这是一队我一个人都不认识的男子们，应该就是我奶奶胡梅兰娘家蔡家驼沟头的亲人，不知是谁送了信，或许是他们自己得到消息，自然就会按照规矩，来为女婿的葬礼尽礼数。

蔡家驼沟头的亲人们的带队者，是一位农民装束的壮实老者，随着苗化祥老人的呼唤，带着那一队亲人走到坟前排好，然后他陡然高声"嗯咳——"一声，然后再带领那队亲人一起作揖行礼，退下去。

这声"嗯咳"我从父亲的文章中看到过解释，这就是男人代表参加葬礼时，既不哭出声来，又代表悲痛的一声高喊。

奶奶娘家蔡家驼沟头亲人的这声"嗯咳"，特别严肃，高亢无比，像是也要表达他们是最亲近的一支亲戚那种感觉。行礼过后，他们就走了。具体这些亲人是谁，我都不知道，也没有人为我们这些孩子们介绍。可能父母他们是认识的。后来我得知其中有胡发忠、胡发迎、胡发军等亲戚，还有老奶奶家北家官庄（今称永盛官庄）那边的亲戚程学兵等。

所有的仪式都举行完毕，我们在为爷爷和李连荣奶奶的新坟添土时，突然起了风，继而一阵雷雨落下来，好在雨还不算大，稍把地面淋湿一点，就停了，转而就雨过天晴，金色的阳光照射在沂河岸边村庄的一切景物上。

帮忙的乡亲惊奇不已，有的说："这是苗家的人好啊！"

爷爷在最后一次到济南时，已经把他觉得应该留给我父亲的遗物，都留下了。父亲把这些遗物交给了我，有一沓父亲和家中写给爷爷的信件，还有一些爷爷的学习笔记，伤残证等。还有他和李连荣奶奶的结婚证，1955年8月23日由哈尔滨市人民政府颁发。

另外有几枚褪色的老荣誉证章，分别是：华北解放纪念章、解放中南纪念章、解放华中南纪念章、1954年全国人民慰问人民解放军纪念章……

另外还有一个标着"最高指示:要斗私批修"的"文革"时期的自行车牌照,这大概是爷爷在哈尔滨的自行车用的吧。还有一张1966年购买的"上海牌"全钢手表的100元整的发票。

二姑苗得荣在她那篇《父亲风风光光地走了》的非常详尽的文章中写道——

父亲、继母的去世惊动了几省几区的亲人:黑龙江省哈尔滨市的翟凤云妹妹;深圳特区的翟凤兰(李连荣奶奶的二女儿)、佟家桓夫妇,宁立群夫妇;香港特别行政区的王向荣、苗晓霞夫妇;北京市及美国的文明旭、苗慧夫妇……

苗晓霞和苗慧是我家五兄妹中的老四、老五,两个妹妹。她们两个都因为距苗家庄太遥远了,不能赶回来。老四苗晓霞在香港某出版社做编辑、记者,丈夫王向荣是香港科技大学物理学教授,江西南昌人。苗晓霞是我们家孩子中惟一当过知青的,当时因为我和老二长伦都在当兵,老三洪峰和老四晓霞高中毕业面临分配工作,按政策只有一个能留城,晓霞就自告奋勇去农场做了知青。回城后先在《山东文学》做编辑,后来去香港,她翻译出版的书目有:《哥伦布》(翻译)智能教育出版社出版;《考古》(翻译)三联书店(香港)有限公司出版;《情迷巧克力》(翻译)三联书店(香港)有限公司出版。

老五苗慧小名叫"小点点",是我们家学习最努力也最聪明的孩子,姥姥住在济南病重的时候,她一边照顾姥姥,一边在家里非常困难的生活条件下刻苦复习,上了重点线,被上海第二军医大学录取。毕业后考入北京解放军军事医学科学院,做院长的博士研究生,毕业后又到了瑞典皇家医学科学院读博士后, 现在美国研究肿瘤细胞繁殖和转移的分子机制,先后两次在国际权威杂志《自然》的细胞生物学专刊发表学术论文。最近又有一篇重要论文被另一国际权威杂志《细胞》的癌症专刊接受。即使是作为美国籍的研究者,能在这样的杂志上发表一篇论文,已经相当受关注了。另外她还在其他杂志包括《细胞生物学杂志》、《生物化学杂志》、《癌症研究》等发表论文。她和爱人文明旭是二医大和军

苗慧的儿子鲍博在美国学校的毕业典礼上

事医学科学院的同学，文明旭是山东青岛人，毕业后在北京成为成功的医药企业家。两人的儿子宝儿(鲍博)也是个聪明过人很有个性的孩子，在美国读书很用功也很出色，每年都获校长奖，该奖只授予各科全优学生。他两次获美国总统奖，该奖只在小学、初中和高中结束时授予一贯优秀的学生。

苗慧1964年1月8日出生，没有见过老奶奶，只是在“文革”后我父亲刚“解放”不久，和晓霞一起跟着妈妈回过一次老家，那时苗慧还没上小学，回去住的时间短暂，对老家和奶奶的印象没有我们那么深刻。回忆起这些时她说——

可能因为是老小的原因，父母很少让我因家事分心，许多重要的事情都是让哥哥姐姐分担。一次例外是让我利用暑假去哈尔滨看了一趟爷爷。那是1981年，我一下火车就认出了高高瘦瘦的爷爷，虽然那是我第一次见爷爷，却一点生分的感觉都没有。爷爷很喜欢松花江，经常带我去江边。爷爷讲话慢条斯理，做事井井有条。李连荣奶奶则截然不同，她有点唠叨，做事总是忙乱。但是有一点，她很听爷爷的话，也很依赖爷爷，每天吃什么，干什么，都由爷爷决定。跟我奶奶很不一样。虽然我只在照片上见过奶奶，可听妈妈讲过许多奶奶的故事。在我的印象中，奶奶总是默默地劳作，忍辱负重。想起奶奶，心里总是说不出的难受，更因从没孝敬过她老人家而深深地遗憾。

苗晓霞是我们家老四，她1961年9月25日出生，多次回过老家，记忆就比苗慧要多了——

说起老奶奶我一点都不感陌生，她老人家的模样一直印在我的脑海中。从能记事起，就听父母说我还有个名字叫“贵谝”，是老奶奶给起的名字，向人炫耀我们家有女儿了。老奶奶喜欢我，我也喜欢老奶奶。但实际上老奶奶并没有见过我，我出生不久她老人家就去世了。

对老奶奶的印象多数来自于妈妈经常给我们讲老家的故事，妈妈很喜欢老奶奶，她常说：“你老奶奶可会理家了，把她的孙子(我爸爸)教育的可好。她应该是可以长寿的，咱家祖辈都长寿，遇上1961年生产救灾，她那病是饿出来的。”我能清晰地记着老奶奶的样子，那是因为我爸爸有一个小翻毛皮箱，这个小箱子被小心地放在他和妈妈的大床底下。在六七十年代我们每年盼过年，除了想吃妈妈做的花样枣馒头和炸果子，还有一项重要的娱乐活动，就是在年三十晚上全家人围坐在大床上

2008 苗长水与儿子豆豆摄于家中

欣赏小箱子里面珍藏的许多本相册，看我们小时候的样子，年轻时的爸爸妈妈，老家的亲人们。老奶奶有一张很大的相片，她端坐着，大概只有一两岁的大哥坐在她腿上。我当时觉得老奶奶样子很好看，让人敬慕，现在想想应该用大气、端庄、不俗形容老奶奶的样子比较恰当。

听妈妈说我奶奶真正照看过我一段时间，那时我大概不到一岁，正是冬天，奶奶整天抱着我不离怀，据说我把奶奶的棉裤全尿湿了。我这才弄明白一件事，1980年前后，我曾经陪妈妈去莒南给姥姥上坟，回程去沂南老家看奶奶，我自认为是第一次见奶奶，但是奶奶看见我时的那眼神却让我觉得我们不是第一次见面。奶奶坐在床上看着我说："是小霞啊！"我看着奶奶觉得很面熟，我叫了声"奶奶"就坐在了她身边，那感觉就像坐在爸爸妈妈身边。奶奶又跟妈妈说："都这么大了。"这句话我一直记着，总觉得有点奇妙。现在明白了，虽然那次是我到目前为止惟一一次造访苗家庄，看望奶奶和大姑一家，但不是第一次见奶奶，虽然第一次见奶奶时我只有一点点大。

我和妹妹不如三个哥哥回老家的次数多，大概是我小学二年级时妈妈带着我和妹妹回过一次莒南姥姥家，妈妈说我们当时只去住了十多天，但我觉得待了很长时间，因为我记了满脑子姥姥家的事。

当时回姥姥家的路程颇费周折，我们先坐火车到益都，到了益都天已经晚了，我们是在长途汽车站挨了一夜，第二天凌晨五六点排很长的队才坐上长途汽车。在汽车上我晕车，很难受就一路吵着要回家，现在想想，妈妈当时一定承受了很大的压力，她要抱着妹妹顾着行李，还要照应我。

听妈妈说那是"文革"后第一次回老家，车一到莒南，妈妈心里就难过得受不了。舅舅到车站接的我们，后来怎么到的姥姥家我忘了。但进门时的情景很清楚。我们一进院子，姥姥家的狗就先跑过来了。姥姥家那只小狗个头不大，听说凶得不得了，平时见谁都咬，但第一次见到我们却就知道是自家人，亲得不得了，在妈妈面前亲得上头扑脸的，在我们周围摇着尾巴来回转悠，妈说这狗闻得出我们是自己家的人。不一会儿村里的一大群小孩拥进我姥姥家，堂屋里挤得满满的，我想大概是因为他们对城里人好奇跑来看新鲜，妈妈好像事先有准备，从包里拿出很多糖果分给他们吃。

姥姥家的院子不大也不小，是一般的农家院，里里外外收拾得很干净。姥姥、姥爷总是笑眯眯地看着我，话很少。姥姥脸型、鼻子和嘴巴跟妈妈很相似，但眼睛大一点还有点往里凹，身形瘦高，是小脚。姥爷胡子长长的，样子很清秀，脖子上一直挂着个烟袋，不时拿下来摁上烟丝抽两口（80年代中我出差路过姥姥家又去看了一次姥爷，刚好同行的有一个摄影很好的朋友，他觉得我姥爷是很标准的农村老爷爷，反反复复照了好几张相）。

姥姥那时是个大忙人，不是踮着小脚端着个大黑瓦盆去猪栏喂猪，就是在锅屋烧火做饭，要么就是背着我表妹文化在门口带我玩。姥爷和舅舅是生产大队的干部，很少见到他们。舅母住在姥姥、姥爷屋子旁延盖出的一间新房，她见了我只是笑，很少跟我说话。姥爷不在家里睡，好像要在队部看着什么，每天一早，三姨或四姨会冲一碗鸡蛋花端着走几条街送给姥爷喝。三姨和四姨当时都还没有出嫁，四姨很年轻，整天风风火火的。三姨操持家务比较多，很开朗，脾气很好，有时也有点神秘（后来才知道当时她在谈恋爱、正准备结婚的事）。我不知道大人们的事，整天缠着她，有一天三姨带着我去逛十字路（是离姥姥家大约10多里路的县城），十字路正逢集，很热闹，人很多。三姨把我交给她的一个朋友说，她去办点事一会儿回来接我，但好像等了很久她才回来，后来才知道那天是她和三姨夫去登记。我很喜欢三姨夫还有他的哥哥，他们哥儿俩整天乐呵呵的，爱开玩笑。三姨夫的哥哥会拉二胡，他常叫我给大家跳舞，他给我伴奏。或在场院里，或在姥姥家的院子里，我还把晾衣绳子上挂一像布帘一样的东西假装是幕布，然后报幕、表演，当时叫演节目，演的都是济南小学生最流行的歌舞，我记得好像跳《北京的金山上》最多。村里的大人们都管姑娘叫“识字班”，这是当年解放区对青年妇女的统称，因此我也被他们称作“小识字班”。

二姨已经结婚，她家跟我姥姥家在一条街上，在街西头，我经常去二姨家玩，二姨做的地瓜干、豆子、花生一起煮的粥——“咸糊涂”特别好喝。“咸糊涂”咸滋滋的，嚼到碎地瓜干有点点甜味（地瓜干是生晒的，然后放到碓上捣成小碎块）。而花生瓣和黄豆瓣都是香的，每天清早起了床我就往二姨家跑，赶去喝这“咸糊涂”。二姨家的三个表哥对我都很好，经常陪我玩，尤其是最小的表哥农业，他人很憨厚，不修边幅（听说后来长得一表人才），他还带我去看邻村人娶媳妇，我们跟在送亲的队伍后面走了很远，其他孩子嚷着去问新媳妇要糖，我们就跟着看热闹。我还有个很好的小伙伴叫缉里（后来我再回姥姥家时想找她，但听说她没长大就得病死了），她比我大一点，但是没有上学。当时我经常跟着她在街上玩或去别人家串门，她见我吃煎饼卷很慢比不上别的小孩，就教我斜着咬，一边一口，这样就快了，她还教给我好多老家孩子玩的游戏，现在都忘了。

因为姥爷从战争时期就是村里的老党员，干了几十年的党支部书记，大人们经常在姥姥家说说笑笑进进出出，到了晚上就聚在我姥姥家，围着小煤油灯，抽着烟袋或自制的烟卷，扒着炒花生，聊天拉呱儿。我至今还经常想起在昏暗灯光里闻着烤烟味和煤油灯味的感觉。还有姥姥家烧柴草大锅煮饺子的味道，我蹲在姥姥邻居家门口等着吃新打出来的老豆腐等等，这些记忆恐怕要陪我一辈子了。

我记得当时在姥姥家还过了正月十五，老家的正月十五很热闹，提前好几天大人们就开始忙着做炸果子。老家的做法跟济南不同，济南是用鸡蛋、糖和芝麻、面粉和成团，然后擀皮切条翻成麻花样湿着就下锅炸，炸出来的味道像天津大麻花，但因鸡蛋和芝麻多而更香甜酥脆。老家的做法是用鸡蛋、熟地瓜、芝麻、面粉和成团，擀皮切条翻成麻花，然后放在外面晒干，过几天才下锅炸，炸出来的很松脆，不很甜，也很好吃，就像现在的“旺旺雪饼”，但是香甜味的。正月十五晚上，三姨和舅舅点了一个大油灯，用一个长杆子挑着，带领我们这些孩子去外庄看戏，那是我第一次听老家的地方戏，台词大概是用莒南话说的，我听不太懂，唱的曲子调门很高嗓音很尖，现在想想还有点印象。

大概是过了正月十五以后，我妈妈和两个姨又忙着炸香油果子（其实就是济南的油条），然后有一天清早舅舅推着独轮小推车，妈妈、我和妹妹坐在车上，我们到五姨姥姥家走亲戚去了。五姨姥姥家的院子很讲究，好像里外有几个院子，是富有人家的布置（听妈妈说五姨姥姥跟老姥姥家一样是开明地主，土改时村里人对他们很客气，因此没有受到太大冲击)。五姨姥姥长得很富态,大脸盘白白的,待人非常和善,他们家的人也都很和善很斯文,像老式的读书人。五姨姥姥领着我和妹妹去看她家新出生的小婴儿,原来是五姨姥姥的儿媳妇刚生了小孩,我们是来贺喜的。我记得她家门口挂着个红布条(妈妈说家里生了小孩就挂红布条)。我们到了以后,看见不断有亲戚朋友也贺喜,五姨姥姥家收了很多香油果子。

我们住在五姨姥姥家时,早上吃的都跟产妇吃的一样,每人两个荷包蛋还有香油果子。妈妈跟五姨姥姥坐在堂屋门口包饺子,五姨姥姥也允许我帮着"搓剂子"(也就是揉擀饺子皮用的小面团),妈妈和五姨姥好像有说不完的话。后来妈妈说她小时候基本是在老姥姥家长大的,跟五姨姥姥很亲。四姨姥姥是来日本鬼子的时候吓死的,还没有结婚。

到现在为止我总共回姥姥家三次,从来都觉得姥姥家比济南好,好玩的多,好吃的多,而且那里的人都很友善可亲。

姥姥来我们家时是"文革"后期,是我们家生活境况最差的时候。姥姥跟我和妹妹睡在大屋的小里屋(其实是小楼梯间)。虽然条件差,但姥姥能长期住下,我很开心,因为我当时很羡慕别的孩子有奶奶或姥姥在家里。姥姥没有脾气很随和,她经常跟我和哥哥开玩笑,有时我们调皮,她最多骂一句:"小死死鬼儿!"姥姥对养小动物很有办法也很耐心,她的牙吃饭都很费力,但她却非常耐心地给小猫嚼食,她很怜惜我们家那只猫。那只猫是灰白两色的狸花小母猫,名叫小花,它一个月大时我把它从邻居家抱来,一直养了八九年。这只猫很有灵性,无论条件多差,它一直忠实地跟着我们,陪着我和妹妹长大。姥姥来了,它像当年姥姥家的狗一样一闻就知道是一家人,我们不在家时姥姥陪着它玩,它也陪着姥姥玩。后来小花在外面不知吃了什么有毒的东西,死掉了。姥姥也很伤感,平日里显得更孤独,直到因病去世。

舅舅把姥姥的骨灰盒带回了莒南老家。大约是第二年,就是那次我陪妈妈去莒南给姥姥上坟,而后又去沂南看望了年迈的奶奶,并且给老奶奶上坟。可能因为那时年纪还小,还无法明白老奶奶在临终之际,听爸爸附在她耳边说到我刚刚出生时,她给我起的那个骄傲的名字——"贵谝",我的沂蒙山老祖母的那种无限的满足和夸耀之意。